París PARA Uno

y Otras Historias

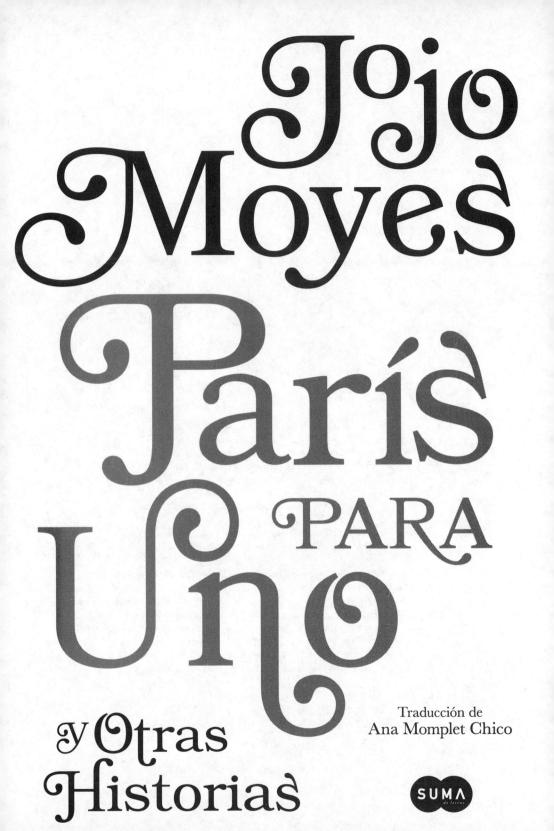

Jojo Moyes

París para Uno

y Otras Historias

Traducción de
Ana Momplet Chico

SUMA
de letras

Título original: *Paris for One and Other Stories*
Primera edición: septiembre de 2017

© 2016, Jojo's Mojo Ltd
© 2017, Penguin Random House Grupo Editorial, S. A. U.
Travessera de Gràcia, 47-49. 08021 Barcelona
© 2017, de la presente edición en lengua castellana:
Penguin Random House Grupo Editorial USA, LLC.
8950 SW 74th Court, Suite 2010
Miami, FL 33156
© 2017, Ana Momplet Chico, por la traducción

Diseño: adaptación de la cubierta original de Roberto de Vicq de Cumptich /
Penguin Random House Grupo Editorial

Printed in USA

ISBN: 9978-1-945540-64-6

Penguin
Random House
Grupo Editorial

Para mi madre, Lizzie Sanders

ÍNDICE

PARÍS PARA UNO

1

Nell desliza su bolso por el banco de plástico de la estación y mira el reloj de la pared por octogésima novena vez. Sus ojos vuelven rápidamente a las puertas de seguridad que se abren. Otra familia —rumbo a Eurodisney claramente— entra en la zona de salidas, con un carrito de bebé, niños gritando y unos padres que están despiertos desde hace demasiado tiempo.

El corazón lleva media hora latiéndole a golpes, y nota una sensación de malestar en la parte alta del pecho.

—Vendrá. Seguro que viene. Aún puede llegar —murmura entre dientes.

«El tren 9051 con destino a París saldrá del andén 2 en diez minutos. Por favor, diríjanse al andén. No se olviden de llevar su equipaje consigo».

Se muerde el labio y vuelve a enviarle un mensaje; ya van cinco.

¿Dónde estás? El tren está a punto de salir.

Le escribió dos veces mientras salía, para asegurarse de que seguían quedando en la estación. Al no recibir respuesta, se dijo que era porque iba en el metro. O tal vez era él quien estaba en el metro. Le mandó un tercer mensaje. Y otro. Y entonces, cuando está ya de pie, el teléfono vibra en su mano y casi se dobla de alivio.

Lo siento, nena. Estoy liado en el curro. No voy a poder llegar.

Como si hubieran quedado para tomar una copa. Se queda mirando el teléfono, incrédula.

¿Que no llegas a coger este tren? ¿Te espero?

Y unos segundos después, la respuesta:

No, ve tú. Intentaré coger un tren más tarde.

Está demasiado consternada para enfadarse. Se queda quieta mientras la gente a su alrededor va levantándose y poniéndose el abrigo, y vuelve a escribir apretando los botones con fuerza:

Pero ¿dónde nos encontramos?

No contesta. *Estoy liado en el curro.* Es una tienda de surf y submarinismo. En noviembre. ¿Qué lío puede tener?
Mira a su alrededor, como si todo fuera una broma. Como si, incluso ahora, él fuera a aparecer por la puerta con su sonrisa ancha, diciéndole que le estaba tomando el pelo (tal vez le gusta demasiado hacerlo). La cogería del brazo, la besaría en la mejilla con sus labios helados por el viento y le diría

algo como: «¿No creerías que me iba a perder esto, no? ¿Tu primer viaje a París?».

Pero las puertas siguen bien cerradas.

—¿Señora? Tiene usted que dirigirse al andén. —El revisor del Eurostar hace además de coger su billete. Y, por un instante, ella duda —*¿vendrá?*—, y al instante se ve rodeada por la multitud, con su maletita de ruedas arrastrando detrás. Se detiene y escribe:

Pues nos vemos en el hotel.

Baja por las escaleras mecánicas mientras el tren entra rugiendo en la estación.

—¿Qué quieres decir con que no vienes? Llevamos siglos planeando esto.

Es el Viaje Anual de Chicas a Brighton. Llevan seis años yendo el primer fin de semana de noviembre —Nell, Magda, Trish y Sue— embutidas en el viejo cuatro por cuatro de Sue o en el coche de empresa de Magda. Se escapan de sus vidas durante dos noches de copas, tíos de despedidas de soltero y recuperación de la resaca con desayunos completos en Brightsea Lodge, un hotel cutre con la fachada agrietada y deslavada, y un interior que huele a décadas de bebida y loción de afeitado barata.

El viaje anual ha sobrevivido a dos bebés, un divorcio y un caso de herpes (al final pasaron la primera noche de fiesta en la habitación de Magda). Nadie se lo ha perdido nunca.

—Es que Pete me ha invitado a París.

—¿Que Pete te va a llevar a París? —Magda la miró como si le hubiera anunciado que estaba aprendiendo ruso—. ¿Pete *Pete?*

—Dice que no se puede creer que nunca haya estado.

—Yo estuve en París una vez, con el colegio. Me perdí en el Louvre, y alguien me metió una de las deportivas en el retrete del albergue juvenil —comentó Trish.

—Yo me enrollé con un francés porque se parecía al tío ese que sale con Halle Berry. Al final resultó que era alemán.

—¿*Pete-el-del-pelito*? ¿*Tu* Pete? No estoy intentando ser mala. Es que creía que era un poco...

—Pringado —dijo Sue apoyando.

—Capullo.

—Imbécil.

—Está claro que nos equivocamos. Resulta que es el tipo de tío que se lleva a Nell a pasar fines de semana románticos en París. Lo cual es..., pues eso. Genial. Pero me habría gustado que no fuera en el mismo puente que *nuestro* puente.

—Bueno, una vez que conseguimos los billetes..., resultó difícil... —murmuró Nell agitando la mano, esperando que nadie preguntara quién de los dos los había comprado. (Era el último puente que quedaba antes de Navidad en que se aplicaba el descuento).

Había planeado el viaje con el mismo cuidado con que organizaba el papeleo de la oficina. Había buscado en internet los mejores sitios que visitar, había rastreado TripAdvisor buscando los mejores hoteles baratos, los había comprobado todos en Google y había ido metiendo los resultados en una hoja de cálculo.

Se había decidido por un lugar detrás de la rue de Rivoli —«limpio, agradable, muy romántico»— y había reservado una «habitación doble ejecutiva» para dos noches. Se imaginaba hecha un ovillo con Pete en una cama de hotel francés, mirando la Torre Eiffel por la ventana, cogidos de la mano tomando *croissants* y café en una terraza. En realidad solo se basaba en películas; no tenía mucha idea de lo que se hace en París un fin de semana, aparte de lo evidente.

A sus veintiséis años, Nell Simmons nunca se había ido de fin de semana con un novio, a no ser que contara aquella vez que se fue de escalada con Andrew Dinsmore. Tuvo que dormir en su Mini, y despertó con tanto frío que se pasó seis horas sin poder mover el cuello.

A su madre, Lilian, le gustaba contarle a todo el que quisiera escuchar que Nell no era «una chica aventurera». Tampoco era «de las que viajan», «ni la clase de chica que pueda depender de su aspecto», y ahora, a veces, cuando pensaba que no la oía, «ya no es una chavala».

Era una de las cosas que tenía crecer en un pueblo: todo el mundo creía saber exactamente lo que eras. Nell era la sensata. La callada. La que investigaba minuciosamente cualquier plan y la persona de confianza para regarte las plantas, cuidarte a los niños y no fugarse con el marido de nadie.

No, madre. Lo que de verdad soy, pensaba Nell mientras imprimía los billetes de tren, los miraba y los metía en una carpeta con toda la información importante, es la clase de chica que se va a pasar el fin de semana a París.

Conforme se acercaba el gran día, empezó a disfrutar soltándolo en la conversación. «Tengo que comprobar si mi pasaporte no ha caducado», dijo cuando dejó a su madre después de la comida del domingo. Se compró ropa interior nueva, se depiló las piernas y se pintó las uñas de los pies de rojo vivo (normalmente prefería transparente).

«No olvidéis que me voy el viernes temprano», anunció en el trabajo. «Ya sabéis, a París».

«¡Oh, qué suerte tienes!», exclamaron las chicas de Contabilidad al unísono.

—Qué envidia me das —dijo Trish, que despreciaba a Pete una pizca menos que las demás.

Nell se sube al tren y coloca su maleta, preguntándose si Trish sentiría envidia al verla ahora: una chica sola junto a un asiento vacío con destino a París, y ni idea de si su novio va a aparecer.

2

La Gare du Nord de París está a rebosar de gente. Sale por la puerta de acceso a los andenes y se queda helada en el sitio, de pie en medio de la multitud que avanza a empujones y codazos, golpeándole las espinillas con sus maletas de ruedas. Grupos de jóvenes con chaquetas de chándal observan con mirada hosca desde los laterales, y de repente recuerda que la Gare du Nord es el epicentro de carteristas de Francia. Con el bolso bien agarrado contra su costado, camina vacilante en una dirección y luego en otra, temporalmente perdida entre quioscos de vidrio y escaleras mecánicas que no parecen llevar a ninguna parte.

Un carillón da tres notas por la megafonía, y el anunciante de la estación dice algo en francés que Nell no logra entender. Todo el mundo camina enérgicamente, como si supieran adónde van. Afuera ya es de noche, y nota que el pánico le sube por el pecho como una burbuja. *Estoy en una ciudad desconocida y ni siquiera hablo el idioma.* Entonces ve el cartel que cuelga del techo: TAXIS.

Hay una cola de cincuenta personas, pero no le importa. Busca en su bolso la hoja con la reserva del hotel y, cuando por fin llega al principio de la cola, la enseña.

—Hôtel Bonne Ville —dice—. Eh..., *s'il vous plaît!*

El taxista se vuelve a mirarla como si no entendiera lo que ha dicho.

—Hôtel Bonne Ville —repite, tratando de sonar francesa (lo había practicado en casa delante del espejo). Lo intenta otra vez—. *Bonne Ville.*

La mira inexpresivo y le arranca el papel de la mano. Lo contempla un momento.

—*Ah! Hôtel Bonne Ville!* —exclama por fin el conductor, alzando la mirada con suficiencia. Le devuelve bruscamente el papel y se mete en el intenso tráfico.

Nell se reclina en el asiento y suelta una larga exhalación.

Y... bienvenida a París.

El trayecto, obstaculizado por el tráfico, tarda veinte largos y caros minutos. Nell observa a través de la ventanilla las calles atestadas, las peluquerías y los salones de manicura, mientras repite entre dientes lo que dicen las señales de tráfico en francés. Los elegantes edificios grises se yerguen contra el cielo de la ciudad, y las cafeterías brillan en la noche de invierno. París, piensa, y, con un acceso repentino de emoción, de pronto siente que todo irá bien. Pete llegará más tarde. Ella le esperará en el hotel, y mañana se reirán de lo preocupada que estaba por viajar sola. Él siempre decía que se preocupaba demasiado.

Tranqui, nena, le dirá. Pete nunca se estresaba por nada. Había viajado por todo el mundo con su mochila y aún llevaba su pasaporte en el bolsillo, «por si acaso». Decía que, cuando le atracaron con una pistola en Laos, se relajó. «No tenía sentido estresarme. O me mataban o no me mataban. Yo no podía hacer nada». Entonces asintió. «Acabamos tomándonos una birra con ellos».

Luego estaba aquella ocasión en la que iba en un ferry pequeño en Kenia y volcó en medio del río. «Simplemente cortamos los neumáticos de las bordas y nos agarramos a ellos hasta que vino la ayuda. Entonces también estuve bastante tranquilo, hasta que me dijeron que había cocodrilos en el agua».

A veces Nell se preguntaba por qué Pete, con sus rasgos morenos y sus interminables experiencias vitales (aunque las chicas las despreciaran), la había elegido a ella. No llamaba la atención ni era salvaje. De hecho, apenas había salido de su pueblo. Una vez le dijo que le gustaba porque no le daba la brasa. «Otras novias suenan así en mis oídos», dijo, abriendo y cerrando la mano imitando el pico de una cotorra. «Contigo..., bueno, se está relajado».

De vez en cuando, Nell se preguntaba si eso le hacía parecer un poco como un sofá de Furniture Warehouse, pero probablemente fuera mejor no plantearse demasiado ese tipo de cosas.

París.

Baja la ventanilla, absorbiendo los sonidos de las calles llenas de gente, el olor a perfume, café y humo, la brisa enganchándose y levantando su pelo. Los edificios son altos, con amplias ventanas y pequeños balcones; no hay bloques de oficinas. Cada esquina parece tener una cafetería con mesas redondas y sillas fuera. Y a medida que el taxi se va adentrando en la ciudad, las mujeres parecen más elegantes y la gente se saluda con besos al pararse en la acera.

Estoy aquí de verdad, piensa. Y de repente se siente agradecida por tener un par de horas para asearse antes de que llegue Pete. Por una vez no quiere ser la ingenua de ojos como platos.

Voy a ser *parisina*, se dice, y se hunde en el asiento.

El hotel está en una calle estrecha cerca de un bulevar principal. Nell cuenta los euros que marca el taxímetro y se los da al conductor. Sin embargo, en lugar de coger el dinero, el taxista hace como si le hubiera insultado, señalando su maleta en el maletero con una mueca de disgusto y gesticulando mucho.

—Lo siento. No le entiendo —dice Nell.

—*La valise!* —grita él. Y continúa diciendo algo más en un francés de ametralladora que tampoco comprende.

—La guía dice que este trayecto debería costar como máximo treinta euros. Lo he mirado.

Más gritos y gestos. Tras una pausa, Nell asiente como si le hubiera entendido, y angustiada le entrega otros diez euros. Él coge el dinero, niega con la cabeza y suelta su maleta sobre la acera. Ella se queda de pie mientras el taxi se va, preguntándose si le acaban de timar.

Sin embargo, el hotel tiene buena pinta. ¡Y ya está allí! ¡En París! Decide que no va a permitir que nada la disguste. Al entrar se encuentra un vestíbulo estrecho impregnado de olor a cera de abeja y algo más que le resulta indefiniblemente francés. Las paredes están cubiertas de madera, los sillones son viejos pero elegantes. Todos los pomos de las puertas son de latón. Ya se está preguntando qué le parecerá a Pete. *No está mal,* dirá asintiendo con la cabeza. *No está mal, nena.*

—Hola —saluda Nell con nerviosismo, y entonces, como no tiene ni idea de cómo se dice en francés—: *Parlez anglais?* Tengo una habitación reservada.

Otra mujer ha llegado y está detrás de ella, resoplando de cansancio mientras busca el papel en su bolso.

—Sí. Yo también tengo una reserva. —Deja el papel con un golpe junto al de Nell, que se hace a un lado intentando no sentirse agobiada.

—Uf. Menuda *pesadilla* para llegar aquí. Una *pesadilla.* —Es americana. El tráfico en París es *lo peor.*

La recepcionista aparenta unos cuarenta años, lleva el pelo corto en un *bob* perfecto a lo Louise Brooks. Levanta la mirada frunciendo el ceño.

—¿Las dos tienen reserva?

Se inclina hacia delante y examina los dos papeles. Luego los desliza de nuevo hacia sus propietarias.

—Pero solo me queda una habitación disponible. Estamos al completo.

—Eso es imposible. Me confirmaron la reserva. —La americana vuelve a empujar el papel hacia ella—. La reservé la semana pasada.

—Yo también —dice Nell—. Yo reservé hace dos semanas. Mire, aquí tiene el impreso.

Las dos mujeres se quedan mirándose, conscientes de pronto de su rivalidad.

—Lo siento. No sé cómo tienen esta reserva las dos. Solo tenemos una habitación. —La recepcionista consigue que parezca que es culpa de ellas.

—Pues tendrá que buscarnos otra habitación —dice la mujer—. Tiene que cumplir con las condiciones de la reserva. Mire, aquí las tiene, con todo lujo de detalles.

La francesa arquea una ceja perfectamente depilada.

—Madame, no le puedo dar lo que no tengo. Hay una habitación, con camas separadas. Puedo ofrecerles un reembolso, pero no tengo dos habitaciones.

—Pero yo no puedo ir a otro sitio. He quedado con alguien aquí —señala Nell—. No sabrá dónde estoy.

—Yo no me muevo de aquí —replica la americana, cruzándose de brazos—. Acabo de volar casi diez mil kilómetros, y tengo una cena a la que asistir. No tengo tiempo de buscar otro lugar.

—Entonces pueden compartir la habitación. Les puedo ofrecer un descuento del cincuenta por ciento a cada una.

—¿Compartir habitación con una desconocida? Está de broma... —exclama la americana.

—En tal caso le sugiero que busque otro hotel —replica fríamente la recepcionista, y se vuelve para contestar el teléfono.

Nell y la americana se quedan mirándose.

—Acabo de aterrizar de un vuelo desde Chicago —dice la americana.

—Es la primera vez que estoy en París. No sé dónde buscar un hotel —contesta Nell.

Ninguna se mueve. Finalmente, Nell añade:

—Mire, mi novio va a venir a buscarme aquí. Podríamos subir las maletas por ahora, y, cuando llegue, veré si él puede buscarnos otro hotel. Conoce París mejor que yo.

La americana la mira lentamente de arriba abajo, como si estuviera decidiendo si confiar en ella.

—No voy a compartir habitación con vosotros dos.

Nell le mantiene la mirada.

—Créame, tampoco es la idea que tengo de una escapada de fin de semana divertida.

—Supongo que no tenemos elección —se resigna por fin la mujer—. No puedo creer que esto esté pasando.

Informan a la recepcionista de su plan, para Nell con una irritación exagerada por parte de la americana, teniendo en cuenta que básicamente le acaba de ceder su habitación.

—Y cuando se vaya la señora, quiero mi descuento del cincuenta por ciento —continúa—. Todo esto es una vergüenza. Esto sería inaceptable en mi país.

Nell se pregunta si alguna vez se ha sentido más incómoda, atrapada entre el desinterés de la francesa y el resentimiento en ebullición de la americana. Trata de imaginar qué haría Pete en su lugar. Se reiría, se lo tomaría con calma. Esa capacidad de reírse de la vida es una de las cosas que le atraen de él. No pasa nada, se dice Nell. Luego se reirán juntos de todo esto.

Cogen la llave y comparten el diminuto ascensor hasta la tercera planta. Nell va detrás. La puerta se abre y entran en una buhardilla con dos camas.

—Oh —dice la americana. No hay bañera. Odio que no haya bañera. Y es muy *pequeña*.

Nell deja su maleta en el suelo. Se sienta al pie de la cama y escribe un mensaje a Pete contándole lo ocurrido y preguntándole si puede buscar otro hotel.

Te espero aquí. Por favor, dime si llegarás a tiempo para la cena. Tengo bastante hambre.

Ya son las ocho.

Pete no contesta. Se pregunta si estará pasando el túnel del canal; si es así, todavía le queda una hora y media al menos. Se queda sentada en silencio mientras la americana abre su maleta sobre la cama resoplando, y coloca su ropa sin dejarle una sola percha.

—¿Está aquí por negocios? —pregunta Nell cuando el silencio se hace demasiado pesado.

—Dos reuniones. Una esta noche y mañana día libre. Llevo un mes sin un solo día libre. —La americana lo dice como si fuera culpa de Nell—. Y mañana tengo que estar al otro lado de París. Ahora tengo que salir. Confío en que no vas a tocar mis cosas.

Nell la mira fijamente.

—No voy a tocar sus cosas.

—No quiero ser grosera. Es que no estoy acostumbrada a compartir habitación con una absoluta desconocida. Cuando llegue tu novio, te agradecería que dejases la llave en recepción.

Nell intenta no mostrar su ira.

—Lo haré —dice, y coge su libro, fingiendo leer mientras la americana sale de la habitación tras lanzar una última mirada atrás. Y justo en ese momento suena un mensaje en su móvil. Nell lo coge rápidamente.

Lo siento, nena. No voy a poder ir. Disfruta mucho del viaje.

3

*F*abien se sienta en el tejado, se cala el gorro de lana por encima de los ojos y enciende otro cigarrillo. Es el sitio donde solía fumar siempre que cabía la posibilidad de que Sandrine volviera a casa inesperadamente. A ella no le gustaba el olor, y si fumaba dentro arrugaba la nariz y decía que el estudio olía asqueroso.

Es una cornisa estrecha, pero lo bastante grande como para que quepa un hombre alto con una taza y trescientas treinta y dos páginas de manuscrito. En verano a veces se echa la siesta ahí, y cada día saluda a los gemelos adolescentes del otro lado de la plaza. Ellos salen al tejado de su piso a escuchar música y fumar, lejos de la mirada de sus padres.

El centro de París está lleno de rincones como este. Si no tienes jardín o un balconcito, buscas tu espacio al aire libre donde puedes.

Fabien coge su lápiz y empieza a tachar palabras. Lleva seis meses editando el manuscrito, y las líneas de escritura están llenas de marcas de lápiz. Cada vez que lee su novela le encuentra más defectos.

Los personajes son sosos, sus voces falsas. Su amigo Philippe dice que tiene que dar un paso adelante, pasarlo a máquina y dárselo al agente que está interesado. Pero, cada vez que lo mira, ve más razones para no enseñar el libro a nadie.

No está listo.

Sandrine opinaba que no quería entregárselo a un agente porque así podría seguir diciéndose a sí mismo que aún tenía esperanza. Era una de las cosas menos crueles que le había dicho.

Mira otra vez su reloj, consciente de que solo queda una hora para que empiece su turno. Y entonces oye el móvil sonando dentro de la casa. ¡Mierda! Se maldice por olvidar metérselo en el bolsillo antes de salir al tejado. Pone la taza sobre el montón de hojas para evitar que se vuelen, y se vuelve para trepar por la ventana.

Aunque más tarde no sabrá bien cómo pasó, su pie derecho resbala en la mesa que utiliza para volver a entrar, y para mantener el equilibrio el izquierdo sale disparado hacia atrás. Y ese pie —su enorme y torpe pie, como diría Sandrine— golpea la taza y las hojas tirándolas de la cornisa. Fabien se vuelve justo a tiempo para oír cómo la taza se hace añicos sobre los adoquines de la calle y contemplar trescientas treinta y dos páginas cuidadosamente editadas volando al cielo del anochecer.

Se queda mirando mientras sus páginas ascienden con el viento y, como palomas blancas, desaparecen flotando por las calles de París.

4

Nell lleva una hora tumbada en la cama, pero aún no sabe qué hacer. Pete no viene a París. No viene. Ha viajado hasta la capital de Francia con ropa interior nueva y las uñas de los pies pintadas de rojo, y Pete le ha dado plantón.

Durante los primeros diez minutos, se quedó mirando el mensaje —su alegre «Disfruta mucho del viaje»— y esperando más. Pero no hay nada más.

Se queda tirada sobre la cama, con el teléfono aún en la mano, contemplando la pared. Cae en la cuenta de que parte de ella siempre ha sabido que esto podía ocurrir. Mira el móvil, enciende y apaga la pantalla, solo para asegurarse de que no está soñando.

Pero lo sabe. Probablemente ya lo supiera anoche, cuando él no contestó a su llamada. Es posible incluso que lo supiera la semana pasada, cuando respondía a todas sus ideas de lo que podían hacer en París con un «Sí, lo que sea» o un «No sé».

No era solo que Pete no fuera un novio fiable —de hecho, desaparecía sin decirle adónde iba bastante a menudo—.

Si era sincera consigo misma, en realidad no la había invitado a ir a París. Estuvieron hablando de los sitios en los que habían estado, ella admitió que nunca había ido a París, y él dijo vagamente: «¿En serio? Oh, París es brutal. Te encantaría».

Dos días más tarde, al salir Nell de la presentación mensual de evaluación de riesgos para futuros licenciados (¡La evaluación de riesgos juega un papel fundamental en ayudar a que las organizaciones comprendan y gestionen los riesgos, para evitar problemas y aprovechar oportunidades! Disfrutad de la visita a la fábrica, ¡y cuidado cuando os acerquéis a la maquinaria!), encontró el carrito de sándwiches en el pasillo. Los habían traído diez minutos antes de la hora. Se quedó mirando el surtido, valorando mentalmente los pros y los contras, y finalmente se decidió por uno de salmón y crema de queso, aunque era martes, y los martes ella nunca compraba salmón y crema de queso.

—Qué demonios. Esta semana tenemos una bonificación, ¿no? Tiremos la casa por la ventana —le dijo alegremente a Carla, que empujaba el carrito. Y entonces entró en la cocina de la oficina, deteniéndose para coger un poco de agua del dispensador, y, al pararse a llenar el vaso, medio escuchó una conversación entre dos compañeros al otro lado de la pared.

—Yo lo voy a gastar en un viaje a Barcelona. Llevo prometiéndole a mi mujer que la llevaría desde que nos casamos. —Parecía Jim, de Logística.

—Shari va a comprar uno de esos bolsos elegantes. Esa chica se va a gastar la bonificación en dos días.

—Lesley lo va a guardar para comprar un coche. ¿Nell?

—Nell no va a ir a Barcelona.

Los dos se echaron a reír. Y Nell, llevándose el vaso de plástico a los labios, se quedó helada.

—Nell lo meterá en una cuenta de ahorros. Tal vez después de hacer una hoja de cálculo. Esa chica tarda media hora en elegir un sándwich.

—«¿Debería coger el de jamón con pan de centeno? Pero es martes, y normalmente como jamón con pan de centeno los viernes. A lo mejor cojo uno de crema de queso. Normalmente como crema de queso los lunes. ¡Pero, qué demonios, tiremos la casa por la ventana!». —Volvieron a reírse de la cruel imitación de su voz. Nell bajó la mirada hacia su sándwich.

—Tío, esa chica no ha tenido un momento salvaje en toda su vida.

Solo se comió la mitad del sándwich, y eso que le encantaba el de salmón con crema de queso. Le supo extrañamente gomoso en la boca.

Aquella noche fue a casa de su madre. Tras años de evasivas, Lilian había admitido por fin que la casa era demasiado grande para una sola persona y accedió a mudarse, pero privar a alguien del lugar en el que ha vivido durante veinticinco años es como quitar el caparazón a un caracol. Dos veces por semana, Nell iba a revisar cajas de recuerdos, ropa o documentos apilados en las estanterías de toda la vieja casa e intentaba convencer a su madre de deshacerse de algunos de ellos al menos. Casi siempre se pasaba una hora convenciéndola de que no necesitaba un burro de paja de unas vacaciones en Mallorca en 1983, para después salir del cuarto de baño al cabo de la noche y encontrar que su madre lo había escondido otra vez en la habitación de invitados. Iba a ser un largo proceso. Esa noche eran postales y ropa de bebé. Perdida en sus recuerdos, Lilian iba cogiendo las prendas una por una, preguntándose en voz alta si «algún día encontrarían otro uso».

—Ay, estabas preciosa con este vestidito. Incluso con tus rodillas. Y hablando de eso, ¿te acuerdas de Donna Jackson del *nail bar*? Su hija Cheryl se metió en una de esas páginas de citas de internet. Bueno, pues salió con un hombre, y, cuando fueron a su apartamento, el hombre tenía las estanterías llenas de libros sobre asesinos en serie.

—¿Y lo era? —dijo Nell, intentando meter en una bolsa varias chaquetitas de lana devoradas por las polillas mientras su madre estaba distraída.

—¿Que si era qué?

—Un asesino en serie.

—¿Cómo quieres que lo sepa?

—Mamá, ¿volvió a su casa Cheryl?

Lilian dobló el vestidito y lo dejó a su lado en el montón «para guardar».

—Ah, pues claro. Le contó a Donna que el tipo quería que se pusiera una máscara o un rabo peludo o algo así, así que ella se lo despachó.

—Lo despachó, mamá.

—¿Qué diferencia hay? En fin, me alegro de que seas una chica sensata y no corras riesgos. Ay, ¿te he dicho que la señora Hogan me pidió que le dieras de comer a su gato mientras está fuera?

—Vale.

—Porque para entonces yo ya me habré mudado. Y dice que necesita a alguien totalmente de fiar.

Nell se quedó mirando los pantaloncitos que tenía en la mano durante un buen rato antes de meterlos en la bolsa de basura con una ferocidad innecesaria.

A la mañana siguiente estaba cruzando el vestíbulo de la estación de camino al trabajo cuando se detuvo delante de la agencia de viajes. Un anuncio en el escaparate decía: «Único día, oferta especial – 2 por 1 – Tres noches en París – La Ciudad de la Luz». Prácticamente antes de darse cuenta, había entrado y comprado dos billetes. La noche siguiente, cuando fueron a casa de Pete, se los dio, ruborizada medio de vergüenza, medio de satisfacción.

—¿Que has hecho qué? —Ahora recuerda que él estaba borracho, y parpadeó despacio, como si no se lo creyera—. ¿Me has comprado un billete a París?

—Para los dos —contestó ella mientras él trataba de desabrochar torpemente los botones de su vestido—. Un fin de semana largo en París. Pensé que sería... divertido. ¡Deberíamos, ya sabes, volvernos locos!

Esa chica no ha tenido un momento salvaje en toda su vida.

—He estado mirando hoteles, y he encontrado uno justo detrás de la rue de Rivoli. Es un tres estrellas, pero le dan un noventa y cuatro por ciento de valoración, y es una zona de poca criminalidad, quiero decir, que con lo único que advierten que hay que tener cuidado es con el bolso, así que me compraré uno de esos...

—¡Me has comprado un billete a París! —Pete meneó la cabeza, y el pelo le cayó sobre un ojo—. Claro, nena. ¿Por qué no? Guay. —No recordaba qué más dijo, puesto que en ese instante cayeron sobre la cama.

Ahora tendría que volver a Inglaterra y decirle a Magda, Trish y Sue que tenían razón. Que Pete era exactamente como decían. Había sido una imbécil y malgastado su dinero. Había cancelado el Viaje de Chicas a Brighton para nada.

Cierra los ojos con fuerza hasta que está segura de que no va a llorar, y se incorpora. Mira su maleta. Se pregunta dónde encontrar un taxi y si puede cambiar el billete. ¿Y si va a la estación pero no la dejan subirse al tren? Se pregunta si debería pedirle a la recepcionista del hotel que llame a Eurostar de su parte, pero teme la mirada de hielo de esa mujer. No sabe qué hacer. De pronto, París le parece inmensa, desconocida, desagradable, y a un millón de kilómetros de su casa.

Su teléfono vuelve a sonar. Lo coge rápidamente, con el corazón acelerado de repente. ¡Al final viene! ¡Todo irá bien! Pero es Magda.

¿Lo pasas bien, sucia potrilla?

Nell parpadea mirando el mensaje y de pronto siente una nostalgia horrible. Desearía estar allí, en la habitación de hotel de Magda, con un vaso de plástico de champán barato sobre el lavabo del baño peleándose por un hueco ante el espejo para maquillarse. Es una hora menos en Inglaterra. Aún se estarán arreglando, con sus vestidos nuevos a medio sacar de las maletas sobre la moqueta, y la música lo bastante alta como para provocar quejas.

Por un instante, piensa que nunca se ha sentido tan sola.

Todo genial, gracias. ¡Divertíos!

Lo escribe lentamente y pulsa «Enviar», esperando ese sonido acuoso que le dice que ya ha atravesado el Canal de la Mancha. Y entonces apaga el móvil para no tener que mentir más.

Nell estudia el horario del Eurostar, saca su cuaderno del bolso y hace una lista de sus opciones. Son las nueve menos cuarto. Aunque llegue a la estación, es poco probable que coja un tren que la lleve de vuelta a Inglaterra a tiempo para poder ir a casa. Tendrá que pasar la noche en París.

Bajo la dura luz del espejo del baño, parece cansada y harta, con el rímel corrido por las lágrimas. Parece de esas chicas que acaban de viajar hasta París para que las deje plantadas su novio poco fiable. Apoya las manos en el lavabo, inspira larga y temblorosamente, e intenta pensar con claridad.

Irá a buscar algo de comer, dormirá un poco y entonces se sentirá mejor. Mañana temprano cogerá un tren a casa.

Tampoco es lo que esperaba, pero es un plan, y Nell siempre se siente mejor cuando tiene un plan.

Cierra la puerta con llave y baja a recepción. Intenta parecer despreocupada y confiada, como una mujer acostumbrada a verse sola en ciudades desconocidas.

—Eh, ¿tienen la carta del servicio de habitaciones? No la he visto arriba —le pregunta a la recepcionista.

—¿Servicio de habitaciones? Mademoiselle, está usted en la capital gastronómica del mundo. Aquí no hay servicio de habitaciones.

—Vale, entonces, ¿sabe de algún sitio agradable donde pueda comer algo?

La mujer se queda mirándola.

—¿Quiere un restaurante?

—O una cafetería. Cualquier cosa. Algún sitio al que pueda ir andando. Ah..., y..., eh..., si vuelve la otra mujer, ¿puede decirle que me quedo esta noche?

La francesa arquea mínimamente una ceja, y Nell imagina que piensa: «O sea, ¿que tu novio no se ha presentado, ratoncita inglesa? No me sorprende».

—Está el Café des Bastides —dice, entregándole un mapa turístico—. Al salir gire a la derecha y está a dos calles, en la acera de la izquierda. Es muy agradable. Y está bien para —hace una pausa— comer sola.

—Gracias.

—Llamaré a Michel para asegurarme de que tienen mesa. ¿Su nombre?

—Nell.

—*Nell.* —La mujer lo pronuncia como si fuera una desgracia.

Con las mejillas ardiendo, Nell coge el mapa, se lo mete en el bolso y sale con paso enérgico del vestíbulo del hotel.

El café está lleno, las mesas redondas de la calle a rebosar de parejas o grupos de personas sentadas hombro con hombro con sus gruesos abrigos, fumando, bebiendo, charlando mientras miran la calle bulliciosa. Nell duda, levanta la mirada para comprobar el nombre en el cartel, y se pregunta por un instante si es capaz de sentarse ahí sola. Tal vez podría meterse en un supermercado y comprarse un sándwich. Sí, esa sería la opción más segura. Un hombre enorme con barba está en la puerta, y su mirada se posa sobre ella.

—¿La inglesa, sí? —Su voz suena con estruendo entre las mesas.

Nell se encoge.

—¿Es usted NELL? ¿Mesa para uno? —Unas cuantas cabezas se vuelven a mirarla. Nell se pregunta si es posible morir espontáneamente de vergüenza.

—Eh, sí —murmura al cuello de la camisa. Él le hace un gesto para que entre, le encuentra una mesita con una silla en una esquina junto a la ventana, y ella se desliza en el asiento. El interior de las ventanas está empañado con un vapor viciado, y a su alrededor las mesas bullen con cincuentonas bien vestidas exclamando palabras que no puede entender, jóvenes parejas mirándose por encima de sus copas de vino. Se siente cohibida, como si llevara un cartel que dijera: «TENGAN PIEDAD DE MÍ. NO TENGO A NADIE CON QUIEN CENAR». Levanta la mirada hacia la pizarra con el menú, y repite varias veces las palabras desconocidas en su cabeza antes de decirlas en alto.

—*Bonsoir.* —El camarero, que lleva la cabeza afeitada y un delantal largo y blanco, deja una jarra de agua delante de ella—. *Qu'est-ce...*

—*Je voudrais le steak frites, s'il vous plaît* —dice a toda prisa. El plato, un filete con patatas, es caro, pero es lo único que se ve capaz de pronunciar.

El camarero asiente levemente y mira detrás de sí, como si estuviera distraído.

—¿El filete? ¿Y para beber, mam'selle? —pregunta en un inglés perfecto—. ¿Un poco de vino?

Iba a tomar Coca-Cola, pero susurra:

—Sí, por favor.

—*Bon* —dice él. En pocos minutos vuelve con una cesta de pan y una jarra de vino. Los deja sobre la mesa como si fuera completamente normal que una mujer se siente sola un viernes por la noche, y se marcha.

Nell no cree haber visto nunca a una mujer sola en un restaurante, aparte de esa vez que fue de viaje de trabajo a Corby y vio a aquella mujer sentada con su libro junto a los aseos que se comía dos postres en vez del plato principal. Donde Nell vive, las chicas salen a comer en grupo, generalmente curry y tras una larga velada bebiendo. Las más mayores pueden ir solas al bingo o a un evento familiar. Pero las mujeres no salen solas a comer así sin más.

Sin embargo, al mirar a su alrededor mordiendo un trozo de pan francés crujiente, ve que no es la única que está sola. Hay una mujer al otro lado de la ventana, con una jarra de vino tinto sobre la mesa, fumando un cigarrillo mientras contempla a los parisinos pasar por delante de ella. Un hombre en la esquina lee el periódico y se lleva el tenedor a la boca con algo de comer. Otra mujer de pelo largo, jersey de cuello vuelto y los incisivos separados charla con un camarero. Nadie les presta atención. Nell se relaja un poco, desenrollando su bufanda.

El vino está bueno. Le da un sorbo y siente cómo la tensión del día se filtra y desaparece. Le da otro sorbo. Llega el filete, marrón chamuscado y humeante, pero cuando lo corta ve que está poco hecho. Se pregunta si debería pedir que se lo hagan más, pero no quiere montar un numerito, especialmente si implica hablar en francés.

Además, está rico. Las patatas están crujientes, doraditas y calientes, y la ensalada verde está deliciosa. Se lo come todo, sorprendida de su apetito. Cuando vuelve el camarero sonríe ante su evidente satisfacción, como si la viera por primera vez.

—Está bueno, ¿eh?

—Delicioso —contesta—. Gra..., eh, *merci.* —Él asiente y le rellena la copa. Nell tiene una sensación breve e inesperada de placer. Pero cuando va a agarrarla, no calcula bien y tira la mitad de la copa en el delantal y los zapatos del camarero. Se asoma por encima de la mesa y ve las manchas rojo oscuro.

—¡Lo siento mucho! —dice llevándose las manos a la boca.

Él suelta un suspiro de cansancio y se limpia con un trapo.

—De verdad. No es importante.

—Lo siento. Ay, yo...

—De verdad. No importa. Va como el resto del día.

La mira con una sonrisa vaga, como diciendo que la entiende, y desaparece.

Nota las mejillas encendidas y saca su cuaderno del bolso para tener algo que hacer. Pasa rápidamente la hoja con su lista de cosas que visitar en París y se queda mirando una página en blanco hasta estar segura de que nadie la observa.

«Vive el momento», escribe en la página limpia, y lo subraya dos veces. Lo leyó una vez en una revista.

Alza la vista hacia el reloj. Son las diez menos cuarto. Solo faltan unos treinta y nueve mil seiscientos momentos de ruborizarse, piensa, y podrá subirse al tren otra vez y fingir que este viaje nunca ha ocurrido.

Cuando regresa al hotel, la mujer francesa sigue en recepción. Por supuesto. Desliza la llave sobre el mostrador hacia ella.

—La otra señora no ha vuelto todavía —le dice. Lo pronuncia *la otga*—. Si vuelve antes de que termine, le diré que usted está en la habitación.

Nell murmura un gracias y se va arriba.

Abre la ducha y se mete debajo del agua, tratando de quitarse toda la desilusión del día. Finalmente, a las diez y media, se mete en la cama y lee una de las revistas francesas que hay sobre la mesilla. No entiende la mayoría de las palabras, pero tampoco se ha traído un libro. No esperaba pasar el tiempo leyendo.

Por fin, a las once, apaga la luz y se queda tumbada en la oscuridad, escuchando el ruido de las motocicletas zumbando por las estrechas callejuelas, las conversaciones y carcajadas de los franceses que vuelven a casa. Siente como si se hubiera quedado fuera de una gran fiesta.

Sus ojos se llenan de lágrimas, y se pregunta si debería llamar a las chicas y contarles lo que ha pasado. Pero no está preparada para su compasión. No se permite pensar en Pete, ni en el hecho de que la ha plantado. Intenta no imaginar la cara de su madre cuando le tenga que explicar la verdad sobre su escapada romántica.

Y en ese momento se abre la puerta. Se enciende la luz.

—No me lo creo. —La americana se queda quieta, con el rostro enrojecido del alcohol, y un pañuelo grande y morado plegado sobre los hombros—. Creía que ya te habrías ido.

—Yo también —dice Nell, tapándose la cabeza con la colcha—. ¿Le importaría bajar un poco la luz, por favor?

—No me han dicho que seguías aquí.

—Pues aquí estoy.

Oye el golpe de su bolso al caer sobre la mesa, el ruido de las perchas chocando en el armario.

—No me resulta agradable pasar la noche en una habitación con una desconocida.

—Créame, usted tampoco ha sido mi primera elección como compañera.

Nell se queda debajo de la colcha mientras la mujer arma alboroto, entra y sale del baño. Oye cómo se lava los dientes, hace gárgaras y tira de la cadena a través de unas paredes demasiado finas. Intenta imaginar que está en otro sitio. Tal vez en Brighton, con alguna de las chicas, metiéndose en la cama borracha.

—Tengo que decírtelo, no estoy contenta —insiste la mujer.

—Pues vaya a dormir a otra parte —salta Nell—. Porque tengo el mismo derecho que usted a dormir en esta habitación. De hecho, si mira las fechas de la reserva, más.

—No hace falta ponerse borde —replica la americana.

—Tampoco hace falta hacerme sentir peor de lo que ya me siento.

—Cariño, no es culpa mía que tu novio no haya aparecido.

—Y no es *mi* maldita culpa que el hotel haya hecho mal nuestras reservas.

Hay un largo silencio. Nell se pregunta si tal vez ha sido demasiado brusca. Al fin y al cabo es ridículo, dos mujeres peleándose en un espacio tan pequeño. Estamos en el mismo barco, se dice. Intenta pensar en algo amable que decir.

Y en ese momento la voz de la americana atraviesa la oscuridad.

—Pues, para que lo sepas, voy a meter mis objetos de valor en la caja fuerte. Y he hecho defensa personal.

—Y yo me llamo Georges Pompidou —murmura Nell. A oscuras, deja la mirada en blanco y espera a oír el clic que le indique que la luz está apagada.

—Pues, para que conste —una voz sale de la oscuridad—, es un nombre muy raro.

A pesar de que está exhausta y un poco triste, no consigue conciliar el sueño, que se acerca y la esquiva de manera irritante como un amante vergonzoso. Trata de relajarse, y acallar sus pensamientos, pero hacia la medianoche una voz en su mente dice rotundamente: *No, señorita. No va usted a dormir.*

En su lugar, su cerebro empieza a dar vueltas y vueltas como una lavadora, arrojándole pensamientos oscuros como ropa sucia. ¿Se había volcado demasiado con Pete? ¿No había sido suficientemente tranquila? ¿Era por la lista de galerías de arte francesas que había hecho a mano, con sus pros y sus contras (duración del trayecto frente a posible longitud de la cola)?

¿Era simplemente demasiado aburrida para que ningún hombre la quisiera?

La noche se alarga más y más. Se queda tumbada a oscuras, tratando de no oír los ronquidos de la desconocida que duerme en la cama de al lado. Intenta estirarse, bostezar, cambiar de posición. Trata de respirar hondo, relajar partes de su cuerpo e imaginar que mete sus pensamientos oscuros en una caja y tira la llave.

Sobre las tres de la madrugada, asume que probablemente no duerma hasta el amanecer. Se levanta, va sigilosamente hasta la ventana y separa la cortina unos centímetros del cristal.

Los tejados brillan bajo la luz de las farolas. Una llovizna cae silenciosamente sobre la calzada. Una pareja camina despacio hacia casa, con las cabezas pegadas, murmurándose cosas.

Podría haber sido tan maravilloso, piensa.

Los ronquidos de la americana son cada vez más fuertes. Resopla, emite un sonido gutural de ahogo y, después de un silencio breve y prometedor, empieza a roncar otra vez. Nell busca sus tapones en la bolsa (trajo dos pares, por si acaso) y se vuelve a meter en la cama. En poco más de ocho horas estaré otra vez en casa, piensa, y con ese pensamiento reconfortante se queda dormida, por fin.

5

En el café, Fabien está sentado junto al ventanuco de la cocina, observando cómo Émile friega las enormes sartenes de acero, mientras un *sous-chef*, René, trabaja silenciosamente a su lado. Bebe una gran taza de café a sorbitos, con los hombros hundidos. El reloj marca la una menos cuarto.

—Escribirás otra. Será mejor —dice Émile.

—He puesto todo lo que tenía en ese libro. Y ahora todo ha desaparecido.

—Venga. Dices que eres escritor. Seguro que tienes más de un libro en la cabeza. Si no, vas a ser un escritor hambriento. Y la próxima vez, quizá mete los cambios en el ordenador, ¿eh? Así puedes imprimir una copia, y ya.

Fabien ha encontrado ciento ochenta y tres de las más de trescientas páginas que se volaron. Algunas estaban manchadas de barro y lluvia, y pisoteadas. Otras habían desaparecido en la noche parisina. Mientras caminaba por las calles cerca de su casa, veía alguna página volando o metiéndose en alguna alcantarilla, ignoradas por los transeúntes. El ver sus palabras allá fuera, sus pensamientos más profundos expuestos a la vista, le hizo sentir como si estuviera completamente desnudo en la calle.

—Soy un imbécil, Émile. Sandrine me dijo tantas veces que no sacara mi trabajo al tejado...

—Uy, no. Otra historia de Sandrine, no. ¡Por favor! —Émile vacía el fregadero de agua grasienta y vuelve a llenarlo—. Si ahora nos toca otra historia de Sandrine, necesito un poco de brandy.

—Ya te has bebido todo el brandy —observa René.

—¿Qué voy a hacer?

—Lo que dice tu gran héroe, Samuel Beckett: «Inténtalo de nuevo. Fracasa de nuevo. Fracasa mejor».

Émile alza la vista, con la piel morena brillando por el sudor y el vapor.

—Y no me refiero solo al libro. Tienes que salir ahí fuera otra vez. Conocer mujeres. Beber un poco, bailar un poco... ¡Buscar material para otro libro!

—Yo leería ese libro —comenta René.

—¡Mira! —exclama Émile—. René leerá tu libro. Y eso que solo lee pornografía.

—No leo las palabras —puntualiza René.

—Ya lo sabemos, René —contesta Émile.

—No sé. No estoy de humor —dice Fabien.

—¡Pues ponte de humor! —Émile es como un radiador, siempre te hace sentir más calentito—. Al menos ahora tienes una razón para salir de tu apartamento, ¿eh? Ve y vive. Piensa en otra cosa.

Termina de fregar la última sartén. La apila sobre las otras y se echa el trapo sobre un hombro.

—Vale. Olivier tiene el turno de noche mañana, ¿verdad? Pues tú y yo salimos a tomar unas cervezas. ¿Qué te parece?

—No sé...

—Bueno, ¿y qué vas a hacer si no? ¿Quedarte toda la noche en tu diminuta casa? Nuestro presidente monsieur Hollande te dirá por la tele que no hay dinero. Y tu casa vacía te dirá que no hay mujer.

—Émile, no estás haciendo que suene mejor.

—¡Sí que lo hago! ¡Soy tu amigo! Te estoy dando un millón de razones para que salgas conmigo. Venga, nos echamos unas risas. Conquistamos mujeres. Nos detienen.

Fabien se termina el café y le da la taza a Émile, que la deja en el fregadero.

—Venga, hombre, tienes que vivir para tener algo de lo que escribir.

—Puede —responde Fabien—. Lo pensaré.

Émile niega con la cabeza mientras Fabien se despide de ellos y se marcha.

6

*L*a despiertan unos porrazos en la puerta. Al principio los oye de lejos, pero se hacen cada vez más fuertes, hasta que tiene que taparse las orejas con la almohada. Entonces oye una voz.

—Servicio de limpieza.

Servicio de limpieza.

Nell se incorpora de un empujón, parpadeando, con un leve pitido en los oídos, y por un instante no tiene ni idea de dónde está. Se queda mirando la cama desconocida, luego el papel pintado. Oye unos golpes secos ahogados. Se lleva las manos a las orejas y se quita los tapones. De repente, el ruido se hace ensordecedor.

Va hasta la puerta y la abre, frotándose los ojos.

—¿Sí?

La mujer, con uniforme de limpiadora, se disculpa y da un paso atrás.

—*Ah. Je reviendrai.*

Pero Nell no entiende lo que ha dicho. Así que asiente y deja que se cierre la puerta. Se siente como si la hubieran atropellado. Busca con la mirada a la americana, pero solo ve una cama vacía, con la colcha hecha un gurruño y la puerta del armario abierta revelando una hilera de perchas vacías. Con repentino pánico, busca su maleta por toda la habitación, pero sigue ahí.

No había caído en la cuenta de que la mujer se iría tan temprano, pero es un alivio no tener que enfrentarse a esa cara enrojecida y enfadada otra vez. Ahora puede ducharse tranquilamente y...

Mira su teléfono. Son las once y cuarto.

No puede ser.

Enciende la televisión, y pasa canales hasta encontrar uno de noticias.

En efecto, son las once y cuarto.

Repentinamente despierta, empieza a recoger sus cosas, metiéndolas en la maleta, y se viste. Coge la llave y los billetes, y baja las escaleras corriendo. La francesa está en el mostrador de recepción, igual de impecable que la noche anterior. De pronto, desearía haberse parado a cepillarse el pelo.

—Buenos días, mademoiselle.

—Buenos días. Me preguntaba si podría..., si... Bueno, tengo que cambiar mi billete del Eurostar.

—¿Quiere que llame a Eurostar?

—Por favor. Tengo que volver a casa hoy. Una... emergencia familiar.

La mujer no se inmuta.

—Por supuesto.

Coge el billete y marca, y empieza a hablar en un francés rápido. Nell se pasa los dedos por el pelo y se frota el sueño de los ojos.

—No tienen nada hasta las cinco. ¿Le va bien?

—¿Nada de nada?

—Había asientos en los primeros trenes de la mañana, pero hasta las cinco, nada.

Nell se maldice por haber dormido hasta tan tarde.

—Está bien.

—Y tendrá que comprar otro billete.

Se queda mirando el billete que la francesa extiende hacia ella. Lo dice ahí claramente: No admite cambios.

—¿Otro billete? ¿Y cuánto me va a costar?

La mujer dice algo, y pone la mano sobre el auricular.

—Ciento setenta y ocho euros. ¿Quiere reservarlo?

Ciento setenta y ocho euros. Casi ciento cuarenta libras.

—Eh..., ah... ¿Sabe qué?... Tengo que calcular una cosa.

Al coger el billete de las manos de la mujer, no se atreve a mirarla. Se siente estúpida. Por supuesto que un billete barato no admitiría cambios.

—Muchas gracias. —Corre de vuelta a la seguridad de su habitación, ignorando a la recepcionista, que la está llamando.

Nell se sienta al pie de la cama y maldice en voz baja. Entonces, la cosa está entre pagar la mitad del sueldo de una semana para volver a casa o continuar con el Peor Fin de Semana Romántico del Mundo durante una noche más sola. Puede esconderse en su buhardilla con su televisión francesa que no entiende. Puede sentarse sola en cafés, intentando no mirar a todas las parejas felices.

Decide hacerse un café, pero no hay hervidor en la habitación.

—¡Oh, por el amor de Dios! —exclama. Y decide que odia París.

En ese momento ve un sobre medio abierto en el suelo, medio oculto bajo la cama, con algo asomando. Se agacha y lo coge. Son dos entradas para una exposición de una artista que apenas conoce. Les da la vuelta. Deben de ser de la americana. Las vuelve a dejar. Ya decidirá qué hacer con ellas más tarde.

Ahora tiene que maquillarse un poco y peinarse, y luego necesita tomar un café.

Cuando sale afuera a la luz del sol se siente mejor. Camina hasta que ve una cafetería que tiene buena pinta y pide un *café au lait* con un *croissant*. Se sienta en la terraza, arropándose contra el frío junto a otras personas que hacen lo mismo. Acaricia al pequeño perro de una anciana que está sentada cerca de ella, con un pañuelo anudado con precisión de origami japonés. Hace un par de fotos. Un francés inclina su sombrero saludándola, y no puede evitar sonreírle.

El café está bueno y el *croissant,* delicioso. Apunta el nombre de la cafetería en su cuaderno, por si le apetece volver. Deja una propina y vuelve lentamente al hotel, pensando: «Bueno, he tenido desayunos peores». Al otro lado de la calle hay una tienda de bolsos, y mira a través del escaparate el cuero elegante y cortado con precisión, los preciosos colores pastel. La tienda parece un set de rodaje. Se detiene al oír una música de violonchelo, y levanta la mirada hasta encontrar que el sonido procede de la ventana semiabierta de un balcón. Escucha, y se sienta brevemente sobre el escalón de acceso a la tienda. Es lo más bonito que ha oído nunca. Cuando la música cesa, una chica sale al balcón con un chelo y mira hacia abajo. Nell se pone de pie, de repente un poco avergonzada, y sigue andando, perdida en sus pensamientos.

No sabe qué hacer. Camina despacio, debatiendo consigo misma, garabateando en su cuaderno las razones a favor y en contra de coger el tren de las cinco. Si se sube al tren, podría incluso empalmar con el último tren a Brighton y dar una sorpresa a las chicas. Podría salvar el fin de semana. Podría emborracharse y confesarlo todo, y ellas la cuidarían. Para eso estaban las amigas.

Pero la idea de gastar otras ciento cincuenta libras en un fin de semana ya desastroso le descorazona. Y no quiere acabar su primer viaje a París huyendo con el rabo entre las piernas. No quiere recordar su primera vez allí como aquella ocasión en que la dejaron tirada y se fue a casa sin ver siquiera la Torre Eiffel.

Sigue pensando cuando llega al hotel, de modo que casi se olvida hasta que mete la mano en el bolsillo para sacar la llave. Y encuentra las entradas de la americana.

—Oh, disculpe —dice a la recepcionista—. ¿Sabe qué ha sido de la mujer con la que compartía habitación? ¿La habitación 42?

La mujer hojea un fajo de papeles.

—Se fue a primera hora de la mañana. Una... emergencia familiar, creo. —Su cara no revela nada—. Parece que este fin de semana está habiendo muchas emergencias.

—Se dejó unas entradas en la habitación. Para una exposición. Me preguntaba qué hacer con ellas. —Se las enseña, y la recepcionista las estudia.

—Se fue directa al aeropuerto... Uy. Es una exposición muy buena, creo. Salió en las noticias anoche. La gente está haciendo horas de cola para verla.

Nell vuelve a mirar las entradas.

—Yo iría, mademoiselle. —La mujer le sonríe—. Es decir..., si su emergencia familiar puede esperar.

Nell observa las entradas.

—Puede que lo haga.

—¿Mademoiselle?

Nell la mira.

—Si decide quedarse no le cobraremos la habitación. Por las molestias. —Vuelve a sonreír a modo de disculpa.

—Ah, gracias —contesta Nell, sorprendida.

Y decide. Al fin y al cabo, no es mucho más tiempo.

7

*F*abien está sentado en el tejado con su camiseta y sus pantalones de pijama, pensando, con la taza de café vacía al lado. Observa la pequeña fotografía de Sandrine que tiene en la mano. Y cuando el aire es demasiado frío para estar fuera, trepa por la ventana —esta vez con cuidado— y mira el apartamento a su alrededor. Ella tenía razón. Está hecho un desastre. Coge una bolsa de basura y empieza a ordenar.

Una hora más tarde el pequeño apartamento está transformado, al menos en parte: la ropa sucia metida en su cesto, los periódicos viejos junto a la puerta para reciclar, los platos fregados y bien apilados en el escurridor. Todo está ordenado, contenido. Se ha duchado, afeitado y vestido. Ahora ya nada le detiene para escribir. Coloca junto a su ordenador portátil las hojas que quedan, bien ordenadas por número, y alisa la portada. Se queda mirándola.

Pasa el tiempo. Vuelve a leer algunas de las páginas y las vuelve a dejar. Coge una, la estudia durante un rato, y entonces pone los dedos sobre las teclas. Comprueba su teléfono.

Mira por la ventana hacia los tejados grises. Va al cuarto de baño. Vuelve a mirar el teclado. Finalmente comprueba su reloj, se levanta y coge su chaqueta.

No hay nadie esperando delante de la pequeña caseta frente a Notre-Dame. Fabien detiene su motocicleta, se quita el casco y se queda contemplando el Sena y un inmenso barco de turistas que pasa cargado de pasajeros que exclaman y hacen fotografías a través de sus grandes ventanas. El pequeño *Rose de Paris,* con sus pocos asientos de madera, espera pacientemente junto al muelle, deshabitado. Coge un paquete de la parte trasera de la motocicleta y baja al quiosco, donde su padre lee el periódico sentado en su taburete.

—Salmón —dice, entregando el paquete a su padre—. Émile dice que si no se pondrá malo.

Clément le besa en ambas mejillas, lo abre y le da un bocado, masticando agradecido.

—No está mal. La próxima vez dile que menos eneldo. No somos rusos. Aunque el hojaldre está bueno.

—¿No hay movimiento?

—Es ese barco nuevo. Se lleva a todos los turistas.

Contemplan el agua durante un rato. Una pareja baja a la orilla, se queda dudando a pocos pasos del quiosco y finalmente cambia de idea y se aleja. Fabien se rasca el tobillo.

—Si no me necesitas, puede que vaya a ver la exposición de Kahlo.

—¿Por si ves a Sandrine allí?

Fabien niega con la cabeza.

—¡No! Me gusta Frida Kahlo.

—Claro que sí —contesta Clément, mirando el agua—. Prácticamente no hablas de otra cosa.

—Ella decía que nunca hago nada con mi vida. Solo... quiero demostrárselo. Puedo hacer cosas culturales. Puedo cambiar. Ah, he ordenado mi apartamento.

Hay un breve silencio. Fabien mira de manera burlona a su padre que se palpa los bolsillos, como si estuviera buscando algo.

—Estaba buscándote una medalla —explica Clément.

Fabien se levanta, sonriendo con ironía.

—Volveré a las cuatro, papá. Por si necesitas ayuda.

Clément se acaba lo que queda de salmón. Dobla el papel con cuidado en un cuadrado pequeño y se limpia la boca. Con la otra mano, da una palmada a su hijo en el brazo.

—Hijo —dice cuando Fabien se vuelve para marcharse—. Déjala ir. No te lo tomes todo tan en serio, ¿eh?

Sandrine siempre decía que se levantaba demasiado tarde. Ahora, mientras espera casi al final de una cola marcada con señales de «UNA HORA DESDE ESTE PUNTO», «DOS HORAS DESDE ESTE PUNTO», se quiere morir por no haber llegado más temprano, tal y como había planeado.

Hace tres cuartos de hora que se unió alegremente a la fila, pensando que iría deprisa. Pero solo ha avanzado tres metros. Es una tarde fría y despejada, y empieza a sentir el fresco. Se cala un poco más el gorro de lana y golpea el suelo con la punta de las botas.

Podría salirse de la cola sin más, marcharse y volver a ayudar a su padre como dijo que haría. También podría irse a casa y terminar de ordenar el apartamento. Podría echar más gasolina a la motocicleta y comprobar los neumáticos. Podría quitarse de encima el papeleo que lleva meses posponiendo. Pero nadie más se ha salido de la cola, así que él tampoco lo hace.

Tal vez, piensa mientras se ajusta el gorro sobre las orejas, tal vez se sienta mejor si se queda. Ya habrá conseguido algo hoy. No se habrá rendido, como Sandrine dice que siempre hace.

Por supuesto, no tiene nada que ver con el hecho de que Frida Kahlo sea la artista preferida de Sandrine. Se sube el cuello, imaginándose que se encuentra con ella en el bar.

«Ah, sí», le diría despreocupadamente. «Fui a ver la exposición de Diego Rivera y Frida Kahlo». Ella parecería sorprendida, quizás incluso contenta. Puede que compre el catálogo y se lo regale.

Mientras lo piensa, ya sabe que es una idea estúpida. Sandrine no se va ni a acercar al bar donde trabaja. Lo ha evitado desde que rompieron. Pero ¿qué está haciendo aquí?

Cuando levanta la mirada ve a una chica caminando lentamente hacia el final de la larga cola de gente, con un gorro azul marino bien calado sobre el flequillo. Su rostro revela la misma consternación que Fabien ha visto en todo el mundo al ver la longitud de la cola.

La chica se detiene cerca de una mujer unas cuantas personas más atrás que Fabien. Lleva dos trozos de papel en la mano.

—Perdone, ¿habla inglés? ¿Es esta la cola para la exposición de Kahlo?

No es la primera que lo pregunta. La mujer se encoge de hombros y dice algo en español. Fabien ve lo que lleva en la mano y da un paso adelante.

—Pero tienes entradas —le dice—. No tienes por qué esperar aquí. —Señala el principio de la cola—. Mira, si tienes entradas, la cola está allí.

—Ah. —Sonríe—. Gracias. ¡Qué alivio!

Y entonces la reconoce.

—¿Estabas en el Café des Bastides anoche?

Ella parece un poco desconcertada. Entonces se lleva la mano a la boca.

—Ay, el camarero. Te tiré el vino encima. Lo siento mucho.

—*De rien* —contesta él—. No es nada.

—Lo siento de todos modos. Y... gracias.

Va a marcharse, y de repente se vuelve y le mira, a él y a las personas que tiene a ambos lados. Parece estar pensando.

—¿Estás esperando a alguien? —le pregunta a Fabien.

—No.

—¿Quieres..., quieres mi otra entrada? Tengo dos.

—¿No la necesitas?

—Son... un regalo. No necesito la otra.

Se queda mirando a la chica, esperando a que se lo explique, pero no dice nada más. Fabien extiende una mano y coge la entrada que le ha ofrecido.

—¡Gracias!

—Es lo menos que puedo hacer.

Caminan el uno al lado del otro hasta la pequeña cola al principio, donde comprueban las entradas. Fabien no puede evitar sonreír por el repentino giro de los acontecimientos. Los ojos de ella se deslizan hacia él, y sonríe también. Fabien nota que se le han sonrojado las orejas.

—Bueno —dice—. ¿Estás aquí de vacaciones?

—Solo el fin de semana —responde ella—. Es que, bueno, me apetecía hacer un viaje.

Él ladea la cabeza.

—Está bien. Simplemente irse. Muy... —busca la palabra— ... *impulsif*.

Ella niega con la cabeza.

—¿Tú... trabajas en el restaurante todos los días?

—La mayoría. Quiero ser escritor. —Baja la mirada y da una patada a una piedrecilla—. Pero creo que puede que sea camarero toda la vida.

—Oh, no —dice ella, con la voz de repente clara y fuerte—. Estoy segura de que lo conseguirás. Tienes todo eso ocurriendo delante de ti. Quiero decir, las vidas de la gente. En el restaurante. Seguro que tienes miles de ideas.

Él se encoge de hombros.

—Es... un sueño. Pero no estoy seguro de que sea bueno.

Y entonces llegan al principio de la cola, y el guardia de seguridad le indica a la chica que vaya al mostrador a que revisen su bolso. Fabien ve que se siente incómoda y no sabe si debería esperarla.

Pero, mientras está allí de pie, ella levanta la mano como despidiéndose.

—Bueno —dice—. Espero que disfrutes de la exposición.

Él hunde las manos en los bolsillos y asiente.

—Adiós.

Es ligeramente pelirroja y un poco pecosa. Vuelve a sonreír, y sus ojos se arrugan, como si estuviera predispuesta a encontrar gracioso lo que otros tal vez no. Fabien se da cuenta de que ni siquiera sabe cómo se llama. Pero antes de poder preguntárselo, ella empieza a bajar las escaleras y desaparece entre la multitud.

Lleva meses atascado en una rutina, incapaz de pensar en nada que no sea Sandrine. Todos los bares a los que ha ido le recuerdan a algún lugar en el que estuvieron juntos. Cada canción que escucha le recuerda a ella, al perfil de su labio superior, la fragancia de su pelo. Ha sido como vivir como un fantasma.

Sin embargo, ahora, dentro de esa galería, algo empieza a ocurrirle. Sus emociones se ven atrapadas por los cuadros, los enormes lienzos coloridos de Diego Rivera, y los diminutos y angustiados autorretratos de Frida Kahlo, la mujer a la que amaba Rivera. Apenas nota la presencia de la multitud que se apiña delante de las obras.

Se detiene delante de una pintura pequeña y perfecta en la que la artista representó su espina dorsal como una columna rota. Hay algo en el dolor de sus ojos que no le deja apartar la mirada. *Eso* es sufrimiento, se dice. Piensa en todo el tiempo que lleva llorando a Sandrine, y se siente avergonzado, autocomplaciente. La suya, sospecha, no fue una historia de amor épica como la de Diego y Frida.

Vuelve una y otra vez a mirar los mismos cuadros, a leer sobre la vida de la pareja, la pasión que compartían por el arte, por los derechos de los trabajadores, por el otro. Siente un apetito creciendo en su interior, un apetito de algo mayor, mejor, con más significado. Quiere vivir como esa gente. Tiene que mejorar su escritura, avanzar. Tiene que hacerlo.

Le invade un ansia de irse a casa y escribir algo fresco y nuevo, que tenga la honestidad de esos cuadros. Sobre todo quiere escribir. Pero ¿qué?

Y entonces la ve, contemplando a la chica con la columna rota como espina dorsal. Su mirada está clavada en la protagonista del cuadro y sus ojos abiertos y tristes. Lleva el gorro azul marino en la mano derecha. Mientras Fabien la observa, una lágrima cae por su mejilla. Levanta la mano izquierda y, sin apartar la mirada del cuadro, se la enjuga con la palma de la mano. De repente le mira, quizás presintiendo sus ojos sobre ella, y sus miradas se encuentran. Casi antes de saber lo que está haciendo, Fabien da un paso adelante.

—No…, no he tenido oportunidad de pedírtelo —dice—. ¿Te gustaría tomar un café?

8

*S*on las cuatro de la tarde y el Café Cheval Bleu está a rebosar, pero la camarera encuentra una mesa dentro para Fabien. Nell tiene la sensación de que es uno de esos hombres que siempre consiguen una buena mesa dentro. Él pide un café solo, y ella dice: «Para mí lo mismo», porque no quiere que oiga su horrible acento en francés.

Hay un silencio corto e incómodo.

—Es una buena exposición, ¿verdad?

—Yo no suelo llorar por un cuadro —contesta ella—. Ahora que estoy fuera me siento un poco tonta.

—No. No, era muy conmovedor. Y la multitud, y la gente, y las fotografías...

Fabien empieza a hablar de la exposición. Dice que conocía la obra de la artista pero que no sabía que le fuera a emocionar tanto.

—Lo siento aquí, ¿sabes? —dice, golpeándose el pecho—. Tan... poderoso.

—Sí —responde ella.

Nell le comenta que no conoce a nadie que hable como él. La gente que conoce charla de la ropa que llevaba Tessa en el trabajo, o de la serie *Coronation Street*, o de quién se cogió una cogorza el fin de semana pasado.

—Nosotros también hablamos de esas cosas. Pero... No sé... Creo... que me ha inspirado. Quiero escribir como ellos pintan. ¿Tiene sentido? Quiero que alguien lo lea y sienta como... *bouf!*

Nell no puede evitar sonreír.

—¿Te parece gracioso? —Parece ofendido.

—No, no. Es por cómo has dicho *bouf.*

—*Bouf?*

—En Inglaterra no tenemos esa palabra. Es solo que... yo... —Niega con la cabeza—. Es una palabra graciosa. *Bouf.*

Se queda mirándola un instante, y suelta una carcajada.

—*Bouf!*

Y el hielo se rompe. Llega el café, y Nell le echa dos azucarillos para que no se le tuerza el gesto al beberlo.

Fabien se lo toma en dos tragos.

—¿Qué te parece París, Nell de Inglaterra? ¿Es la primera vez que vienes?

—Me gusta. Lo que he visto. Pero no he ido a ninguno de los sitios turísticos. No he visto la Torre Eiffel ni Notre-Dame, ni ese puente donde todos los amantes ponen candaditos. No creo que me dé tiempo ya.

—Pero volverás. La gente siempre vuelve. ¿Qué vas a hacer esta noche?

—No sé. Tal vez buscar otro sitio para cenar. O tal vez me quede en el hotel. —Se ríe—. ¿Trabajas en el restaurante?

—No. Esta noche no.

Ella intenta esconder la decepción.

Fabien mira su reloj.

—*Merde!* Le prometí a mi padre que iría a ayudarle con algo. Tengo que irme. —Levanta la vista—. Pero esta noche he quedado con unos amigos en un bar. Si te apetece, serás bienvenida.

—Eh, eres muy amable, pero...

—Pero ¿qué? —Su expresión es abierta, alegre—. No puedes pasar tu noche en París metida en la habitación del hotel.

—En serio. Estaré bien.

Oye la voz de su madre: *No se sale con hombres desconocidos.* Podría ser cualquiera. Lleva la cabeza rapada.

—Nell, por favor. Deja que te invite a una copa. Solo para darte las gracias por la entrada.

—No sé...

—Considéralo una costumbre parisina.

Tiene una sonrisa increíble. Nell siente que titubea.

—¿Está lejos?

—Nada está lejos. —Se ríe—. ¡Estás en París!

—Vale. ¿Dónde nos vemos?

—Te paso a buscar. ¿Dónde está tu hotel?

Se lo dice y añade:

—¿Y adónde vamos?

—Donde nos lleve la noche. Al fin y al cabo, ¡eres la Chica Impulsiva de Inglaterra! —La saluda con la mano y desaparece, arrancando de una patada su moto y rodando calle abajo.

Nell vuelve a su habitación, con la cabeza todavía bullendo con todo lo que ha ocurrido durante la tarde. Ve los cuadros en la galería, las manos grandes de Fabien alrededor de la tacita de café, los ojos tristes de la diminuta mujer del cuadro. Ve los jardines junto al Sena, amplios y abiertos, y el río fluyendo más allá. Oye el silbido de las puertas del metro al abrirse y cerrarse. Siente como si cada cachito de sí misma estuviera vibrando. Se siente como un personaje de libro.

Se da una ducha y se lava el pelo. Mira entre la poca ropa que ha traído —a Pete no le va mucho lo de arreglarse— y se pregunta si alguna de las prendas es lo bastante parisina. Aquí todo el mundo tiene mucho estilo. No visten como los demás. Como las chicas inglesas no visten, desde luego.

Baja a recepción. La recepcionista está revisando unos números y alza la vista, con su cabello lustroso columpiándose como la cola de un poni de competición.

—Disculpe, ¿sabe dónde podría comprar un vestido bonito? ¿Que parezca francés?

La mujer espera un segundo antes de contestar.

—¿Que parezca francés?

—Puede que salga con unas personas esta noche, y me gustaría estar un poco más... francesa.

La recepcionista deja el bolígrafo sobre el mostrador.

—Quiere parecer francesa.

—O al menos no llamar la atención.

—¿Por qué no quiere llamar la atención?

Nell respira hondo, y baja la voz.

—Solo quiero..., mire, nada de mi ropa vale, ¿de acuerdo? Y no sabe lo que es ser una no-francesa rodeada de francesas super-*chic*. En París.

La recepcionista se queda pensando un momento, y entonces se inclina sobre el mostrador y mira lo que Nell lleva puesto. Luego vuelve a erguirse, garabatea unas palabras en un papel y se lo entrega.

—Está a un paseo por la rue des Archives. Dígale a la dependienta que va de parte de Marianne.

Se queda mirando el papel.

—Ay, gracias. ¿Es usted Marianne?

La recepcionista arquea una ceja.

Nell se vuelve hacia la puerta. Levanta una mano.

—¡Vaaaaale! ¡Gracias..., Marianne!

Veinte minutos más tarde, está delante de un espejo probándose un jersey amplio y unos vaqueros negros ajustados. La dependienta —una mujer con el pelo artísticamente alborotado y el brazo lleno de pulseras que tintinean al moverse— le echa un pañuelo al cuello, y lo pone de un modo que a Nell le parece indefiniblemente francés. La tienda huele a higos y sándalo.

—*Très chic, mademoiselle* —dice.

—¿Parezco... parisina?

—Recién salida de Montmartre, mademoiselle. —La mujer lo dice con una expresión sospechosamente seria. Nell diría que se está riendo de ella, aunque no cree que a estas mujeres les vaya el humor. Probablemente te salgan arrugas.

Respira hondo.

—Bueno, supongo que son cosas que me volveré a poner. —Se encoge con un escalofrío de emoción—. Podría llevar el jersey al trabajo... Vale, ¡me lo llevo!

Mientras está de pie delante del mostrador, pagando e intentando no pensar demasiado en cuánto cuesta, sus ojos se van detrás de un vestido del escaparate, un modelo veraniego de corte años cincuenta, de un ridículo verde esmeralda con piñas. Lo vio al pasar por delante de la tienda por la mañana, con su seda shantung brillando sutilmente bajo el sol acuoso de París. Le hizo pensar en las viejas estrellas de Hollywood.

—Me encanta ese vestido —dice.

—Iría muy bien con su color de piel. ¿Quiere probárselo?

—Uy, no —contesta Nell—. No es realmente mi...

Cinco minutos más tarde, Nell está delante del espejo con el vestido verde. Apenas se reconoce. El vestido la transforma: realza el color de su pelo, le estrecha la cintura. La convierte en una versión más sofisticada de sí misma.

La dependienta le pone bien el dobladillo, se yergue y tuerce las comisuras de los labios hacia abajo en una expresión francesa de aprobación.

—Le queda perfecto. *Magnifique!*

Nell contempla a la nueva Nell en el espejo. Parece incluso tener una postura distinta.

—¿Quiere llevárselo? Es el último que nos queda. Tal vez podamos ajustar el precio.

Nell mira la etiqueta y recobra el juicio.

—Uy, pero no me lo pondría nunca. Me gusta comprarme ropa según el coste-por-puesta. Este vestido probablemente me saldría a... unas treinta libras por puesta. No. No puedo.

—¿Nunca hace nada simplemente porque le hace sentirse bien? —La dependienta se encoge de hombros—. Mademoiselle, necesita pasar más tiempo en París.

Veinte minutos más tarde Nell está de nuevo en su habitación, con una bolsa de una tienda de ropa. Se enfunda los pantalones negros ajustados, unos zapatos de tacón y el jersey amplio. Ve la revista francesa sobre la cama, y después de hojearla pone una de las fotos contra el espejo y se peina y maquilla como las modelos francesas. Entonces mira su reflejo y sonríe, embelesada.

¡Está en París, con ropa parisina, preparándose para salir con un francés al que se ha ligado en una galería de arte!

Se pinta los labios, se sienta en la cama y ríe.

Veinte minutos más tarde sigue sentada en la cama, mirando la nada.

Está en París, con ropa parisina, preparándose para salir con un francés al que se ha ligado en una galería de arte.

Debe de estar loca.

Esto es lo más estúpido que ha hecho en la vida.

Es incluso más estúpido que comprar un billete a París para un hombre que una vez le dijo que no sabía si tenía cara de caballo o de bollito de pasas.

Saldrá en algún titular de periódico, o peor, en una de esas noticias cortas tan insignificantes que ni siquiera llegan a titular.

CHICA HALLADA MUERTA EN PARÍS DESPUÉS DE QUE SU NOVIO LA DEJARA PLANTADA

«Le dije que no saliera con desconocidos», asegura la madre.

Se queda mirándose en el espejo. ¿Qué ha hecho? Coge su llave, se calza las zapatillas y baja corriendo a recepción por las estrechas escaleras. Marianne está allí, y espera a que cuelgue el teléfono para inclinarse hacia ella y decirle en voz baja:

—Si un hombre pregunta por mí, ¿le puede decir que estoy enferma?

La mujer frunce el ceño.

—¿No que ha tenido una emergencia familiar?

—No. Eh..., me duele la tripa.

—Le duele la tripa. Lo siento mucho, mademoiselle. Y ¿qué aspecto tiene ese hombre?

—Pelo muy corto. Va en moto. Por aquí no, claro. Yo... Es alto. Ojos bonitos.

—Ojos bonitos.

—Mire, es el único hombre que puede que entre preguntando por mí.

La recepcionista asiente como si le pareciera razonable.

—Yo... Quiere que salga con él esta noche, y... no es una buena idea.

—Entonces, ¿no le gusta?

—Uy, no, si es encantador. Es solo que..., bueno, que no le conozco.

—Pero... ¿cómo le va a conocer si no sale con él?

—No le conozco lo suficiente como para salir por una ciudad desconocida a un lugar desconocido. Posiblemente con otras personas desconocidas también.

—Eso es mucho desconocido.

—Exacto.

—O sea, que esta noche se quedará en su habitación.

—Sí. No. No lo sé. —Y se queda ahí de pie, escuchando lo estúpida que suena.

Marianne la mira de arriba abajo lentamente.

—Bonita ropa.

—Ah. Gracias.

—Qué lástima. El dolor de tripa. Pero bueno. —Sonríe, y vuelve con su papeleo—. En otra ocasión, tal vez.

Nell está sentada en su habitación viendo la televisión francesa. Un hombre habla con otro hombre. Uno de los dos sacude la cabeza con tanta fuerza que sus mofletes tiemblan a cámara lenta. Mira una y otra vez el reloj, que se acerca despacio hacia las ocho en punto. El estómago le ruge. Recuerda que Fabien dijo algo sobre un puesto de falafel en el barrio judío. Se pregunta cómo habría sido ir sentada en la parte de atrás de una moto.

Saca su cuaderno y coge de la mesilla el bolígrafo del hotel. Escribe:

RAZONES POR LAS QUE DEBERÍA QUEDARME EN EL HOTEL ESTA NOCHE

1. Puede que sea un asesino con un hacha.
2. Probablemente quiera acostarse conmigo.
3. Tal vez 1 y 2 sean ciertas.
4. Puede que acabe en una zona de París que no conozco.
5. Puede que tenga que hablar con taxistas.
6. Puede que tenga problemas para volver tarde al hotel.
7. Mi ropa es absurda.
8. Tendré que fingir que soy impulsiva.
9. Tendré que hablar francés y comer comida francesa delante de franceses.
10. Si me voy a la cama pronto, podré despertarme pronto para coger el tren a casa.

Se queda sentada, contemplando su lista ordenadita durante un rato. Finalmente escribe en la otra cara de la página:

1. Estoy en París.

Lo observa un poco más. Y entonces, justo cuando el reloj marca las ocho, mete el cuaderno en su bolso, coge el abrigo y baja por las estrechas escaleras a recepción.

Él está ahí, inclinado sobre el mostrador, hablando con la recepcionista, y en cuanto le ve nota cómo sus mejillas se inundan de color. Avanza hacia ellos, con el corazón acelerado y tratando de pensar en cómo explicarse. Diga lo que diga, sonará estúpido. Será evidente que tenía miedo a salir con él.

—Ah, mademoiselle. Le estaba diciendo a su amigo que creía que aún tardaría unos minutos —dice Marianne.

—¿Lista? —Fabien sonríe. Nell no recuerda cuándo fue la última vez que alguien pareció tan contento de verla, salvando tal vez el perro de su prima cuando intentaba hacerle algo bastante grosero a su pierna.

—Mademoiselle, si vuelve después de medianoche necesitará este código para abrir la puerta principal. —La recepcionista le entrega una tarjeta pequeña. Cuando va a cogerla, Marianne añade en voz baja—: Me alegro mucho de que esté mejor del dolor de estómago.

—¿No te encuentras bien? —dice Fabien mientras le da un casco.

La noche parisina es fría y vigorizante. Nell nunca se ha subido en una moto. Recuerda haber leído que mucha gente se mata en motocicleta. Pero ya se ha puesto el casco, y él se echa hacia delante en el asiento, señalándole que se suba detrás.

—Ahora ya estoy bien —contesta.

Y piensa: «Por favor, que no me mate».

—¡Bien! Primero tomamos algo, y luego quizás vamos a cenar, pero antes te enseño un poco París, ¿vale? —Nell se abraza a su cintura, y la pequeña motocicleta arranca hacia la noche. Y con un grito, se van.

9

*F*abien pasa zumbando por la rue de Rivoli, entrando y saliendo del tráfico, sintiendo las manos de la chica agarrarse más fuerte cada vez que acelera. En el semáforo, para y pregunta con la voz amortiguada por el casco:

—¿Estás bien?

Ella está sonriendo, con la punta de la nariz roja.

—¡Sí! —dice, y ve que él también sonríe. Sandrine siempre le miraba con cara de póquer cuando iban en la moto, como si apenas pudiera ocultar lo que pensaba sobre su conducción. La chica inglesa chilla y se ríe, el pelo se le vuela, y a veces, cuando vira para evitar algún coche que sale de una calle, grita: «¡Ay, Dios mío! ¡Ay, Dios mío! ¡Ay, Dios mío!».

La lleva por avenidas llenas de gente, a través de calles secundarias, zumbando sobre el Pont de la Tournelle, luego por la Île Saint-Louis, para que pueda ver el río brillando debajo de ellos. Pasan por detrás del Pont de l'Archevêché, para que vea la catedral de Notre-Dame iluminada en la oscuridad, sus gárgolas contemplándoles desde las torres góticas con sus caras en claroscuro.

Y entonces, sin apenas tiempo para respirar, están otra vez en ruta, subiendo por los Campos Elíseos, serpenteando entre coches, pitando a los peatones que se meten en la calzada. En un momento Fabien frena y señala hacia delante, para que Nell vea el Arco de Triunfo. Nota cómo ella se inclina ligeramente hacia atrás al pasar junto al monumento. Levanta el pulgar, y ella hace lo propio en respuesta.

Atraviesa rápidamente un puente y gira hacia la orilla del río. Esquiva autobuses y taxis e ignora los bocinazos de los conductores, hasta que ve el lugar que buscaba. Frena y apaga el motor junto a la vía principal. Los barcos turísticos flotan en el río con sus luces resplandecientes, y hay puestos que venden llaveros de la Torre Eiffel y algodón de azúcar. Ahí está. La torre se yergue sobre sus cabezas, un millón de piezas de hierro apuntando hacia el cielo infinito.

Ella suelta la chaqueta de Fabien y se baja de la moto con cuidado, como si sus piernas se hubieran debilitado durante el trayecto. Se quita el casco. Él nota que no se molesta en arreglarse el pelo, como lo haría Sandrine. Está demasiado ocupada mirando hacia arriba, con la boca abierta en una O de sorpresa.

Fabien también se quita el casco, y se inclina sobre el manillar.

—¡Ahí está! Ahora ya puedes decir que has visto todas las mejores atracciones turísticas de París, y en..., eh..., veintidós minutos.

Nell se vuelve hacia él, con los ojos encendidos.

—Es —dice— lo más aterrador y absolutamente maravilloso que he hecho en toda mi maldita vida.

Él se echa a reír.

—¡Es la Torre Eiffel!

—¿Quieres subir? Probablemente tengamos que hacer cola.

Ella lo piensa durante un instante.

—Creo que ya hemos hecho bastante cola por hoy. Lo que de verdad me gustaría es un trago fuerte.

—¿Un qué fuerte?

—¡Vino! —dice, y se vuelve a subir a la moto—. Una copa de vino.

Fabien siente las manos de ella deslizándose por su cintura al arrancar de nuevo y vuelve a unirse al tráfico de la noche.

Las Lanes de Brighton están atestadas de gente, llenas de chicas de despedida de soltera gritando, grupos de tipos arreglados que les lanzan miradas calibradoras, sin haber caído aún en ebria incoherencia. Magda, Trish y Sue caminan juntas en fila, obligando a la gente a bajarse de la acera, mientras intentan encontrar el bar que Magda ha oído que tiene *happy hour* para chicas que van solas.

—Oh, maldita sea —exclama Magda, metiendo la mano en el bolso—. Me he olvidado el móvil.

—Probablemente esté más seguro en el hotel —dice Trish—. Te emborracharás y volverás a perderlo.

—Pero ¿y si conozco a alguien? ¿Cómo puedo cogerle el número de teléfono?

—Puedes pedirle que te lo escriba en tu... ¿Pete?

—¿En mi qué?

—¿Pete? ¿Pete Welsh?

Las tres se paran y se quedan mirando la figura desaliñada a la entrada del Mermaid's Arms. Él las mira parpadeando.

Magda se acerca a él con paso enérgico, confundida.

—Pero ¿qué...? ¿No deberías estar en París?

Pete se rasca la parte de arriba de la cabeza. Es posible que su repertorio de excusas esté ralentizado por todo el alcohol que ha ingerido.

—Oh, eso. Sí. No pude librarme del curro.

Las chicas se quedan mirándose mientras intentan comprender la escena.

—¿Y dónde está Nell? —pregunta Sue—. Ay, Dios mío. ¿Dónde está Nell?

Nell está sentada en la mesa del fondo del Bar Noir, en un lugar sin especificar del centro de París; hace bastante que ha dejado de preguntarse dónde. Hace un rato se habló de comer algo, pero parece que se ha olvidado. Está relajada, con Émile y René y ese amigo pelirrojo de Émile cuyo nombre nunca recuerda Fabien. Nell se ha quitado el gorro y el abrigo, y el pelo se le mueve por la cara al reírse. Todo el mundo habla en inglés por ella, pero Émile está intentando enseñarle tacos en francés. Hay muchas botellas sobre la mesa, y la música está tan alta que todos tienen que gritar.

—*Merde!* —dice Émile—. Pero tienes que poner la cara también. *Merde!*

—*Merde!* —Nell levanta las manos como Émile, y se echa a reír de nuevo—. No me sale el acento.

—*Miegggda.*

—*Miegggda* —repite ella, copiando su voz grave—. Eso sí puedo hacerlo.

—Pero no parece que lo digas en serio. Yo creía que todas las inglesas decían tacos como marineros, ¿no?

—*Bouf!* —dice ella, y se vuelve a mirar a Fabien.

—*Bouf?* —se sorprende Émile.

—*Bouf* —ratifica René.

—¡Más bebida! —zanja Émile.

Fabien no puede dejar de mirarla. No es que sea preciosa, no como lo era Sandrine. Pero hay algo en su cara que hace que no puedas apartar la mirada: esa forma de arrugar la nariz cuando se ríe. Esa expresión un poco culpable cuando lo hace, como si estuviera haciendo algo que no debería. Su sonrisa, ancha, con blancos dientecitos de niña.

Sus miradas se clavan durante un instante, y él ve una pregunta y una respuesta entre ellos. Émile es divertido, dice la mirada, pero los dos sabemos que esto va de nosotros. Cuando Fabien aparta los ojos, nota una especie de nudo de algo en el estómago. Se acerca a la barra y pide otra ronda.

—Por fin has pasado página, ¿eh? —comenta Fred, desde detrás de la barra.

—Solo es una amiga. De visita de Inglaterra.

—Si tú lo dices —contesta Fred, poniendo las bebidas. No le hace falta preguntar qué quieren, es sábado por la noche—. Por cierto, la vi.

—¿A Sandrine?

—Sí. Tiene un nuevo curro. Algo que ver con un estudio de diseño.

Siente una breve punzada por el hecho de que haya ocurrido algo importante en la vida de ella sin que él lo sepa.

—Es bueno —continúa Fred, sin mirarle a los ojos— que estés pasando página.

Y solamente por esa frase, Fabien comprende que Sandrine está con otro. *Es bueno que estés pasando página.*

Mientras lleva las bebidas a la mesa, de repente se da cuenta. Es una punzada de malestar, pero no de dolor. No importa. Ya es hora de dejarla marchar.

—Creía que ibas a pedir vino —dice Nell, y sus ojos se abren al verle llegar con la bebida.

—Es momento de tequila —contesta Fabien—. Solo uno. Porque sí.

—Porque estás en París y es sábado por la noche —añade Émile—. ¿Y quién necesita excusas para un tequila?

Ve un destello de duda en la cara de ella. Pero entonces levanta la barbilla.

—Vamos allá —dice. Sorbe la lima, apura el contenido del vaso de chupito, y aprieta los ojos con un escalofrío—. Ay, Dios mío.

—Ahora ya *sabemos* que es sábado por la noche —afirma Émile—. ¡Vamos de fiesta! ¿Seguimos luego?

Fabien lo desea. Se siente vivo y temerario. Quiere ver a Nell riéndose hasta altas horas de la madrugada. Quiere ir a una discoteca y bailar con ella, con una mano sobre su espalda sudorosa, y la mirada clavada en sus ojos. Quiere estar despierto de madrugada por buenas razones, sentirse vivo por la bebida, la diversión y las calles de París. Quiere bañarse en la sensación de esperanza que trae alguien nuevo, alguien que ve en ti solo lo mejor, no lo peor.

—Claro. Si Nell quiere.

—Nell —dice René—. ¿Qué clase de nombre es ese? ¿Es un nombre inglés habitual?

—Es el peor nombre de la historia —contesta ella—. Mi madre me lo puso por un personaje de Charles Dickens.

—Podría haber sido peor. Podrías haberte llamado como..., ¿cómo se llama?..., la señorita Havisham.

—Mercy Pecksniff.

—Fanny Dorrit. —Todos se echan a reír.

Nell se lleva una mano a la boca, conteniendo la risa tonta.

—¿Cómo sabéis tanto de Dickens?

—Estudiamos juntos. Literatura inglesa. Fabien no para de leer. Es horrible. Tenemos que pelearnos para sacarle de casa. —Émile levanta su copa—. Es como un..., un..., ¿cómo se dice? Un ermitaño. Es un ermitaño. No tengo ni idea de cómo has conseguido que salga esta noche, pero me alegra mucho. *Salut!*

—*Salut!* —contesta ella. Entonces se mete la mano en el bolsillo para coger el móvil y se queda mirándolo. Parece consternada y lo mira más de cerca, como si estuviera comprobando que ha entendido el mensaje.

¿¿¿¿Estás bien????

Es de Trish.

—¿Va todo bien? —pregunta Fabien al ver que no dice nada.

—Sí —contesta—. Solo son mis amigas, que se ponen raras. Bueno..., ¿dónde vamos?

Son las dos y media de la madrugada. Fabien ha bebido más de lo que había bebido en semanas. Le duelen las costillas de tanto reír. The Wildcat está a reventar. Empieza a sonar uno de sus temas preferidos, uno que siempre ponía en el restaurante mientras limpiaban hasta que el jefe lo prohibió. Émile, inmerso en modo fiesta loca, se sube a la barra y empieza a bailar, señalándose el pecho y sonriendo a la gente que tiene debajo. Empiezan a vitorear.

Fabien siente los dedos de Nell sobre su brazo y la coge de la mano. Ella se está riendo, tiene el pelo sudoroso, con varios mechones pegados a la cara. Se quitó el abrigo hace un rato ya, y él sospecha que tal vez no lo vuelva a encontrar. Llevan horas bailando.

La pelirroja se sube a la barra al lado de Émile con la ayuda de un mar de manos y empieza a bailar. Se contonean juntos, dando tragos a sus botellas de cerveza. Los camareros se echan hacia atrás, mirándoles y apartando vasos de la trayectoria de sus pies. No es la primera vez que la barra del Wildcat se convierte en pista de baile, y tampoco será la última.

Nell intenta decirle algo.

Fabien se inclina para oírla, y atrapa un leve rastro de su olor.

—Nunca he bailado sobre una barra —confiesa ella.

—¿No? ¡Hazlo! —contesta Fabien.

Ella se ríe, niega con la cabeza, y él le sostiene la mirada. Y es como si Nell recordara algo. Le pone una mano sobre el hombro, Fabien la ayuda a subirse, y ahí está, por encima de él, poniéndose de pie y, de repente, bailando. Émile levanta su botella como aclamándola, y Nell se deja llevar por el ritmo, con los ojos cerrados, y balanceando el pelo. Se les unen dos y luego tres personas más sobre la barra.

A Fabien no le tienta. Solo quiere quedarse donde está, sintiendo la música vibrar dentro de él, como parte de la multitud, observándola, disfrutando de su placer, sabiendo que forma parte de ello.

En ese momento ella abre los ojos, buscándole en el mar de rostros. Cuando le encuentra sonríe, y Fabien se da cuenta de que siente algo que creía haber olvidado.

Es feliz.

Son las cuatro de la madrugada. O tal vez las cinco. Hace mucho que no le importa. Fabien y ella caminan juntos por una calle silenciosa; Nell siente sus pasos irregulares sobre los adoquines, le duelen los gemelos de tanto bailar. Se estremece de frío, y Fabien se detiene y se quita la chaqueta para ponérsela por los hombros.

—Llamaré al Wildcat mañana —dice él— y preguntaré si alguien ha encontrado tu abrigo.

—Ah, no te preocupes —contesta Nell, disfrutando del peso de su chaqueta, del sutil aroma masculino que desprende cuando se mueve—. Era viejo. Ay, maldita sea. Tenía el código en el bolsillo.

—¿Código?

—El del hotel. Ahora no podré entrar.

Fabien no la mira mientras habla.

—Bueno..., puedes... quedarte... en mi apartamento. —Lo dice en un tono indiferente, como si no fuera importante.

—Uy, no —contesta Nell rápidamente—. Eres muy amable, pero...

—Pero...

—No te conozco. Aunque gracias.

Fabien mira su reloj.

—Bueno, las puertas del hotel abren en una hora y cuarenta minutos. Podemos buscar una cafetería que esté abierta toda la noche. O podemos pasear. O...

Nell espera mientras él piensa. De repente, Fabien sonríe, le ofrece el brazo, y tras dudar mínimamente ella entrelaza el suyo y empiezan a andar calle abajo.

Hay un momento, cuando Fabien empieza a bajar la cuesta que lleva al muelle, en el que Nell siente que le falta valor. Seguro que acaba en un titular aleccionador, piensa al mirar el negro profundo del río, las sombras de los árboles y la absoluta soledad del muelle allá abajo. Y, sin embargo, algo —tal vez una predisposición inglesa a no parecer grosera, a no montar un número, aunque la cosa termine finalmente en asesinato— la empuja hacia delante. Fabien camina con el paso relajado de alguien que ha estado un millón de veces allí. No son andares de asesino en serie, piensa mientras va eligiendo cuidadosamente sus pasos al bajar. Aunque tampoco es que tenga mucha idea de cómo anda un asesino en serie. Pero así no. Él se vuelve y le hace un gesto para que le siga, y entonces se detiene junto a un pequeño barco de madera con bancos, amarrado a una enorme anilla de hierro. Nell se detiene y se queda mirándolo.

—¿De quién es?

—De mi padre. Lleva a turistas por el río.

Extiende la mano, y ella la coge para subir a bordo. Fabien señala el banco a su lado, luego mete la mano en un baúl y saca una manta de lana. Se la da a Nell, espera mientras ella se cubre el regazo, luego arranca el barco y zarpan lentamente contra la marea hacia el centro del río.

Mientras se adentran en las aguas oscuras, Nell alza la vista para contemplar las calles silenciosas de París, el brillo de las farolas reflejado sobre el agua, y piensa que tiene que ser un sueño. Es imposible que sea ella la que navega por aguas parisinas con un desconocido, en medio de la noche. Sin embargo, ya no siente miedo. Está eufórica, embelesada. Fabien se vuelve a mirarla, tal vez viendo su sonrisa, y le hace un gesto para que se levante. Le ofrece la caña del timón, y ella la coge, sintiendo cómo el pequeño barco rompe las aguas debajo de ella.

—¿Adónde vamos? —pregunta, y se da cuenta de que tampoco le importa.

—Tú sigue navegando —dice Fabien—. Tengo algo que enseñarte.

Avanzan lentamente río arriba. A su alrededor, París está iluminada, con sus sonidos lejanos y bellos, como si estuvieran solos aquí, en su epicentro, una burbuja oscura y brillante.

—Bueno —añade Fabien—. Tenemos dos horas para averiguarlo todo. Pregúntame lo que sea. Lo que quieras.

—Ay, Dios. Esto se me da fatal. A ver..., ¿qué era lo que más te gustaba de niño?

—¿De niño? El fútbol. Recitaba los nombres de todos los jugadores del París Saint-Germain: Casagrande, Algerino, Cissé, Anelka...

—Vale —le interrumpe Nell, que de pronto siente que la Primera División francesa puede matar un poco el momento romántico parisino—. Y... ¿quién fue la primera chica de la que te enamoraste?

—Fácil —responde Fabien sin dudarlo—. Nancy Delevigne.

—Buen nombre. ¿Cómo era?

—Pelo moreno, largo, todo tirabuzones. *Comme ça.* —Hace girar los dedos junto a su cara para sugerir los rizos—. Ojos grandes y oscuros. Una risa preciosa. Se fue con mi amigo Gérard. Era de esperar —observa, cuando ve la cara de tristeza de Nell—. Tenía mejor...

Empieza a saltar arriba y abajo. Los ojos de Nell se abren de par en par.

—¿Cómo se dice...? ¿Cama elástica? Teníamos siete años. Mira, vira un poco hacia aquí. En esta parte hay una corriente fuerte.

Al pasar bajo el puente posa su mano sobre la de ella en la caña del timón. Ella nota su calor, e intenta ocultar el rubor que inunda sus mejillas.

—¿Y nadie más reciente? —dice Nell.

—Sí. Viví con Sandrine dos años. Hasta hace tres meses.

—¿Qué pasó?

Fabien se encoge de hombros.

—¿Qué no pasó? No conseguí un trabajo mejor. No terminé mi libro ni me convertí en el próximo Sartre. No crecí, ni cambié, ni exploté mi potencial...

—¡Todavía! —exclama Nell sin poder contenerse. Fabien se vuelve hacia ella, y entonces añade—: ¿Por qué tiene que haber una especie de plazo para estas cosas? Quiero decir, tienes un buen trabajo, con gente que te gusta. Estás escribiendo un libro. ¡Oye, eres un tipo que va a exposiciones de arte solo! No es como si te quedaras en la cama en calzoncillos.

—Puede que haya habido un poco de quedarme en la cama en calzoncillos.

Nell se encoge de hombros.

—Bueno. Eso es básicamente la regla número uno en el Libro de las Rupturas: *Quédate tirado en calzoncillos compadeciéndote.*

—¿Y la número dos? —dice Fabien, sonriendo.

—Ah, humíllate un poco, y luego la regla número tres, tal vez pasa una noche con alguien completamente inadecuado, y la cuatro, date cuenta de que vuelves a disfrutar de la vida, y después la cinco: justo cuando comprendes que al fin y al cabo no necesitas estar en pareja..., ¡boom! Ahí está. Aparece Doña Perfecta.

Fabien se inclina hacia delante sobre la caña.

—Interesante. ¿En serio tengo que atravesar todas esas fases?

—Creo que sí —responde Nell—. Bueno, tal vez puedas saltarte una o dos.

—Bueno, ya me he humillado. —Sonríe, sin querer decir más.

—Venga —dice Nell—. Puedes contármelo. Vivo en otro país. No vamos a volver a vernos.

Fabien frunce el ceño.

—Vale... Bueno, después de que Sandrine se marchara, estuve varias semanas rondando por su trabajo, con esta cara... —pone lo que Nell solo podría describir como «cara de tristeza francesa»—, pensando que, si me viera, volvería a enamorarse de mí.

Nell intenta contener la risa.

—Sí. Esa cara funciona siempre con las chicas. Lo siento. No me estoy riendo, en serio.

—Tienes razón en reírte —dice Fabien—. Me da que fue una especie de locura.

—Una locura romántica. Si eres francés, apuesto a que puedes permitirte hacer ese tipo de cosas. —Se queda pensando—. Bueno, siempre y cuando no le pusieras un localizador en el coche o algo por el estilo.

—Bueno, ahora me toca preguntar a mí.

Nell espera. Fabien ha retirado su mano, y siente la ausencia.

—Nada de relaciones —dice ella—. Hay una buena razón para que sea experta en rupturas.

—Vale. Bueno..., cuéntame... qué es lo mejor que te ha pasado nunca.

—¿Lo mejor? Eh, espero que no haya pasado todavía.

—Cuéntame lo peor, entonces.

Ahí está. De repente, Nell siente el frío en el aire.

—Oh, no quieres saberlo.

—¿No quieres contármelo?

Nota que la observa, pero mantiene la mirada al frente y la mano aferrada a la caña del timón.

—Es un poco..., ay, no sé. Vale. El día que murió mi padre. Atropello con fuga. Tenía doce años.

A estas alturas se le da tan bien contarlo que parece que le ocurriera a otra persona. Hasta su voz, ligera, hace como si fuera el hecho más insustancial del mundo. Como si no hubiera hecho añicos sus vidas, convirtiéndolas en meteoritos en caída libre, radiactivos, durante años, abrasando la tierra. Ahora ya casi nunca habla con nadie del asunto. No vale la pena; desvía el rumbo del viaje, cambia la manera en que la gente reacciona ante ella. Se da cuenta, vagamente, de que nunca se lo ha contado a Pete.

—Había salido a correr. Corría tres veces a la semana, y los viernes se iba después a la cafetería de la esquina a tomar un desayuno completo, lo que, según mi madre, le quitaba todo el sentido al tema. En fin, que cruzó una calle y un hombre en una camioneta se saltó el semáforo y le rompió la columna por tres sitios. Era su cuarenta y dos cumpleaños.

Mamá y yo le estábamos esperando en la cafetería para darle una sorpresa. Todavía me acuerdo. Estaba sentada en una mesa, hambrienta, intentando no mirar la carta, sin entender por qué no había llegado todavía.

Por favor, no digas una estupidez, le pide en silencio. Por favor, no ladees la cabeza ni me digas algo inspirador que le pasó a un vecino tuyo.

Sin embargo, hay un silencio y la voz de Fabien cae sigilosamente sobre el agua.

—Qué mal. Lo siento.

—A mi madre la hundió bastante. Ya no sale casi nada. Estoy intentando que se mude, porque esa casa es demasiado grande para ella, pero está como atascada.

—Pero tú fuiste en dirección contraria.

Nell se vuelve a mirarle.

—¿Perdona?

—Tú decidiste..., ¿cómo es el dicho?, coger la vida por los cuernos, ¿no?

Nell traga saliva.

—Ah. Sí. Fabien, debería...

Pero algo delante de ellos llama la atención de Fabien.

—Espera. Hay que bajar la marcha.

Antes de que Nell sea capaz de hablar, Fabien ha ralentizado la marcha y está señalando. Nell se queda desconcertada por un instante, siguiendo la dirección de su brazo.

—¿Qué es eso?

—El Pont des Arts. ¿Puedes ver el oro? Esos son los candados del amor. ¿Recuerdas?

Nell alza la vista hacia los diminutos candados, que están tan apiñados que los laterales del puente se han vuelto bulbosos y relucientes. Tanto amor. Tantos sueños. Se pregunta brevemente cuántas de esas parejas seguirán juntas. Cuántas serán felices, cuántas estarán separadas, o muertas.

Nota que Fabien la observa. De repente, siente un peso en el corazón.

—Yo tenía la intención de poner otro. Era una de las cosas que iba a hacer. Mientras estábamos..., estaba aquí.

De pronto nota el peso del candado en el bolso. Mete la mano para cogerlo. Lo deja en el banco a su lado y se queda mirándolo un momento.

—Pero ¿sabes qué? Es una idea estúpida. Leí en el tren que lo hace tanta gente que el maldito puente se está cayendo. Y eso precisamente es un contrasentido, ¿no? Quiero decir, que es una estupidez hacerlo. —Su voz se vuelve aguda y enfadada, sin querer—. Lo único que haces es destruir lo que quieres. Lastrándolo. ¿No te parece? La gente que lo hace es *estúpida*.

Fabien levanta la vista mientras flotan suavemente bajo el puente. Y vuelve a señalar.

—Creo que el mío está por... ahí. —Y se encoge de hombros—. Tienes razón. Es solo un pedazo de metal estúpido. No significa nada. —Mira su reloj—. *Alors...*, son casi las seis. Deberíamos ir volviendo.

Media hora más tarde, están delante del hotel. Allí de pie, en el frío amanecer, ambos se sienten un poco incómodos a la luz del día.

Nell se retuerce para quitarse la chaqueta de él, e inmediatamente echa en falta su calor.

—Todo eso de los candados —comenta al dársela—. Es una larga historia. Pero no quería decir que fueras...

Fabien la interrumpe.

—*De rien*. Mi novia solía decirme que tenía la cabeza llena de sueños. Tenía razón.

—¿Tu novia?

—Exnovia.

Nell no puede evitar sonreír.

—Bueno, ahora mismo mi cabeza está totalmente llena de sueños. Siento... Siento como si hubiera caído en la vida de otra persona. Gracias, Fabien. Ha sido una noche maravillosa. Y una mañana también.

—El placer ha sido mío, Nell.

Él ha dado un paso adelante. Están cara a cara, a pocos centímetros. De repente aparece el mozo, abre las puertas con estruendo y arrastra el tope de la puerta por la acera.

—*Bonjour, mademoiselle!*

El teléfono de Nell vibra. Lo mira.

Llámame.

Es de Magda.

—¿Todo bien? —dice Fabien.

Nell se mete bruscamente el teléfono en el bolsillo trasero.

—Es..., eh, está bien.

Pero el hechizo ya se ha roto. Nell mira tras de sí. Una parte remota de su cerebro se pregunta por qué la llama Magda a esas horas.

—Más vale que duermas un poco —dice amablemente Fabien. Un poco de barba ensombrece su mentón, pero parece alegre. Nell se pregunta si ella tendrá cara de caballo triste y se frota la nariz con timidez.

—¿Nell?

—¿Sí?

—¿Te gustaría...? Quiero decir..., para tu experiencia parisina, ¿te gustaría venir a cenar conmigo esta noche?

Nell sonríe.

—Me encantaría.

—Pues paso a buscarte a las siete.

Nell le mira subirse a la moto, y atraviesa la puerta abierta del hotel, sonriendo todavía.

Pete lleva tres cuartos de hora embutido entre Trish y Sue en el asiento trasero del coche de Magda. Está casi completamente sobrio, después de un paseo de veinte minutos colina arriba junto al mar en el silencio de la ira colectiva de tres mujeres demasiado sobrias arrastrándole a la fuerza hacia el coche.

—En la vida he oído algo así. Y créeme, he tenido muchos novios de mierda. De hecho, soy casi la reina de los novios de mierda. —Magda golpea el volante para dar más énfasis a sus palabras, y sin querer se mete en el carril central—. Sabes que Nell se pone nerviosa por las cosas. Ni siquiera se sube al último tren sin comprobar dónde para exactamente.

Magda se vuelve hacia atrás en su asiento.

—¿Has dejado que se vaya hasta París sola? ¡¿En qué estabas pensando?!

—Yo no pedí ir a París —replica Pete.

—¡Pues entonces le dices que no! —salta Sue, a su izquierda—. Simplemente le dices: «No, Nell, no quiero ir a París contigo». Es muy sencillo.

Pete mira hacia un lado.

—¿Adónde me lleváis?

—¡Cállate, Pete! —dice Trish—. No tienes derecho a hablar.

—No soy un mal tío. —Su voz sale como un gemido.

—¡Puaj! —exclama Trish—. El viejo discurso de «No soy un mal tío». Odio el discurso de «No soy un mal tío». Me desquicia. Sue, ¿cuántas veces has oído el discurso de «No soy un mal tío»?

—Un millón de veces, más o menos —contesta Sue, con los brazos cruzados—. Generalmente después de acostarse con alguien a quien conozco. O de robarme la salchicha alemana.

—Yo nunca le he robado la salchicha alemana a nadie —farfulla Pete.

—Tu novia te compra un billete a París. No vas. En su lugar te vienes a beber a Brighton con los colegas. ¿Qué es lo que tendrías que hacer exactamente según tú para ser un mal tío, Pete?

—¿Matar un gatito o algo así? —dice Pete esperanzado.

Magda aprieta los labios y se mete en el carril lento.

—Matar gatitos está muy por debajo de esto en la lista, Pete.

—Incluso más abajo que la salchicha alemana —añade Sue.

Pete ve el cartel dirección Gatwick.

—Entonces..., eh..., ¿dónde íbamos?

Magda y Sue se miran por el retrovisor.

Nell despierta a la una y cuarto. La hora de comer. Parpadea adormilada y se estira complacientemente al darse cuenta de dónde está. La pequeña habitación en el último piso del hotel ahora le resulta curiosamente acogedora, con su ropa parisina colgada y ordenada en el armario, y su maquillaje desparramado sobre el estante tras la noche anterior. Se levanta de la cama despacio, escuchando los sonidos desconocidos de la calle, y, a pesar de la falta de sueño, de pronto se siente eufórica, como si algo mágico hubiera ocurrido. La una y cuarto, piensa, y se encoge de hombros de un modo que quiere pensar es muy francés. Tiene unas horas para disfrutar de París sola. Y luego se encontrará con Fabien para pasar su última noche.

Se mete en la ducha canturreando y, cuando el agua sale fría de repente, se ríe.

Se recorre todo París, o eso le parece. Camina por los *arrondissements* numerados, deambula por un mercado de abastos, contemplando los productos relucientes, que le resultan familiares y desconocidos a la vez, acepta una ciruela de un vendedor insistente y acaba comprando una bolsa como desayuno y comida. Se sienta en un banco a orillas del Sena, observando los barcos de turistas que pasan, y se come tres de las ciruelas, pensando en la sensación de sostener la caña del timón y mirar el agua bajo la luz de la luna. Se mete la bolsa bajo el brazo como si aquello fuera algo habitual, y coge el metro hasta un *brocante* recomendado en una de sus guías, para regalarse una hora flotando entre los puestos, cogiendo pequeños objetos que alguien atesoró en su día, calculando mentalmente el precio inglés, y dejándolos de nuevo en su sitio. Mientras camina por esa ciudad de desconocidos, con la nariz llena de olor a comida callejera, los oídos de un idioma extraño, siente que le inunda algo inesperado. Se siente conectada, viva.

En el paseo de vuelta al hotel, la chica del violonchelo está tocando de nuevo, con un sonido grave, resonante y hermoso. Nell se detiene debajo de la ventana abierta y se sienta en el bordillo de la acera para escucharla, ajena a las miradas curiosas de los transeúntes. Esta vez, cuando se para la música, no puede evitar ponerse de pie y aplaudir, y sus palmadas resuenan por la calle. La chica sale al balcón y mira hacia abajo, sorprendida, y Nell le sonríe. Tras un momento, la chica le devuelve la sonrisa y hace una pequeña reverencia. Nell sigue escuchando la música en sus oídos hasta llegar al hotel.

La mujer en el mostrador de la aerolínea observa a las tres mujeres que rodean al tipo desaliñado.

Magda sonríe confiada.

—Este caballero desearía un billete a París. En el próximo vuelo, por favor.

La mujer comprueba su pantalla.

—Por supuesto, señor. Tenemos... un asiento en un vuelo de British Airways que sale con destino a Charles de Gaulle dentro de una hora y diez minutos.

—Ese mismo —dice rápidamente Magda—. ¿Cuánto cuesta el billete, por favor?

—¿De ida? Serán... Ciento cuarenta y ocho libras.

—Estáis de broma —dice Pete, que no ha abierto la boca desde que entraron en la terminal.

—Abre la cartera, Pete —le ordena Magda, con una voz que sugiere que no es buena idea llevarle la contraria.

La mujer de la aerolínea empieza a parecer seriamente preocupada. Magda abre la cartera de Pete y empieza a contar el dinero en el mostrador junto a su pasaporte.

—Ciento diez libras. Eso es todo lo que tengo para el fin de semana —protesta Pete. Magda mete la mano en su bolso.

—Toma. Yo tengo veinte. Y necesitará suelto para llegar a París. ¿Chicas?

Espera mientras las demás sacan billetes de sus bolsos y los cuentan con cuidado hasta que hay suficiente. La mujer desliza el dinero hacia sí lentamente, sin apartar la mirada de Pete.

—Señor —dice—, ¿está usted... de acuerdo con coger este vuelo?

—Sí, lo está —responde Magda.

—Esto es de locos —protesta Pete, inmóvil y con aspecto taciturno e incómodo.

La mujer de la aerolínea parece perder la paciencia.

—Verán, no sé si puedo emitir el billete si el caballero no viaja voluntariamente.

Se produce un breve silencio. Las chicas se miran. Empieza a formarse una cola detrás de ellos.

—Oh, explícaselo, Mags —dice Sue.

Magda se inclina hacia delante.

—Señorita de la Aerolínea. Nuestra mejor amiga, Nell, se pone nerviosa cuando viaja.

—Se pone nerviosa con todo —puntualiza Trish.

—Así que le entra ansiedad por cualquier cosa —prosigue Magda—. Lugares nuevos, la posibilidad de una invasión extranjera, de que caigan cosas de los edificios, ese tipo de cosas. Bueno, ella y este caballero debían irse de escapada romántica a París este fin de semana. Un gran paso para ella. *Enorme.* Pero el caballero decidió no presentarse y en su lugar se fue a Brighton a beber con sus colegas de baja estofa. Así que nuestra simpática amiga ahora mismo está sola en una ciudad desconocida. Probablemente demasiado asustada para salir de su habitación de hotel, teniendo en cuenta que no habla una sola palabra de francés, y sintiéndose como la mayor imbécil del mundo.

»Por ello consideramos que sería una buena idea que Pete cogiera su vuelo y le regalara a su novia veinticuatro románticas horas en París. Y sí, puede que haya un poco de coacción en el asunto, pero es con buenas intenciones. —Da un paso atrás—. Es con *amor.*

Hay un breve silencio. La mujer de facturación observa a los cuatro.

—Vale —dice por fin—. Voy a llamar a seguridad.

—¡Oh, *vamos!* —exclama Magda, levantando las manos—. ¿En serio?

Pete esboza una sonrisita petulante.

La mujer se lleva el auricular del teléfono al oído y marca un número. Mira a Pete.

—Sí, creo que será prudente que su amigo tenga escolta para asegurarnos de que se sube al avión. —Y entonces dice algo por el auricular—. Mostrador 11. ¿Pueden mandarme un agente de seguridad, por favor?

Rellena lo que queda del billete y se lo entrega a Pete con su pasaporte. Un guardia de seguridad con cara de pocos amigos se acerca.

—Tenemos que asegurarnos de que este caballero llega bien a la puerta 56. Aquí tiene, señor. Su tarjeta de embarque.

Cuando Pete se vuelve para marcharse, ella murmura:

—Gilipollas.

El olor a hierbas cortadas sale por el ventanuco de la diminuta cocina. Fabien y Clément están codo con codo preparando la comida, mientras Émile lleva una mesa y unas sillas a través de los ventanales que dan a una pequeña plaza adoquinada.

—Esas sillas no, Émile. ¿No tienes alguna que sea cómoda? —Fabien está inusitadamente estresado, y su piel, rosada por el esfuerzo.

—Estas están bien —responde Émile.

—Y el pato. Papá, no te habrás olvidado del adobo, ¿verdad?

Émile y Clément se miran.

Clément va a la nevera.

—Ahora mi hijo cree que me puede enseñar a cocinar pato. Sí, he preparado el adobo.

—Solo quiero que sea especial —dice Fabien, abriendo un cajón y rebuscando en él—. Una cena francesa tradicional perfecta. ¿Ponemos luces en el árbol? ¿Émile? ¿Aún tienes las lucecitas de Navidad? Las blancas. De colores, no.

—La caja debajo de la escalera —contesta Émile. Fabien desaparece ante su mirada. Minutos más tarde regresa con una ristra de luces enmarañada, como un hombre poseído. Sale a la placita y empieza a engancharlas en las ramas que cubren la mesa, poniéndose de pie en ella para llegar a lo más alto. Entonces empieza a reorganizar la mesa y las sillas, examinándolas desde distintos puntos de vista hasta quedar satisfecho. Y luego las vuelve a mover, por si acaso.

Clément le observa sereno.

—Y todo esto por una mujer a la que has visto dos veces —murmura.

—No lo estropees, Clément —dice Émile, dándole unos dientes de ajo—. Ya sabes lo que significa esto...

Se miran cara a cara.

—¡Se acabó Sandrine! —Clément se queda pensándolo, y se quita bruscamente el delantal—. De hecho, voy a bajar a la *poissonnerie* a comprar unas ostras.

Émile sigue cortando con nuevo brío.

—Buena idea. Yo prepararé mi tarta *tatin* con calvados.

La puerta de la boutique tintinea alegremente al entrar Nell.

—*Bonjour!* —dice—. Necesito ese vestido. El vestido de piñas.

La dependienta se acuerda de ella al instante.

—Mademoiselle —contesta lentamente—, el precio es el mismo. Serán... ¿cómo era? ¡Treinta libras la puesta!

Nell cierra la puerta detrás de sí. Está resplandeciente, y aún tiene el regusto de las ciruelas maduras en la boca.

—Bueno, he estado pensando en lo que me dijo. A veces hay que hacer lo que a una le hace sentirse bien, ¿no?

Antes de que le dé tiempo a avanzar otro paso, la dependienta ya ha salido de detrás del mostrador.

—Entonces, mam'selle, tendrá que llevar lencería que le vaya a juego...

Una hora y pico más tarde, Nell baja la escalera de madera del Hôtel Bonne Ville, disfrutando de cómo con cada paso se hincha ligeramente la falda del vestido verde de piñas. Se detiene un instante al pie de la escalera para comprobar que lleva todo en el bolso y cuando levanta la vista ve que Marianne la observa. La recepcionista levanta la barbilla y asiente en un gesto de aprobación.

—Está usted muy guapa, mademoiselle.

Nell va hacia ella y se inclina sobre el mostrador con complicidad.

—También llevo lencería. Creo que los próximos meses voy a vivir a base de pan y queso.

Marianne reordena sus papeles y sonríe.

—En tal caso es usted ya una parisina honorífica. Enhorabuena.

Sale a la calle en el mismo momento en que Fabien llega con su moto. Se detiene y la observa durante un momento, y ella le deja, consciente de la impresión que le está causando. Él le da el abrigo, que ha recuperado, y Nell se lo pone. Luego mira hacia abajo y observa los zapatos de Fabien; son de ante azul oscuro y de algún modo indefiniblemente franceses.

—¡Me encantan tus zapatos!

—Los acabo de comprar.

—¿Hoy?

—No podía ponerme los del trabajo.

Ella frunce el ceño.

—¿Porque los manché al tirarte el vino?

Fabien la mira como si Nell no hubiera entendido ni una palabra de lo que le ha dicho.

—¡No! Porque voy a cenar con una inglesa en París.

Se queda observándola hasta que sonríe, y entonces se baja de la moto, la ata con una cadena y extiende el brazo.

—Esta noche vamos andando. No está lejos. ¿Vale?

París vibra suavemente en la noche de otoño. A pesar de que hay un grado menos de lo que sería agradable, Nell lleva su abrigo en la mano porque le gusta lucir el vestido de piñas y cree que es lo que haría una parisina. Caminan lentamente, como si tuvieran todo el tiempo del mundo, parándose a mirar escaparates o señalar molduras de piedra especialmente bonitas sobre sus cabezas. Por un instante, Nell desearía poder embotellar esta velada, esta sensación.

—¿Sabes? —dice Nell—, he estado pensando en anoche.

—Yo también —contesta Fabien.

Ella le mira.

Fabien se lleva la mano al bolsillo y saca un pequeño candado.

—Te dejaste esto en el barco.

Nell lo mira y se encoge de hombros.

—Ah, tíralo. Ahora ya no tiene sentido, ¿no?

Ella se agacha para acariciar a un perro que pasa y no ve que Fabien se lo mete otra vez en el bolsillo.

—¿Y en qué has estado pensando?

—En tu padre y su barco. —Se endereza—. Creo que no debería intentar competir con esos barcos de turistas grandes. Deberíais hacer algo distinto. Tú y él. Como visitas individuales de París, para parejas. Podríais anunciarlo online, enseñar a la gente todas esas cosas que me enseñaste a mí, hablarles de la historia. ¿Tal vez regalarles una cesta con cosas ricas y champán? Sería divino. Incluso estando solos tú y yo anoche..., fue todo muy... —La frase queda suspendida en el aire.

—¿Te pareció romántico?

De pronto, se siente estúpida.

—Eh, no quería decir que...

Siguen caminando sin mirarse, otra vez sintiéndose incómodos los dos.

—Es una buena idea, Nell —dice él, quizás para romper el silencio—. Se lo diré a mi padre. Tal vez podamos montar algo con el restaurante.

—Y tenéis que haceros una página web muy buena. Así la gente podrá reservar directamente desde otros países. París es la ciudad del amor, ¿no? Y podríais hacer que sonara precioso. —Se siente inusualmente locuaz, su voz se eleva y sus manos se mueven al hablar.

—Una visita boutique —dice Fabien, pensándolo—. Me gusta. Nell, tú... haces que todo suene posible. Oh, ¡ya estamos! Vale, ahora tienes que cerrar los ojos. Coge mi brazo...

Se detiene en la esquina de una pequeña plaza adoquinada. Nell cierra los ojos y vuelve a abrirlos de repente cuando su bolso empieza a vibrar. Intenta ignorarlo, pero Fabien lo señala, como diciendo que lo atienda. No quiere que interrumpan ese momento. Ella sonríe disculpándose y saca su teléfono.

Lo mira consternada.

—¿Todo va bien? —dice Fabien después de un instante.

—Bien —contesta, y se lleva una mano a la cara—. De hecho... —prosigue—. No. Creo que tengo que irme. Lo siento mucho.

—¿Irte? —dice Fabien—. ¡No puedes irte, Nell! ¡La noche acaba de empezar!

Ella parece anonadada.

—Yo..., lo siento mucho. Algo ha...

Está cogiendo su abrigo y su bolso.

—Lo siento. Algo ha... Alguien se ha presentado para verme. Tengo que...

Él la mira, y lo ve en su cara.

—Tienes novio.

—Más o menos. Sí. —Se muerde el labio.

Fabien se sorprende de lo decepcionado que está.

—Se ha presentado en el hotel.

—¿Quieres que te lleve?

—No, no. Creo que puedo ir andando desde aquí.

Se quedan un momento de pie, paralizados. Luego él levanta un brazo señalando.

—Bueno. Ve hasta la iglesia de ahí, luego gira a la izquierda, y estás en la calle de tu hotel.

Nell se siente incapaz de mirarle a los ojos. Finalmente levanta la vista.

—Lo siento mucho —dice—. Me lo he pasado muy bien. Gracias.

Él se encoge de hombros.

—*De rien.*

—No pasa nada —traduce ella.

Pero sí que ha pasado algo. Fabien se da cuenta de que no puede pedirle su número de teléfono. Ahora ya no. Levanta la mano. Ella le mira una vez más. Y, casi a regañadientes, se vuelve y se pone en marcha calle abajo, medio caminando, medio corriendo, hacia la iglesia, con el bolso volando detrás.

Fabien la observa, luego se gira y dobla la esquina. En el diminuto patio está Émile vestido de uniforme de camarero junto a la mesa para dos. Hay una botella de champán en una cubitera. Sobre la mesa, lucecitas parpadeando en un árbol.

—¡Tachán! —exclama Émile—. ¡Empezaba a pensar que no llegaríais nunca! ¡Venga, rápido! Que el pato se va a quedar seco. —Mira más allá de Fabien—. ¿Qué? ¿Dónde está?

—Se ha tenido que ir.

—Pero... ¿adónde? ¿Le dijiste que habíamos hecho todo esto...?

Fabien se deja caer en una de las sillas. Después de un instante se inclina hacia delante y apaga de un soplido la vela sobre la mesa. Émile se queda mirando a su amigo, luego se echa el trapo al hombro y separa la otra silla.

—Bueno. Tú. Yo. Nos vamos de fiesta.

—No estoy de humor.

—Entonces tú bebes y yo bailo. Y luego te vas a casa a escribir algo brillante y lleno de rabia sobre el carácter voluble de las inglesas.

Fabien le mira. Abatido, suspira. Émile levanta un dedo.

—Pero primero déjame meter esta comida en la nevera. Nos la comeremos más tarde. Venga, ¡no me mires así! ¡El pato está a seis euros y medio el kilo! —Coge la silla para llevarla adentro—. Además, siento decirlo, pero el adobo de tu padre está muy bueno.

10

*P*ete espera en recepción. Está sentado despatarrado, con los brazos estirados sobre el respaldo del sofá, y no se levanta al verla llegar.

—¡Nena!

Nell se queda helada. Mira a Marianne, que está muy concentrada en unos papeles.

—¡Sorpresa!

—¿Qué haces aquí?

—He pensado que podía cambiar tu fin de semana en París por una noche en París. Eso cuenta, ¿no?

Nell se queda quieta en medio de la recepción.

—Pero dijiste que no vendrías.

—Ya me conoces. Una caja de sorpresas. ¡Y no podía dejarte aquí sola con estos gabachos comequeso!

Es como si estuviera mirando a un extraño. Lleva el pelo demasiado largo, y los vaqueros y camiseta desgastados, que antes le parecían tan guais, ahora le resultan horteras y pasados en el ambiente elegante del hotel.

Espera, se dice a sí misma. Ha venido hasta aquí. Ha hecho exactamente lo que querías que hiciera. Eso debería contar.

—Estás muy bien. ¡Mola el vestido! ¿No me vas a dar la bienvenida?

Da un paso hacia delante, y ella le besa. Sabe a tabaco.

—Perdona..., es que estoy un poco sorprendida.

—Me gusta tenerte alerta, ¿eh? Bueno, ¿dejamos mis trastos y vamos a beber algo? O podemos pasar la noche arriba tomando algo del servicio de habitaciones. —Sonríe y arquea una ceja. Con el rabillo del ojo, Nell ve a la recepcionista. Le está mirando como si un huésped entrara en el vestíbulo después de pisar algo asqueroso fuera.

No se ha afeitado, piensa ella. Ni siquiera se ha afeitado.

—Aquí no tienen servicio de habitaciones. Solo desayunos.

—¿Qué?

—Que no tienen servicio de habitaciones. En este hotel.

—Pero si hay servicio de habitaciones en todas partes —dice Pete—. ¿Qué clase de hotel es este?

Nell no se atreve a mirar la cara de Marianne.

—Pues aquí no. Porque... ¿por qué comer en el hotel cuando estás en París?

Él se encoge de hombros y se levanta del asiento.

—Vale. Como quieras.

En ese momento Nell se fija en los pies de Pete.

—¿Qué pasa? —dice él, al ver que se queda mirándolos.

—No te has cambiado de calzado. —Él frunce el ceño, y Nell añade—: Has venido de fin de semana romántico a París... en chanclas.

El tono de Pete se vuelve irritado.

—¿Y qué? ¿Me vas a decir que no me van a servir en un restaurante elegante francés porque voy en chanclas?

Nell intenta dejar de mirar a sus pies.

—¿Qué te ocurre, Nell? ¡Dios! Esta no es la bienvenida que esperaba.

Ella intenta recomponerse. Respira hondo y fuerza una sonrisilla.

—Vale —responde, tratando de sonar conciliadora—. Tienes razón. Qué bien que hayas venido. Vamos arriba.

Empiezan a cruzar el vestíbulo. De repente, Nell se detiene, pensando. Pete se vuelve, esta vez irritado de verdad.

—Pero una cosa —dice ella—. Solo..., solo quiero saber por qué has venido al final. Dijiste que no ibas a poder. Eso es lo que decía tu mensaje. Muy claramente.

—Bueno... No me gustaba la idea de dejarte aquí sola. Sé lo nerviosa que te pones con las cosas. Especialmente cuando los planes cambian y eso.

—Pero no te importó dejarme sola el viernes por la noche. Y anoche.

Parece incómodo.

—Sí. En fin.

Hay un largo silencio.

—En fin... ¿qué?

Se rasca la cabeza y saca su sonrisa encantadora.

—Mira, ¿tenemos que hablar de esto ahora mismo? Me acabo de bajar de un avión. Vamos arriba, nos metemos en la cama y luego vamos a ver sitios chulos de París, ¿eh? Venga, nena. Este billete ha costado una pequeña fortuna. Vamos a pasárnoslo bien.

Nell le mira fijamente mientras extiende su mano hacia ella. Casi a regañadientes, le da la llave de la habitación, y él se da la vuelta para subir las escaleras de madera, con la bolsa de viaje a la espalda.

—Mademoiselle.

Nell se vuelve, aturdida. Se le había olvidado que la recepcionista estaba allí.

—Le han dejado un mensaje.

—¿Fabien? —No consigue ocultar la emoción en su voz.

—No, una mujer. Mientras estaba fuera. —Le entrega un papel con el membrete del hotel.

PETE ESTÁ DE CAMINO. LE HEMOS ECHADO UN BUEN RAPAPOLVO. LO SIENTO, NO TENÍAMOS NI IDEA. ESPERO QUE EL RESTO DEL FINDE VAYA BIEN. BESOS. TRISH

Nell mira fijamente la nota, luego la escalera, y se vuelve a la recepcionista otra vez. Se queda pensando un instante mientras oye el eco de los pasos de Pete en la escalera, y de repente se mete el papel en el bolsillo.

—¿Marianne? ¿Me puede decir el mejor sitio para encontrar un taxi? —dice.

—Encantada —contesta la recepcionista.

Tiene cuarenta euros en el bolsillo, le da veinte al conductor y se baja sin importarle el cambio.

El bar es una oscura masa de cuerpos, botellas y luces tenues. Se abre paso a empujones, escaneando las caras en busca de algún conocido, con las fosas nasales llenas de olor a sudor y perfume. La mesa en la que se sentaron está ocupada por gente que no reconoce. No le ve por ninguna parte.

Sube al piso de arriba, donde se está más tranquilo y la gente está sentada charlando en sofás, pero tampoco le ve allí. Vuelve a abrirse paso por la escalera hacia el piso de abajo y hasta la barra donde le sirvieron.

—¡Disculpe! —Tiene que esperar para llamar la atención del barman—. ¡Hola! El amigo con el que estuve aquí. ¿Le ha visto?

El camarero entorna los ojos, y asiente como recordando.

—¿Fabien?

—Sí. ¡Sí! —Por supuesto que le conocía todo el mundo.

—Se ha ido.

Se le hace un nudo en el estómago. Ha llegado tarde. Se acabó. El camarero se inclina para servir una copa a alguien.

—*Merde!* —dice Nell suavemente. Se siente vacía por la decepción.

El camarero aparece a su lado, con una copa en la mano.

—Inténtalo en el Wildcat. Allí es donde suelen terminar Émile y él.

—¿El Wildcat? ¿Dónde está eso?

—Rue des Gentilshommes des... —Su voz queda ahogada por un estallido de carcajadas, y se vuelve, inclinándose para poder oír lo que pide otro cliente.

Nell sale corriendo a la calle. Para un taxi.

—¡Emergencia! —exclama.

El conductor, un hombre asiático, mira por el retrovisor, esperando.

—Wildcat —dice—. Rue des Gentilshommes algo. Por favor, dígame que lo conoce.

Se vuelve en el asiento.

—*Quoi?*

—Wildcat. Bar. Disco. Wild. Cat.

Su voz se hace aguda. El taxista niega con la cabeza. Nell hunde la cara entre las manos, pensando. Entonces baja la ventanilla y grita a dos jóvenes que se encuentran en la acera delante del bar.

—¡Perdón! ¿Conocéis el Wildcat? ¿Wildcat Bar?

Uno de ellos asiente, y levanta la barbilla.

—¿Quieres llevarnos?

Estudia sus caras —borrachos, alegres, abiertos— y evalúa.

—Claro, si lo conocéis. ¿Dónde está?

—Te lo enseñaremos.

Los jóvenes se suben al taxi, se deshacen en sonrisas ebrias y apretones de manos. Nell rechaza la oferta de sentarse en el regazo del más bajo de ellos y acepta un caramelo de menta del otro. Está embutida entre los dos, respirando el olor a alcohol y humo de tabaco.

—Es un buen club. ¿Lo conoces? —El chico que le habló primero se inclina para estrecharle la mano alegremente.

—No —responde ella. Y mientras él le dice al conductor adónde ir, Nell se reclina en el asiento de un coche lleno de desconocidos y espera a ver dónde acabará.

11

*U*na más. Venga, hombre. Acaba de empezar lo bueno. —Émile le da una palmada en el hombro a Fabien.

—No estoy de humor.

—Bueno, pues resulta que tiene novio. ¡Esas cosas pasan! No puedes dejar que eso te hunda. Solo la has visto dos días.

—Apenas la conoces —añade René.

Fabien no dice nada y le da un trago a su cerveza echando la cabeza hacia atrás.

—¿Sabes? Te lo tomas todo demasiado a pecho. Pero, mira, significa que has superado lo de Sandrine. ¡Así que eso es bueno! Y eres un tío guapo...

—Muy guapo —añade René.

Fabien arquea una ceja.

—¿Qué? —protesta Émile—. ¿No puedo apreciar la belleza masculina? ¡Fabien! ¡Amigo! Si yo fuera una mujer, me tiraría encima de ti. Nadaría en las aguas tranquilas de Fabien. Treparía al árbol de Fabien. ¿Qué?

—Demasiado —dice René.

—Vale. En fin, por suerte para el género femenino, mis inclinaciones apuntan hacia otra parte. Pero ¡venga! ¡Vamos a buscar otras mujeres! Al menos ahora tenemos que evitar más de un nombre.

—Gracias, Émile, pero termino esta cerveza y me voy. Mañana trabajo. Ya sabes.

Émile se encoge de hombros, levanta su botella y se vuelve hacia la chica con la que ha estado hablando.

Era probable que ocurriera. Fabien observa a Émile riéndose con la pelirroja. Hace mucho que le gusta, pero no sabe hasta qué punto es mutuo el sentimiento. Sin embargo, Émile no es infeliz. Va dando tumbos de una historia a otra, como un cachorro. *¡Venga! ¡Divirtámonos!*

No critiques, se dice Fabien regañándose. Mejor que ser un perdedor como tú.

Tiene un poco de miedo de lo que se avecina. Las noches largas en casa. Trabajar sobre un libro que ya no sabe si merece la pena. La desilusión por el hecho de que Nell haya desaparecido sin más. Cómo va a martirizarse por creer que iba a ser algo más. Tampoco puede culparla; no se le ocurrió preguntarle si tenía novio. Por supuesto que una chica como ella tenía novio.

Nota cómo se le va hundiendo el ánimo y sabe que es hora de irse a casa. No quiere deprimir a nadie más. Da una palmada a Émile en el hombro, asiente a los demás a modo de despedida, se cala el gorro sobre las orejas. Una vez fuera, se sube a la moto, preguntándose si debería conducir después de todo lo que ha bebido.

Arranca su motocicleta con el pedal y se echa a la calle.

Fabien se ha parado al final de la calle para ajustarse la chaqueta cuando oye un sonido metálico. Mira al suelo y ve que se le ha caído del bolsillo el candado de Nell. Lo recoge y se queda mirándolo, quitándole la suciedad de la superficie de latón. Hay una papelera pública junto a una verja, y va a tirarlo. Pero en ese momento oye un silbido.

Otro silbido.

Se vuelve. Émile está en la acera junto a un grupo de personas, señalando a alguien y haciéndole gestos para que vuelva.

Fabien reconoce la inclinación de su cabeza, su postura con un talón levantado, y un destello de vestido verde al lado de Émile. Permanece sentado un segundo sobre la moto. Y entonces, con la sonrisa abriéndose de nuevo en su rostro, da la vuelta y va hacia ella.

—Bueno —dice Émile mientras los dos se miran—. ¿Significa esto que no voy a comerme el pato?

12

Caminan cogidos del brazo por calles desiertas, ante galerías e inmensos edificios antiguos. Son las cuatro menos cuarto de la madrugada. A Nell le duelen las piernas de tanto bailar, le siguen sonando los oídos, y cree que nunca se ha sentido menos cansada.

Al salir del Wildcat, iban tambaleándose un poco, embriagados por la noche, la cerveza, el tequila y la vida, pero en la última media hora a ella se le ha pasado.

—Nell, no tengo ni idea de adónde vamos.

No le importa. Desearía caminar así para siempre.

—Bueno, al hotel no podemos volver. Es posible que Pete siga allí.

Él le da un empujoncito.

—Compartiste habitación con la americana. Puede que él no esté tan mal.

—Preferiría volver a compartirla con la americana. A pesar de los ronquidos.

Le ha contado toda la historia. Al principio parecía que Fabien quería pegar a Pete. Y con cierta vergüenza, Nell se dio cuenta de que eso le gustaba.

—Ahora me da un poco de lástima —dice Fabien—. Viene hasta París a buscarte, y tú te vas con un gabacho comequeso.

Nell sonríe.

—Pues yo no me siento mal. Es terrible, ¿no?

—Está claro que eres una mujer muy cruel.

Ella se arrima un poco más.

—Oh, horrible.

La rodea con el brazo.

—¿Sabes, Nell? Seguro que dirás que no, pero quiero decírtelo otra vez: puedes venir a mi casa. Si quieres.

De repente, escucha la voz de su madre. *¿Te irías a casa de un desconocido? ¿En París?*

—Me encantaría. Pero no voy a acostarme contigo. Quiero decir, eres fantástico, pero...

Sus palabras quedan suspendidas en el aire de la noche.

—Pero no me conoces. Y los dos estamos en la fase equivocada del proceso de ruptura.

La mano de Nell se cierra en torno al papelito con el código que lleva en su bolsillo.

—Entonces, ¿te parece bien si voy a tu casa?

—Es tu fin de semana en París, Nell.

Su apartamento está a diez minutos, le dice. Nell no tiene ni idea de qué va a pasar.

Y es absolutamente emocionante.

Fabien vive en el último piso de un estrecho edificio que da a un patio. Las escaleras están flanqueadas por piedra de color crema, y huelen a madera vieja y abrillantador. Suben en silencio. Él le ha advertido de que en los otros apartamentos viven ancianas. Si hace ruido después de las diez de la noche empiezan a aporrear su puerta a primera hora de la mañana siguiente para quejarse. Aunque añade que en realidad no le importa. Su apartamento es barato porque el casero es demasiado vago para modernizarlo. Comenta que Sandrine lo odiaba.

Cuando llegan a lo alto de las escaleras, Nell se arma de valor.

—Fabien —dice sonriendo—. No tendrás libros sobre asesinos en serie, ¿verdad?

Él abre la puerta y la escolta hacia dentro. Ella se detiene en el umbral y se queda mirando.

El apartamento de Fabien es una habitación grande, con un gran ventanal que da sobre los tejados. Hay un escritorio cubierto de papeles, y sobre él cuelga un espejo antiguo. El suelo es de madera. Puede que lo pintaran hace mucho, pero ahora es claro e incoloro. Hay una cama grande en un extremo, un pequeño sofá contra una pared, y la otra está cubierta de fotos recortadas de revistas.

—Oh —dice él, cuando ve que las mira—. Lo hice cuando estudiaba. Soy demasiado vago para quitarlas.

Todo —la mesa, las sillas, las fotos— es extraño e interesante. Nell pasea por el espacio, contemplando un cuervo disecado en una estantería, la lámpara de taller que cuelga del techo, la colección de piedras junto a la puerta del baño. La televisión es una caja diminuta que aparenta tener unos veinte años. Hay seis vasos y un montón de platos dispares sobre la repisa de la chimenea.

Fabien se pasa la mano por el pelo.

—Todavía está hecho un desastre. No esperaba...

—Es precioso. Es... mágico.

—¿Mágico?

—Simplemente... me gusta. Cómo has unido todo. Todo parece tener una historia.

La mira parpadeando, como si estuviera viendo su hogar a través de otros ojos.

—Perdona un momento —dice—. Tengo que... —Señala el cuarto de baño.

Probablemente sea mejor. Nell se siente temeraria, como una desconocida. Se quita el abrigo, alisa el vestido y camina lentamente por la habitación hasta que se queda mirando por la ventana. Los tejados de París, oscuros y bañados por la luz de la luna, son como una promesa.

Su mirada baja hasta posarse en un montón de páginas escritas a máquina y cubiertas de garabatos a mano. Algunas están sucias, con huellas de zapato. Coge una y empieza a buscar palabras que entienda.

Cuando Fabien sale por fin del cuarto de baño, Nell va por la cuarta página y está buscando la quinta en el montón.

—Tradúcemelo —le pide.

—No. No vale nada. No quiero leer esto...

—Solo estas páginas. Por favor. Para que pueda decir: «Cuando estuve en París, un escritor de verdad me leyó su propia obra». Es parte de mi aventura parisina.

La mira como si no pudiera decirle que no. Ella pone su mejor cara de súplica.

—No se la he enseñado a nadie.

Nell da unas palmaditas al sofá que hay a su lado.

—Puede que ya sea hora.

Fabien va hacia la ventana y la abre.

—Pues venga. Tu aventura parisina necesita un tejado de París.

—¡Quieres que salga al tejado! —Ella mira por la ventana, pero él ya está trepando hacia fuera—. ¡Vale!

Están sentados en la cornisa, con una botella de vino a medias al lado. Fabien lee el manuscrito, y su voz va haciendo pausas según lo va traduciendo al inglés. La cabeza de Nell está apoyada en su hombro.

—«Porque ella ya sabía que eso acabaría con su relación. Y que en lo más profundo de sí misma lo había sabido desde el principio, como alguien empeñado en ignorar una mala hierba que crece hasta que bloquea la luz».

—No pares —dice Nell cada vez que lo hace.

—Las otras páginas se han perdido. De todos modos, ya te he dicho que no vale nada.

—Pero no puedes parar. Tienes que recordar lo que escribiste, todos los cambios que perdiste, y mandarla a un editor. Es muy buena. Tienes que ser escritor. Bueno, lo *eres*. Simplemente no has publicado todavía.

Él niega con la cabeza.

—Lo *eres*. Es..., es preciosa. Creo que es... Tu forma de hablar sobre la mujer. Sobre cómo se siente, cómo ve las cosas. Yo me veo reflejada en ella. Es...

Fabien la mira, sorprendido. Casi sin saber lo que hace, se inclina hacia él, coge su rostro entre las manos y le besa. Está en París, en el apartamento de un hombre al que no conoce, y nunca en su vida ha hecho nada que le pareciera menos arriesgado. Él la rodea con los brazos, y siente cómo la atrae hacia sí.

—Eres... *magnifique*, Nell.

—Y todo lo que dices suena mejor porque está en francés. Quizá tenga que hablar con un acento francés falso durante el resto de mi vida.

Fabien sirve dos copas de vino y se quedan mirándose y sonriendo. Hablan del trabajo y de sus padres, con las rodillas tocándose, apoyándose en el otro. Él le dice que esta noche le ha liberado de Sandrine. Ella habla de Pete y se ríe al pensar en el momento en que entrara en la habitación y, al darse la vuelta, se diese cuenta de que no estaba. Se imaginan a la americana apareciendo en la habitación en ese momento, con Pete dentro, y no paran de reír.

—¿Sabes? Después de que Sandrine se marchara pensé que estaba acabado. Anoche, mientras bailábamos, me di cuenta de que lo que estaba era confundido. Había malinterpretado el sentir como sentirme infeliz.

Nell entrelaza sus dedos con los de él.

—Bueno, cuando Pete no se presentó este fin de semana, me quería morir. Pensé que todos los que me conocían se reirían hasta la próxima Navidad. Nell, la chica a la que dejaron plantada en la Ciudad de la Luz.

—¿Y ahora? —pregunta suavemente Fabien.

—Ahora siento... —contesta Nell, recorriendo la palma de su mano con el dedo—, siento que me he enamorado de una ciudad entera.

En algún momento él la ayuda a entrar de nuevo en casa por la ventana. Va al cuarto de baño y se mira en el espejo. Está pálida del cansancio, completamente despeinada y el maquillaje se le ha difuminado. Y sin embargo, brilla, parece llena de picardía y alegría.

Cuando vuelve a salir, él está leyendo su cuaderno. Su bolso está en el suelo.

Se detiene.

—¿Qué haces?

—¿Qué es esto? —Le enseña la lista.

RAZONES POR LAS QUE DEBERÍA QUEDARME EN EL HOTEL ESTA NOCHE

—¿Soy un asesino con hacha? ¿Puede que quiera acostarme contigo?

Aunque se ríe, también parece un poco consternado.

—Ay, Dios. No quería que vieras eso.

Está roja hasta las orejas.

—Se ha caído del bolso. Lo estaba volviendo a meter. «Tendré que fingir que soy impulsiva». —La mira, sorprendido.

Nell está muy avergonzada.

—Vale. No soy como crees. O al menos no lo era. No soy impulsiva. Estuve a punto de no ir anoche, porque la mera idea de los taxistas me asustaba. Dejé que pensaras que era una clase de persona distinta. Lo... Lo siento.

Fabien mira fijamente la lista, y vuelve a levantar la vista hacia ella. Está medio riendo.

—¿Quién dice que eres una clase de persona distinta?

Ella se queda esperando.

—¿Era otra persona la que bailaba sobre la barra? ¿La que me persiguió por París en un taxi rodeada de desconocidos? ¿La que dejó a su novio en una habitación de hotel sin decirle que se iba?

—Exnovio —puntualiza ella.

Fabien extiende una mano. Ella la coge y deja que la acerque hacia sí. Se sienta a horcajadas en su regazo y estudia su precioso y amable rostro.

—Yo creo que eres exactamente esta mujer, Nell de Inglaterra. Eres quienquiera que quieras ser.

Afuera empieza a clarear. Vuelven a besarse, durante una eternidad quizás, no está segura. Se da cuenta de que sigue estando bastante borracha. Se queda con los labios rozando los de él y recorre el perfil de su cara con la punta de los dedos.

—Ha sido la mejor noche de mi vida —dice ella suavemente—. Siento..., siento como si me acabara de despertar.

—Yo también.

Se besan de nuevo.

—Pero creo que deberíamos parar —añade Fabien—. Estoy intentando ser un caballero y recordar lo que dijiste.

No quiero que pienses que soy un asesino con hacha o un maníaco sexual. O...

Nell entrelaza sus dedos con los de él.

—Demasiado tarde —replica, y le levanta del sofá.

13

Antes de abrir del todo los ojos, Fabien sabe que algo es distinto. Algo ha cambiado, ya no siente un peso lastrándole desde el momento de despertar. Parpadea, con la boca seca, y se incorpora apoyándose sobre el codo. Todo está igual en la habitación, pero lo que sí es seguro es que tiene resaca. Intenta despejar la niebla en su mente, y entonces empieza a oír el ruido de la ducha.

Y la noche anterior regresa poco a poco a su cabeza.

Se reclina un minuto sobre la almohada, dejando que los acontecimientos se reordenen en su mente. Recuerda a una chica bailando sobre una barra, un largo paseo por París, el amanecer acurrucado en sus brazos. Recuerda las risas, un cuaderno con listas, su dulce sonrisa, su pierna sobre la de él.

Se incorpora del todo, se pone los vaqueros y el jersey que encuentra más cerca. Va hasta la cafetera y rellena el depósito, luego baja las escaleras corriendo para comprar una bolsa de *croissants* en la pastelería. Cuando regresa, abre la puerta en el mismo instante en que Nell sale del cuarto de baño con el vestido verde de anoche, el pelo suelto y mojado sobre los hombros. Se quedan quietos por un momento.

—Buenos días —dice él.

—*Bonjour* —responde ella.

Nell parece estar esperando a ver cómo reacciona. Cuando Fabien sonríe, la sonrisa de ella es igual de ancha.

—Tengo que volver al hotel y coger mi tren. Es... bastante tarde.

Él mira su reloj.

—Lo es. Y yo tengo que ir a trabajar. Pero ¿tienes tiempo para un café? Traigo *croissants*. No puedes marcharte de París sin café y *croissants*.

—Yo tengo tiempo si tú lo tienes.

La relajación de la noche anterior se esfuma y se sienten algo incómodos. Vuelven a la cama, se sientan vestidos sobre la colcha, lo bastante cerca como para ser cordiales, pero nada más. Nell da un sorbo a su café y cierra los ojos.

—Oh, qué rico —dice.

—Creo que todo sabe bien esta mañana —replica él, y se miran. Él come rápidamente, con más hambre de la que ha sentido en siglos, hasta que, al ver que ha dado cuenta de más ración de la que le correspondía, para y le ofrece un *croissant*, que ella rechaza con la mano. Afuera, repican las campanas y un perro pequeño ladra—. He estado pensando —añade, masticando todavía—. Tengo una idea para una nueva historia. Es sobre una chica que hace listas para todo.

—Uy, yo no escribiría eso —contesta Nell, mirándole de reojo—. ¿Quién iba a creérselo?

—Es una buena historia. Ella es un personaje increíble. Aunque demasiado cuidadosa. Tiene que sopesarlo todo. Los...

—Pros y los contras. A favor y en contra.

—Los pros y los contras. Me gusta.

—¿Y qué pasa con ella?

—Aún no lo sé. Algo le saca de sus costumbres.

—*Bouf!* —exclama Nell.

Fabien sonríe, se chupa las migas de los dedos.

—Eso. *Bouf!*

—Tendrás que crearla muy guapa.

—No tengo que hacerlo. Ya lo *es.*

—E increíblemente sexy.

—No hay más que verla bailar sobre una barra para comprobarlo.

Se inclina hacia ella para darle un trozo de *croissant* y, tras un instante, se besan. Vuelven a besarse. Y de repente los *croissants,* el trabajo y el tren se pierden en el olvido.

Algo más tarde, Fabien para la moto a la entrada del hotel, detrás de la rue de Rivoli. Las calles están sorprendentemente tranquilas. Varios turistas pasan caminando, mirando hacia arriba para fotografiar los edificios. Llega tarde al trabajo, pero el restaurante tendrá poca gente un lunes por la mañana, clientes habituales que entran a sentarse con un perro y el periódico, o turistas que quieren matar el tiempo antes de que llegue el momento de volver a casa. Pero más tarde se empezará a llenar, y cuando lleguen las cuatro estará a rebosar.

Detrás de él, siente a Nell soltando los brazos de su cintura. Se baja del asiento y se queda de pie junto a la moto. Se quita el casco y se lo da, luego se sacude el pelo, que ha quedado aplastado por el casco, y se queda ahí quieta con su abrigo y su vestido verde arrugado.

Parece cansada y desastrada, y Fabien tiene ganas de rodearla con sus brazos.

—¿Estás segura de que no quieres que te lleve a la estación? ¿Te las arreglarás para llegar? ¿Recuerdas lo que te he dicho sobre la estación de metro?

—Ya llegas tarde al trabajo. La encontraré.

Se quedan mirándose. Nell oscila su peso de un pie a otro, con el bolso colgando por delante. Fabien ya no sabe lo que quiere decir. Se quita el casco y se frota el pelo.

—Bueno —dice ella.

Él espera.

—Debería coger mi maleta. Si es que sigue ahí. —Retuerce las manos por el asa del bolso.

—¿Estarás bien? ¿Con Pete? ¿No quieres que entre contigo?

—Oh, puedo ocuparme de él. —Arruga la nariz como si Pete no tuviera ninguna importancia. Fabien quiere besársela.

Y no puede contenerse.

—Bueno..., Nell de Inglaterra. ¿Volveremos a... hablar?

—No lo sé, Fabien de París. Casi no sabemos nada el uno del otro. Puede que no tengamos nada en común. Y vivimos en países distintos.

—Eso es verdad.

—Además, hemos tenido algo perfecto en París. Tal vez sea una pena estropearlo.

—Eso también es verdad.

—Aparte, tú eres un hombre ocupado. Tienes un trabajo y una novela entera por escribir. Y tienes que escribirla, ¿eh? Bastante rápido. Me muero de ganas de saber qué le pasa a esa chica.

Algo le ha ocurrido a su rostro, un cambio sutil. Parece relajada, feliz, confiada. Él se pregunta cómo ha podido ocurrir en cuarenta y ocho horas. Desearía saber qué decirle. Da patadas al asfalto, sin saber cómo un hombre que se enorgullece de tener buena mano con las palabras puede verse ahora sin ellas, ni una sola. Nell mira hacia el hotel a su espalda.

—Ah. —Mete la mano en su bolso, saca su cuaderno y se lo entrega—. Toma. Para tus investigaciones. No creo que lo necesite más.

Se queda mirándolo, y lo mete cuidadosamente en su chaqueta. Ella se inclina hacia delante y vuelve a besarle, con una mano sobre su mejilla.

—Adiós, Fabien —dice al dar un paso atrás.

—Adiós entonces, Nell.

Se miran en la acera vacía hasta que finalmente, cuando ya no pueden aguantar más, Fabien se pone el casco. Con un rugido del motor y un movimiento de la mano, se aleja hacia la rue de Rivoli.

14

Nell aún está sonriendo al entrar en el hotel. La recepcionista sigue detrás de su reluciente mostrador. Se pregunta si tendrá casa o simplemente dormirá allí, de pie, tras el mostrador, como las jirafas. Se da cuenta de que debería sentir vergüenza de llegar con el vestido de la noche anterior, pero lo único que puede hacer es sonreír.

—Buenos días, mademoiselle.

—Buenos días.

—Espero que haya tenido una buena noche.

—Oh, sí —contesta—. Gracias. París es... mucho más divertida de lo que jamás hubiera imaginado.

La recepcionista asiente con una pequeña sonrisa a Nell.

—Me alegro mucho de oír eso.

Nell respira hondo y mira hacia las escaleras. Esta es la parte que teme. A pesar de sus valientes palabras a Fabien, no le apetecen nada las acusaciones o la furia de Pete. Para sus adentros, ha estado preguntándose si habrá hecho algo horrible a su maleta. No parece de la clase de hombres que hace esas cosas, pero nunca se sabe. Sigue ahí parada, armándose de valor para subir a la habitación 42.

—¿Puedo ayudarla en algo, mademoiselle?

Vuelve la cabeza y sonríe.

—No, no. Estoy... Es que tengo que subir a hablar con mi amigo. Es posible que..., que esté un poco enfadado porque no le incluí en los planes de anoche.

—En tal caso siento comunicarle que ya no está aquí.

—¿No?

—Normas del hotel. Después de marcharse usted, me di cuenta de que no podemos permitir que una persona que no ha hecho la reserva utilice la habitación. Y estaba a su nombre. Así que Louis le pidió que se fuera.

—¿Louis?

Asiente mirando al portero, un hombre del tamaño de dos sofás juntos de pie. Está empujando un carrito lleno de maletas. Al oír su nombre, hace un discreto saludo.

—Entonces, ¿mi amigo no se quedó en mi habitación?

—No, le mandamos hacia el albergue juvenil cerca de la Bastilla. Me temo que no estaba muy contento.

—¡Ah! —Nell tiene una mano sobre la boca, intentando no reírse.

—Lo siento, mademoiselle, si esto le supone alguna molestia. Pero no figuraba en la reserva original, y no llegó con usted, así que cuando usted se marchó... Era cuestión de seguridad. —Nell nota que la mujer también hace un gesto nervioso con la boca—. Normas del hotel.

—Normas del hotel. Entiendo. Es muy importante respetarlas —dice Nell—. Bueno. Eh..., muchas gracias.

—Su llave. —La recepcionista se la entrega.

—Gracias.

—Espero que haya disfrutado de su estancia entre nosotros.

—Oh, sí. —Nell se queda delante de ella y tiene que contenerse para no darle un abrazo—. Muchas gracias. Lo recordaré... siempre.

—Me alegro mucho, mademoiselle —dice la recepcionista, y finalmente vuelve con sus papeles.

Nell sube las escaleras lentamente. Acaba de encender su móvil, y los mensajes entran con un pitido, uno por uno, los más recientes llenos de mayúsculas y signos de exclamación. La mayoría los lee por encima y los borra. No tiene sentido fastidiar su buen humor.

Sin embargo, el último ha llegado a las diez de la mañana, y es de Magda.

¿Estás bien? Nos morimos por saber algo. Anoche Pete mandó un mensaje muy raro a Trish, y no entendemos qué está pasando.

Nell se detiene delante de la puerta de la habitación 42, con la llave en la mano, mientras escucha las campanas repicando por todo París y el sonido de la gente hablando abajo en recepción. Aspira el aroma a abrillantador y café, y el olor ligeramente rancio de su ropa. Se queda inmóvil por un momento, recordando, y una sonrisa inunda su rostro. Escribe un mensaje:

He tenido el mejor fin de semana de TODA MI VIDA.

SEIS MESES DESPUÉS

*L*ilian lleva sus nuevas mallas de deporte fucsia, las segundas que más le gustan. Camina por la calle como un flamenco ligeramente orondo, con una enorme sonrisa en la cara. Desde que empezó a ir al gimnasio de la esquina, cerca de la nueva casa, tiene toda una gama de ropa deportiva. Nell la recoge de camino al trabajo y la lleva tres veces a la semana: una a aquaeróbic, otra a estiramientos y relajación y otra a boxeo.

Llega al coche de Nell y levanta una mano con un bote de plástico.

—Perdona, se me olvidó la botella. ¿Sabes que hoy vamos a hacer kick boxing?

—¡Vale! —dice Nell, que aún se está haciendo a esta nueva versión de su madre.

—¡Quién iba a decir que se me daría tan bien dar golpes a cosas! —exclama Lilian, cruzándose el cinturón de seguridad sobre el pecho—. Luka dice que, si sigo mejorando, va a iniciarme en el boxeo tailandés. Ese cabrón hace daño. —Se vuelve a mirar a su hija—. A ver. ¿Has comprado el billete para París?

—No. Oye, ¿te he dicho que tengo una entrevista para el ascenso? —Nell se mete en la calle principal—. Cruza los dedos. —Empieza a enumerar las ventajas del nuevo puesto, pero Lilian no está escuchando.

—No entiendo por qué no te vuelves —dice su madre, negando con la cabeza—. Solo se vive una vez.

—Lo dice la que tenía palpitaciones cuando me iba en bicicleta a la oficina de correos.

Lilian baja el espejo del copiloto y aprieta los labios al ver su reflejo.

—Cariño, una cosa es querer que alguien esté bien y otra querer que no haga nada en absoluto.

Nell pone el intermitente y gira a la izquierda.

—Bueno, yo hago muchas cosas. Y creo que a veces es bonito recordar algo por lo que fue. Tres días perfectos en París. Tres días románticos y perfectos. Volver sería...

—Pues así no vas a echar un polvo.

Nell pisa el freno. Se vuelve y mira fijamente a su madre.

—¿Qué pasa? —dice Lilian—. Mira, vuestra generación no inventó el sexo. ¡Eres joven! ¡No se te cae nada! ¡Todavía puedes ponerte ropa interior diminuta! Y Don Francesito sonaba absolutamente maravilloso. Al menos, mejor que ese mindundi de Pete Welsh. —Se queda pensando un momento—. Aunque hasta uno de los pirados asesinos en serie de Cheryl sonaba mejor que Pete Welsh. Oye, estás parando el tráfico. Tienes que seguir.

Cuando llegan al gimnasio, Nell se mete en una plaza de aparcamiento cerca de la puerta y espera a que su madre saque la bolsa de deporte del espacio que hay delante del asiento del copiloto.

—Te llamo esta noche —se despide Nell.

—Piensa en lo que te he dicho.

Lilian se baja del coche. Se asoma por la puerta abierta, con una expresión tierna y seria.

—Nell, voy a contarte una cosa. Después de morir tu padre, entré en hibernación. Estaba... No sé, atascada..., y de repente, sin darte cuenta, quedarte en casa se convierte en un hábito. Hace unos meses volviste de París, y estabas tan distinta, tan radiante y viva, que pensé: «Dios mío. Solo hay una oportunidad para estas cosas». ¡Una! Así que no seas como yo, cariño. No pierdas diez años de tu vida preocupándote por lo que pueda pasar. Nadie puede permitirse perder el tiempo...

Al ver que los ojos de Nell se llenan de lágrimas, Lilian añade:

—Aparte, tus ovarios no van a funcionar para siempre. Es como cuando compras esos melocotones del supermercado que se supone que maduran en casa. Están duros hasta que de repente se han arrugado completamente y hay que tirarlos. Puede que quieras tenerlo en cuenta...

—Mamá, me voy —dice Nell.

—¡Piénsalo, cariño! —exclama Lilian, y cierra la puerta del copiloto—. ¡Te quiero!

Los martes, Nell queda para comer con las chicas en el parque. Hace un poco de frío, puesto que están aún a principios de abril, pero les gusta sentarse en una de las mesas comunales y animar a la primavera a terminar de entrar comiendo sus sándwiches al aire libre.

—¿Entonces vamos al Texas Grill esta noche? —pregunta Magda. Está de resaca, así que ha dejado su sándwich de huevo a un lado y contempla con una mirada calibradora a un paseador de perros joven y musculoso.

—No sé —contesta Nell—. Estaba pensando que quizá podríamos hacer otra cosa.

—Pero es martes —señala Magda.

—¿Y? ¿Sabes que hay un concierto gratis en el teatro al aire libre?

—¿Un concierto?

—Una orquesta austríaca. Es gratis. Podríamos ir allí primero y luego tomarnos una cerveza. Estaría bien hacer algo distinto. ¡Ampliar un poco nuestros horizontes!

Magda y Sue se miran.

—Eh..., vale —dice Magda, subiéndose el cuello del jersey.

—Pero los martes hay Dos por Uno de Costillas en el Texas Grill —protesta Sue.

—Ooh. Y hacen esa salsa barbacoa deliciosa —añade Trish.

—¡A la porra! —dice Magda, mirando hacia atrás para comprobar si hay menos cola en la cafetería—. Hagamos lo del concierto en otra ocasión.

Esa tarde Nell está de pie junto a la fotocopiadora, preparando unos folletos para la presentación de la tarde, cuando su jefe pasa por su lado. Ralentiza el paso, agacha la cabeza hacia ella.

—Aún no puedo decir nada oficialmente, Nell. Pero deberíamos poder anunciar algo antes del viernes. —Se da un golpecito en la nariz—. Toda organización necesita un equilibrio, y estamos de acuerdo en que tú serías el mejor seguro para compensar los... elementos menos predecibles de nuestra organización, ¿verdad?

—Gracias, señor —dice Nell.

—Es una gran responsabilidad —añade él, irguiéndose de nuevo—. Imagino que necesitarás algo de tiempo para valorar los pros y los contras.

Sus palabras la atraviesan. Se queda mirándole. Él extiende su mano hacia ella, y, después de estrechársela, da media vuelta y se va.

Nell se queda con la cabeza zumbando de repente, sosteniendo los folletos muertos en la otra mano.

Minutos más tarde, vuelve a estar sentada en su mesa. Mira hacia atrás, de manera un poco furtiva, abre el buscador y escribe: «Paseos en barco París». Ojea la lista hasta encontrar lo que busca: «Paseos en barco *La Rose de Paris*». Inclinándose hacia delante, aprieta la opción y se queda mirando las imágenes que aparecen en la pantalla.

«Haga que su viaje a la Ciudad de la Luz sea un símbolo de su amor. Disfrute de una visita íntima para dos por el río más romántico de la tierra. Ofrecemos un picnic *cordon bleu* y champán junto con nuestro conocimiento de los lugares más hermosos de París. ¡Ustedes solo tienen que traerse el uno al otro!», dice el texto, sobre un fondo sencillo en blanco y negro. La fotografía que lo acompaña muestra a Fabien rodeando con el brazo a su padre sonriente. Nell sonríe con mirada melancólica durante un instante.

«¡Reserve ahora para septiembre! Reservas rigurosamente limitadas debido a la gran demanda». Nell pega un salto al ver aparecer a la secretaria del señor Nilson detrás de ella.

—Te esperan, Nell —dice—. Qué buena pinta. ¿Planeando unas vacaciones?

Nell está terminando su charla con la presentación en Power-Point. Delante de ella, veintidós licenciados la observan, la mayoría concentrados, consultando sus móviles solo de vez en cuando.

—Resumiendo —dice, con las manos entrelazadas—, la evaluación de riesgos juega un papel fundamental en ayudar a que las organizaciones comprendan y gestionen dichos riesgos, para evitar problemas y aprovechar oportunidades... Gracias por vuestro tiempo. Y disfrutad de la visita a la planta de la fábrica.

Mantiene la sonrisa y parece estar a punto de marcharse. Pero hay algo en sus rostros expectantes, su aspecto ingenuo y la forma en la que ha dado esa charla una vez al mes durante los últimos cuatro años y medio. Levanta un dedo.

—En realidad, me gustaría decirlo de otro modo. Por supuesto, disfrutad de la fábrica si eso es lo que os gusta. Pero ¿sabéis? Sois jóvenes. Deberíais plantearos en serio si este es el camino para vosotros. Hay muchas alternativas. Muchas. ¿De veras queréis aferraros a la escalera corporativa... a los veintiún o veintidós años? ¿Para estar aquí a las ocho y media en punto de la mañana, tener que dejar la chaqueta en el respaldo de la silla y salir corriendo a por un café y comer *los mismos malditos sándwiches* cada día? ¡Jamón con pan de centeno! ¡Crema de queso! ¿Cuando ni siquiera te gusta la crema de queso? ¿No deberíais estar bailando sobre la barra de un bar, llevar zapatos inadecuados en sitios nuevos, probar comidas que os asustan? —Se queda contemplando la sala—. Que levante la mano quien haya bailado sobre la barra de un bar.

Los chicos se miran. Dos manos se levantan vacilantes.

—¡Bien! —Nell les aplaude—. Pues pensad: ¿de verdad queréis pasar los mejores años de vuestra vida tachando casillas sobre un montón de plásticos aprobados para la industria? ¿En serio?

Observa sus caras anonadadas. Luego se vuelve y ve al señor Nilson, que la mira ligeramente boquiabierto, y recobra la compostura.

—Si es así, ¡genial! ¡Rellenad un formulario de solicitud a la salida!... Y..., eh... ¡No olvidéis poneros el casco de seguridad!

Nell sale corriendo de la sala, con la cabeza a mil por hora. Dos compañeros esperan junto a su cubículo. Al verla llegar, se callan.

—He oído que te han dado el superascenso, Nell. Enhorabuena.

—Sí —contesta Nell, recogiendo sus cosas de la mesa—. Pero no lo voy a aceptar.

—¿Por qué? —dice Rob—. ¿Es que el cargo no se llama «Seguridad en el Trabajo»?

—No. Es que tiene que pensárselo bien.

Se echan a reír, como si fuera la broma más graciosa que han oído nunca. Nell se queda inmóvil, esperando a que dejen de reír.

—En realidad —dice— he decidido irme a París a tener sexo salvaje con el primer camarero al que me ligue. Como la última vez que fui. ¡Que tengan un buen día, caballeros!

Sonríe con dulzura, coge la caja con sus pertenencias apretada contra el pecho, y se va medio corriendo hacia la salida, sujetando el teléfono con la barbilla.

—¿Mamá? —dice—. En cuanto escuches esto, ven a la agencia de viajes de enfrente de mi oficina.

Clément y Fabien llevan la cesta desde la parte trasera de la moto de Fabien al barco y la cargan cuidadosamente en la proa. Hace un día frío y despejado, y la luz rebota en destellos sobre el agua, como disculpándose por su ausencia durante los meses de invierno.

—¿Has recogido las rosas? —pregunta Fabien a su padre.

—Las tengo —contesta Clément, comprobando los chalecos salvavidas—. Pero no sé si deberíamos poner rosas hoy.

—¿Por qué? ¡Ah, qué bien huelen estas tartaletas! Buen trabajo, papá.

—Son de Émile. Creo que hoy son lesbianas. Pensé que las rosas serían demasiado tradicionales. Puede que quieran algo más... moderno.

—¿Rosas lésbicas? —Fabien se agacha al ver que su padre le tira un chaleco salvavidas a la cabeza.

—Tú ríete, Fabien —dice Clément—. Lo que importa son los detalles.

—Papá, es el paseo en barco *La Rose de Paris.* Tiene que haber rosas. Vale. Me voy. Te veo a las cuatro. ¡Espero que vaya bien!

Clément observa a su hijo subirse a la moto, y se queda pensando.

—Rosas lésbicas —murmura para sí—. ¿De dónde saco yo rosas lésbicas?

Nell y su madre caminan hacia el pequeño cubículo donde está amarrado *La Rose de Paris.* Nell mira su teléfono, levanta la vista y sonríe.

—¡Ahí está! ¿Verdad que es precioso?

—Oh —contesta Lilian—. Es monísimo.

Al bajar hacia el muelle, Clément va hacia ellas, tendiendo la mano.

—¿Mesdames? Buenas tardes. Mi nombre es Clément Thibauld. Permítanme darles la bienvenida a bordo de nuestro barco. Espero que hayan tenido una estancia agradable hasta ahora en París. —Ayuda a Lilian a subir a bordo y luego extiende la mano hacia Nell, que está mirando el quiosco—. Hoy les vamos a enseñar las vistas más hermosas de París. Brilla el sol, y se van a enamorar de nuestra ciudad y no querrán marcharse nunca. ¿Puedo ofrecerles una copa de champán? —Nell hace una mueca de dolor por su madre, que estuvo bebiendo hasta las cuatro de la mañana con Louis, el portero, pero Lilian acepta feliz.

—¡Gracias! ¡Esto ya me está encantando!

Nell mira a su alrededor. Se queda inmóvil mientras su madre acepta la copa, observando a la gente que camina por la parte alta del muelle en busca de una cara conocida.

—¿Puedo ayudarla, mademoiselle? —dice Clément, apareciendo a su lado.

—Ah, no —contesta Nell—. Es que... su página web... Eran dos, ustedes eran dos.

—Ah. Se refiere a mi hijo. Hoy no trabaja. Pero le aseguro que tengo toda una vida de experiencia explicando las mejores atracciones de París. No saldrá decepcionada. Tenga...

Nell intenta sonreír al aceptar la copa. Entonces Clément se inclina y, con una reverencia exagerada, entrega una rosa a Lilian. Ella la acerca a su nariz, la huele y exclama lo bella que es.

—¿Le gustan las rosas? —pregunta Clément.

—¡Por supuesto! —responde Lilian—. ¿A quién no?

—Ah..., nunca se sabe. Pero está bien. Si están las dos cómodas, zarpamos.

Nell y su madre escuchan mientras Clément les explica las vistas a lo largo del Sena, habla del menú que ha preparado, comenta lo inusualmente tranquilo que está el río. Lilian se bebe muy rápido dos copas más de champán y se pone bastante risueña. Nell parece estar escuchando, pero su atención se desvía varias veces hacia la orilla, como si el rostro de él pudiera aparecer entre la multitud. Lilian se inclina hacia su hija.

—Podrías ir al restaurante. Probablemente esté allí.

—Tal vez —dice Nell, mirándose las manos.

—¿Tal vez? No puedes rajarte ahora.

Nell da un sorbito a su copa.

—Nunca ha intentado ponerse en contacto conmigo, mamá. Probablemente ya tenga otra novia. O haya vuelto con su ex.

—En tal caso le dices hola y que te alegras de volver a verle, y te buscas otro camarero cañón para montártelo. —Se ríe al ver la cara de consternación de Nell—. ¡Ah, vamos! Esto es París, cariño. Nada cuenta si estás a más de cien kilómetros de Londres. ¡Uh! Este champán se me ha subido directo a la cabeza.

Media hora más tarde, la madre de Nell está roncando suavemente sobre el hombro de su hija. Nell sigue observando el río con melancolía mientras el barco de Clément navega por las aguas junto a Notre-Dame.

—Y en 1931 una mujer se pegó un tiro en el altar de la catedral con la pistola de su amante... —Se vuelve—. ¿Se encuentra bien su amiga?

—Ah, se ha pasado de sobreexcitación. Mi madre todavía se está acostumbrando a vivir a tope.

—¿Su madre?

—Sí, le prometí que la traería en este barco. Es una larga historia.

Clément ladea la cabeza.

—Mam'selle, soy todo oídos.

Nell vacila, preguntándose cuánto debería contarle. Ahora mismo todo parece bastante ridículo: el fin de semana largo, este enamoramiento que se ha prolongado, cómo ha tenido que contenerse para no escribir un e-mail a la página web cuarenta veces al día, solo para intentar hablar otra vez con él. Aquellos tres días han adquirido una especie de carácter onírico en su memoria, como si tal vez los hubiera imaginado.

—Bueno —dice cuando se hace evidente que Clément está esperando—. Hace seis meses estuve aquí. En este mismo barco. Y me enamoré de... Oh, suena ridículo decirlo en alto. Pero fue uno de esos fines de semana que..., que simplemente te cambian.

Clément la observa. Ella se pregunta si parece tan estúpida como se siente.

—¿Cómo ha dicho que se llama, mademoiselle?

—Nell.

—Claro. Nell, me..., ¿me disculpa solo un momento, por favor?

Mientras ella se sienta, Clément va hacia la proa del barco y saca el móvil de su bolsillo. Nell se siente un poco tonta por haberle dicho nada. Se vuelve hacia su madre, que sigue roncando con la boca abierta sobre el cojín del banco, y le sacude el hombro con suavidad.

—¿Mamá? ¿Mamá? Tienes que despertarte. Estamos llegando al final.

—¿El final? —dice Clément, apareciendo a su lado—. ¿Quién dice que estamos cerca del final? ¡Vamos a dar otra vuelta!

—Pero su página web dice...

—¡Dice que están en París! Y hace demasiado buen día como para caminar por la calle. ¿Les he enseñado el Pont Neuf? Creo que deberían verlo de cerca...

En el pequeño restaurante de la rue des Bastides, Fabien ha terminado su turno, se está desatando el delantal y colgándolo en su gancho cuando de repente suena un *ding* en su teléfono. Lo mira, y niega con la cabeza.

—¿De verdad vas a apagar el teléfono durante un fin de semana entero? —dice Émile, que se está cambiando de camiseta.

—Es la única forma de acabar esto. El editor quiere un nuevo borrador para el lunes.

Émile se pone una camiseta limpia contoneándose y sonriendo a una mujer que se ha detenido delante de la ventana del restaurante, paralizada momentáneamente por la imagen de su torso desnudo. Ella le devuelve la sonrisa, menea la cabeza y sigue andando.

—Y el lunes, después de entregarlo, tiramos para Le Sud, ¿eh?

—¡Sí! Qué ganas tengo de dejar de mirar esa pantalla de ordenador.

El teléfono de Fabien vuelve a sonar dentro de su bolsillo.

—¿No vas a comprobar tus mensajes?

—Es mi padre. Obsesionado con los detalles. Elecciones de flores homosexuales o algo así.

Émile le da una palmada.

—Bueno, tío. *Bonne chance.* ¡Te veo al otro lado! —Se dan un abrazo fraternal, y Émile da un paso atrás para mirarle.

—Oye, idiota, ¡estoy orgulloso de ti! ¡Mi mejor amigo va a publicar un libro!

Fabien le ve marchar, y su teléfono suena otra vez. Suspira y decide ignorarlo, pero entonces suenan tres, cuatro, cinco mensajes más. Lo coge, irritado, y mira la pantallita. Entonces sale corriendo hacia su moto y se monta.

Clément habla con tanto entusiasmo que eso, unido a su fuerte acento francés, hace que Nell apenas logre entender lo que dice. Está confundida y un poco preocupada, la verdad. Ya han hecho dos veces el circuito y no da muestras de querer atracar. A su lado, Lilian sigue durmiendo dulcemente.

—Y llegamos ahora al Pont des Arts. Verán que han quitado muchos de los candados. Esto fue como consecuencia de...

—¿Señor Thibauld? —Nell se inclina hacia él, levantando la voz para que se oiga por encima del motor—. Es muy amable por su parte, pero ya nos contó esta historia la primera vez.

—Pero ¿les dije los nombres de los funcionarios municipales involucrados? Es una parte muy importante de la historia. —Está raro, casi frenético. Por primera vez Nell se siente verdaderamente incómoda.

—Mire, tengo que llevar a mi madre de vuelta al hotel. Necesita un café.

Clément vuelve a bajar hacia ellas.

—¡Yo tengo café! ¿Quiere un poco más de *gâteau*? Déjeme servirle un poco. ¿Sabe que París tiene alguno de los mejores *pâtissiers* en el...

Nell empieza a preguntarse si hay botes salvavidas para huir, cuando un silbido corta el aire. Mira hacia arriba, y allí, en el puente, para su asombro, está Fabien.

—Ah, gracias a Dios —dice el viejo con voz cansina, sentándose.

—¿Nell? —grita Fabien. Agita el brazo haciendo un arco enorme.

—¿Fabien? —Ella se pone la mano de visera.

Mientras Clément lleva *La Rose de Paris* hacia el muelle, Fabien corre por el puente, con sus largas piernas devorando el pavimento. Salta por encima de la barandilla, con pies ligeros, y cuando el barco se detiene, sube a bordo de un brinco y se queda delante de ella.

Clément mira a su hijo con una sonrisa inmensa y sencilla.

—Voy a hacer un poco de café para madame —dice suavemente.

Nell se queda mirando fijamente a Fabien. Ahí está el hombre que se ha paseado por sus sueños, se ha sentado enfrente de ella, la ha abrazado, se ha reído con ella. Y, sin embargo, es una persona totalmente distinta. Tartamudean un hola, sonriendo como tontos.

—¡Eres tú de verdad!

—Soy yo de verdad.

—Cuando me lo dijo mi padre no me lo podía creer. Mira, te..., tengo algo que enseñarte. —Mete la mano en su chaqueta y saca un manuscrito encuadernado, con las páginas un poco desgastadas por los bordes. Nell lo coge y lee el título.

—*Un Week-end à Paris. A Weekend in Paris.*

—Va a haber una edición en inglés. Además de la francesa. Tengo un editor, un agente y todo. Y quieren otro libro.

Ella lo hojea, sintiendo el orgullo en su voz, maravillada con la densa prosa.

—Es sobre... una chica que se encuentra sola en París. Pero no por mucho tiempo.

—Y estos son... —Nell se detiene en una página abierta.

—Pros y contras.

Nell asiente para sí.

—Guay.

Por fin, cierra el manuscrito.

—Bueno..., ¿cómo estás? ¿Has... visto a Sandrine?

Fabien asiente. Nell intenta no parecer decepcionada. Por supuesto que la ha visto. ¿Quién dejaría a un hombre como Fabien?

—Vino al apartamento hace un par de semanas, para coger su pulsera. No se podía creer lo mucho que he cambiado, ya sabes, el libro, la página web...

Fabien se mira los pies.

—Pero cuando la miré, lo único que noté fue... un peso. El peso de todas las cosas que ella esperaba que fuese. Como esos candados, ¿recuerdas? Y comprendí que cuando viniste, Nell, fue como...

Levanta la vista, y sus ojos se encuentran.

—*Bouf?* —dice Nell.

Los ojos de Fabien se quedan clavados en los de ella, y entonces empieza a palparse los bolsillos.

—Mira..., mira —dice—. Quiero enseñarte otra cosa.

Nell mira hacia su madre, que por fin está volviendo en sí en el banco, frotándose los ojos y parpadeando por la luz.

—¿Qué pasa? —dice amodorrada.

—Mi hijo le va a echar huevos —dice Clément cariñosamente.

—¿También vamos a comer de eso? —murmura Lilian—. Me quedé traspuesta después de la terrina.

Fabien se lleva la mano al bolsillo interior y le da un billete a Nell. Ella se queda mirándolo, y da un salto al darse cuenta de lo que es.

—¿Ibas a venir a Inglaterra?

—Quería darte una sorpresa. Demostrarte que ahora soy una persona que hace cosas. Que hace que pasen cosas. Y para decirte..., que ya he terminado con las fases. Nell, sé que apenas nos conocemos, y entiendo que dijiste que lo estropearía todo, pero... he pensado tanto en ti... Verás, no creo que fueras una equivocación para mí. Creo que puede que seas lo mejor que tengo.

Extiende una mano, y ella la coge. Se queda mirando sus dedos entrelazados durante un instante, intentando que su sonrisa no sea tan ridícula como la siente. Y entonces se rinde, y de manera abrupta y torpe dan un paso adelante y se abrazan. Se vuelven a abrazar, esta vez durante más tiempo. Y entonces —porque esta separación se ha hecho verdaderamente imposible— se besan. El tiempo suficiente como para que a Nell no le importe quién les vea; lo bastante como para que se olvide de respirar, para que se pierda en el beso, y sienta cómo se desdibujan todos sus límites; y de algún modo los sonidos de París, el tacto de Fabien, el cielo y los aromas en el aire se convierten en parte de ella. Tanto tiempo que su madre acaba tosiendo intencionadamente.

—Bueno —dice Nell separándose a regañadientes—. Este libro tuyo. No me llegaste a decir cómo acaba.

Fabien se sienta a su lado.

—Verás, creo que en las mejores historias los personajes lo deciden por sí solos. Especialmente los impulsivos.

Nell alza la vista hacia los candados brillando en el puente, a su madre bebiendo café con el señor Thibauld. Se vuelve para mirar hacia delante, al Sena, que resplandece sutilmente con el atardecer.

—Bueno —dice—, siempre me han gustado las historias con final feliz...

DE TUIT EN TUIT

*T*engo un problema —dijo el hombre.

—Todo el que viene aquí tiene un problema —contestó Frank.

El hombre tragó saliva.

—Es una mujer.

—Suele serlo —observó Frank.

—Ella... dice que hemos estado teniendo una aventura —continuó.

Frank se reclinó en su sillón, juntando las yemas de los dedos. Le gustaba hacerlo desde que su última secretaria le dijo que le hacía parecer inteligente.

—Sí, suelen hacerlo.

Yo estaba sentada en un rincón, mi mirada saltaba de mi café a la piel del hombre, tratando de decidir cuál era más oscuro. Su tono iba más allá de un Werther's Original. Más allá de una esposa de futbolista. Este era un moreno nivel televisión de horario diurno. Y entonces caí en la cuenta de quién era.

—¡No tengo una maldita aventura! —Declan Travis, expresentador de *¡Levántate y brilla!,* miró a Frank y luego a mí—. De verdad. No la tengo.

Frank asintió. Solía hacerlo en ese punto de las entrevistas. Era un gesto que reflejaba conformidad a la vez que expresaba que la verdad no era necesariamente lo importante. Nadie acudía a Frank Digger Asociados a no ser que tuviera algo que ocultar.

—Bueno, y ¿qué podemos hacer por usted, señor Travis?

—Mire, yo soy un hombre de familia. Mi reputación se fundamenta en la integridad de mi imagen. Me encuentro en un momento muy delicado de mi carrera. Ustedes están metidos en la gestión de reputación. En fin, quiero que hagan desaparecer todo esto. No puedo permitir que salga en los periódicos.

Frank se volvió lentamente hacia mí arqueando una ceja.

—Los periódicos son la menor de sus preocupaciones —dije.

—Bella es nuestra friki de cabecera. Perdón, directora digital —explicó Frank.

—La reputación es un tema de internet hoy en día. Muerte por avalancha de píxeles. Es un mundo completamente nuevo.

Declan Travis me miró pestañeando. Había dado por hecho que yo era la secretaria.

—De acuerdo, señor Travis —añadí, abriendo mi portátil—. Necesito que me diga todo lo que sabe sobre esta mujer. E-mail, alias en Twitter, perfil de Facebook, Snapchat, WhatsApp, todo. —Me observaba como si le hablara en polaco. Solían hacerlo.

Según Travis, todo había empezado unas semanas antes. Su hijo adolescente, al que le gustaba trastear con ordenadores, citando sus palabras, buscó el nombre de su padre en Google y encontró a una mujer que tenía mucho que decir. Su nombre en Twitter era @Rubia_Becca. Su foto de perfil, unos ojos azules con un flequillo rubio platino. Era imposible encontrar alguna imagen completa de ella. Volví a mirar sus tuits.

Declan Travis: no es el hombre de familia que aparenta ser.

Fui amante de Declan Travis durante dos años. ¿Por qué no me cree nadie?

Le gusta aparentar ser un hombre de familia, pero es un maníaco sexual mentiroso y sucio. Me ha utilizado y me ha arruinado la vida.

—¿Qué opinas? —Frank se me acercó por detrás y se quedó mirando la pantalla.

Fruncí el ceño.

—Difícil de decir sin su verdadero nombre. Le escribiré, a ver si puedo averiguar qué está pasando. Luego veré cómo desacreditarla.

Frank entornó los ojos y quitó unas migas de patata de mi pantalla.

—¿Creemos que dice la verdad?

Me quedé mirando la cuenta de Twitter de @Rubia_Becca. Una mujer decidida.

—No estoy segura de que *él* esté diciendo la verdad.

Abrí una cuenta nueva en Twitter, con el nombre de Alexis Carrington. Es uno de mis favoritos: nadie lo bastante joven como para pasar su tiempo en las redes sociales sabe quién es. Luego escribí: *¿Por qué iba a creerte nadie?*

La respuesta llegó a los pocos minutos: *¿Por qué iba a mentir? Hace dos años que no sale en televisión, y tiene al menos veinte años más que yo.*

En eso tenía razón.

Entonces, ¿qué es esto?, escribí. *¿Chismorreos? ¿Por qué no vas directamente a la prensa rosa y les vendes tu historia? Podrías sacar veinte mil libras como mínimo.*

No quiero dinero, contestó. *Solo quiero que salga a la luz la verdad. Me sedujo, prometió que estaríamos juntos, y luego me dejó. Es un fraude. Es un...* En ese punto se quedó sin caracteres. Pero capté el mensaje.

Tenía trece mil seguidores. Comprobé las cifras: en los últimos cinco días había pasado de seis mil a trece mil.

—No tiene buena pinta —le comenté a Frank—. No quiere dinero.

—Todas quieren dinero —contestó.

—Esta no. Le dije que podría sacar veinte mil, y no le interesó.

Soltó un taco entre dientes.

—Entonces tenemos a una descontrolada. A ver si podemos hacer que desaparezca. Si no, llévalo a otro nivel.

Travis llamó esa misma tarde. Dos periódicos sensacionalistas le habían telefoneado para preguntarle sobre los rumores. A los periódicos les encantaba Twitter; los días flojos de noticias habían desaparecido desde que podían informar sobre la batalla de alguna presentadora contra la rubia de un serial televisivo en ciento cuarenta caracteres. Solo necesitaban un titular como DECLAN TRAVIS ENVUELTO EN UN MISTERIO AMOROSO y ya tenían una primera página de quinientas palabras además de una excusa para meter la foto de una modelo de reality show con la cara borrada.

—¡Han acampado delante de mi puerta! —gritó por el teléfono—. Mi mujer se está volviendo loca. Mis hijos no me hablan. Mi representante dice que está destrozando nuestras relaciones con ITV2. ¡Tienen que hacer algo!

—Vamos a emitir un comunicado —dije con voz tranquilizadora—. Lo negaremos todo y amenazaremos con demandar a cualquiera que diga lo contrario. Aparte, le hemos abierto una cuenta de Twitter. La utilizaremos para publicar mensajes positivos, fotos suyas con la familia. Y estamos acorralando a «Becca». Pero, señor Travis... —Me detuve un momento, porque acababa de abrir una bolsa de patatas de beicon, y el olor era demoledor.

—¿Qué?

—¿Seguro que nos lo está contando todo? Si no nos da toda la información, no podemos defenderle.

Su voz sonaba quejumbrosa.

—Les estoy diciendo la verdad. No tengo ni idea de quién es esa mujer. Ni por qué intenta destrozarme la vida.

No sé por qué no le creí. Porque las chicas que revelaban intimidades existían, con sus extensiones de pelo y sus zapatos de *stripper,* tan sedientas de atención que podían afirmar que se habían acostado con toda la liga de fútbol por dos semanas de fama, un par de portadas en revistas masculinas y un hueco en un reality show. Pero @Rubia_Becca era distinta. Nunca me había encontrado con alguien a quien le importara «la verdad». Me ponía nerviosa.

Aquella tarde ya tenía veintiocho mil seguidores.

Le escribí un mensaje directo: *Soy amiga de Declan. No creo que se acostara contigo. Es un buen tipo.*

Eso es lo que quiere que piense todo el mundo. Tengo pruebas, contestó. Esperé.

Tiene una cicatriz en la nalga izquierda con la forma de la cabeza de ET. Cuando compartí ese detalle con Declan, el color literalmente desapareció de su cara.

—Podría ser cualquiera —farfulló—. Podría ser mi masajista. O la mujer que me echa el espray bronceador.

Entonces le conté el otro rasgo distintivo que me había mencionado. A Frank se le subieron las cejas hasta la línea del pelo y dijo que tal vez era un poco temprano para ese tipo de conversación; gracias, Bella, y se llevó al señor Travis a tomar una copa reconstituyente.

Declan Travis se convirtió en una pesadilla para Frank Digger Asociados. Al día siguiente, dos periódicos publicaron la noticia. Don Limpio televisivo envuelto en un drama amoroso, decía un titular. Esposa con gesto serio al abandonar la casa familiar. Otro decía simplemente: ¿Declan el Sucio?, acompañado por una selección de imágenes de sus mejores momentos en la televisión matinal.

En la mayoría aparecía con chicas en bikini.

—Tenemos cuarenta y ocho horas antes de que la prensa seria se haga eco —dijo Frank, rascándose la cabeza. Sacarían artículos titulados: «¿Por qué les cuesta ahora tanto a los hombres ser fieles?». Mientras tanto, Travis estaba al borde de la apoplejía. Tomaba váliums como si fueran Smarties. Su representante nos llamaba catorce veces al día. @Rubia_Becca ya tenía cincuenta y cuatro mil seguidores. Yo llevaba dos días abriendo cuentas falsas en Twitter para contradecirla. Frank me miró con furia.

—Estamos en código rojo.

—¿Pagará? —pregunté.

—Ya lo creo que pagará —dijo Frank.

Llamé a Buzz.

—Necesito que rastrees una cuenta —susurré—. Las condiciones de siempre. —Cuando me llamó tres horas más tarde, anoté la dirección en mi cuaderno y me recliné en el respaldo del asiento, mirando fijamente lo que acababa de escribir.

Aquella tarde estaba conectada. Me senté en el coche y abrí la app de Twitter en mi móvil.

Hola, Becca, le escribí.

¿Me crees ahora?, contestó ella.

Sí. Creo que te acostaste con Declan Travis. Tal vez deberíamos hablarlo más.

Ya te aclaré que no estoy interesada en hablar con la prensa. No me importa lo que están diciendo.

No hablaba de los periódicos. Sal al coche. Estoy aparcada delante de tu casa.

Sally Travis era de esa clase de rubias que en algún momento debió de ser definida como «alegre», luego pasó a ser «sexy», y ahora podría describirse como «bien conservada y probablemente objeto de deseo secreto del presidente del club de golf». Abrió la puerta de mi coche, esperó mientras quitaba las migas del asiento del copiloto, y se sentó.

—Tenía que hacer algo —dijo. Se encendió un cigarrillo con sus dedos de cuidada manicura e hizo un aro de humo grande y perfectamente construido—. Está acabado. En seis meses no le han ofrecido nada más que *Mascotas en crisis* y una sustitución de vacaciones en *Las antigüedades de Anthea*.

—¿No sabe que estás detrás de todo esto?

—Claro que no lo sabe —contestó con voz cansada—. Pobre, es más bruto que un arado. Si supiera la verdad, ya lo habría soltado hace semanas. Pensé que sería una forma de dar un poco de vidilla a su perfil, hacer que sea... interesante otra vez. Ya sabes, relevante.

Me quedé mirándola.

—Se está volviendo loco de la preocupación.

Entornó los ojos.

—Sé que crees que soy terrible. Pero mira: acabo de hablar con su representante. Esta misma mañana nos han ofrecido un espacio en *Mujeres fáciles* y exclusivas con el *Sunday Telegraph* y el *Sunday Mail*. Y lo mejor de todo, la televisión matinal ha vuelto a llamar a nuestra puerta. Es lo que más le gusta.

Sonrió levemente.

—Bueno, sé que ahora se encuentra un poco alterado, pero se lo diré a los chicos. Y cuando vea lo que va a sacar con todo esto, estará absolutamente encantado.

Soltó el humo y lanzó otro aro perfecto por la ventanilla.

—Además, no puedo tenerle ahí en medio todo el día, Bella. Me vuelve loca. —Se giró para mirarme—. ¿Qué? —dijo.

Su tacón aplastó una patata perdida.

—¿No querrás un trabajo? —pregunté.

Llegué a la oficina a las cuatro. El tráfico en la M3 era horrible, pero me dio igual. Me puse un CD y estuve cantando, me comí dos paquetes de snacks con sabor a cebolla en vinagre, y reflexioné sobre las sutiles complejidades del amor duradero. No era un tema que surgiera demasiado en mi campo de trabajo.

Sally Travis y yo habíamos estado hablando media hora más. Acordamos que @Rubia_Becca desaparecería de forma tan repentina como había aparecido. Declan seguiría en la inopia feliz. Nadie podría culparle de nada, pero el tufillo a travesura marital, contra toda lógica, no le haría ningún daño con las amas de casa. Y meteríamos un reportaje de cuatro páginas en el próximo número de *OK!*: Declan y Sally Travis: «Después de veinte años nuestro matrimonio es más fuerte que nunca». Las esposas lo leerían por empatía con Sally. Los maridos lo hojearían con una pizca de envidia de que el viejo siguiera teniendo lo que hay que tener. Llamé a un contacto en la revista, y se mostraron entusiasmados. La suma que ofrecían pagaría por sí sola los gastos de Frank Digger Asociados.

Entré al despacho de Frank sin llamar y me senté en el sofá de cuero.

—Puedes decirle a Declan que Becca ya no es un problema. Lo único que tiene que hacer es relajarse y ver cómo le llegan ofertas profesionales. —Crucé un pie sobre el otro en su mesita baja de vidrio con un aire de estudiada despreocupación.

Tardé un par de minutos en darme cuenta de que no parecía contento.

—¿Qué ocurre?

—¿Es que no has oído la maldita radio?

—No —contesté—. No funciona. ¿Por qué?

Frank hundió la cara entre las manos.

—No he podido detenerle.

—¿Detenerle de hacer qué? —dije—. Frank, no lo entiendo. ¿Qué está pasando?

—No he podido evitar que hablara. —Frank sacudió la cabeza asqueado—. Tenías razón, Bella. Declan Travis acaba de salir en televisión admitiendo haber tenido una aventura de tres años con su maldita maquilladora.

AMOR DE TARDE

$\mathscr{A}$ las dos en punto les dejan entrar en la habitación. Ni un minuto antes. Política del hotel, explica la recepcionista.

—En realidad lleva libre desde las once, pero la dirección dice que si lo hacemos para un cliente... —Se da un golpecito en la nariz con complicidad.

Sara asiente. Tampoco le ha importado esperar. Así ha tenido tiempo para aclimatarse. No esperaba estar allí hoy, en un hotel jacobino de cuatro estrellas en el Suffolk más profundo, con praderas de hierba ondulante perfectamente cuidadas y normas de etiqueta. Ella esperaba estar en casa, ordenando uniformes de colegio y vaciando táperes con restos de comida y bolsas de deporte, tal vez incluso yendo al supermercado. La rutina habitual de fin de semana.

Sin embargo, poco después del desayuno, Doug se presentó en la cocina con los niños rondando detrás de él, y le dijo teatralmente que soltara los guantes de goma y se maquillara un poco.

—¿Por qué? —preguntó ella con voz ausente. Estaba intentando escuchar la radio.

—Porque vamos a dejar a los críos en casa de mi madre, y luego te llevo a pasar la noche fuera.

Se quedó mirándole fijamente.

—Por vuestro aniversario —añadió su hija.

—Lo sabíamos todos —explicó Seth, el pequeño—. Papá lo ha hecho de sorpresa.

Sara se quitó los guantes.

—Pero... nuestro aniversario fue hace semanas.

—Bueno..., feliz aniversario atrasado. —La besó. Detrás de él, Seth empezó a hacer ruidos de arcadas.

—Pero... ¿quién se va a ocupar del perro? —dijo ella.

Un destello de irritación recorrió el rostro de Doug.

—Le dejaremos un poco de comida fuera. Solo son veinticuatro horas.

—Pero se sentirá solo. Y se hará caca.

—Entonces le llevaremos a casa de mi madre.

Su madre odiaba a los perros. Sara hizo una nota mental de enviar flores a Janice como disculpa. «No quiero irme», pensó de pronto. «Quiero recoger la casa. Quiero que arregles el interruptor del baño, tal y como llevas prometiéndome los últimos dos meses». Sin embargo, forzó una sonrisa sumisa mientras su hija señalaba la maleta de fin de semana.

—He metido tu vestido azul —dijo Tamsin—. Y los zapatos de tacón de satén.

—¡Vamos, vamos! —Doug dio una palmada como si fuera el organizador de un grupo errante. En el coche le puso una mano sobre la rodilla—. ¿Todo bien? —preguntó.

—¿Quién eres? —contestó Sara—. ¿Y qué has hecho con mi marido? —Los niños se echaron a reír. En casa de sus abuelos podrían ver televisión por cable y robar copitas de jerez a su abuela antes de cenar.

La habitación da a un lago. Está dominada por la cama más ancha que Sara haya visto nunca. Piensa distraídamente que los niños y el perro podían haber venido también, y aun así cabría uno más. Hay té, café y hasta galletas caseras en una pequeña lata. Él lo menciona dos veces, como para confirmar lo espléndido que es el hotel. Da una propina al hombre que les sube las maletas, golpeándose los bolsillos en busca de cambio, y entonces, cuando se cierra la puerta, se quedan los dos solos, y sus ojos se deslizan hacia el otro en silencio.

—Bueno —dice él.

—Bueno.

—¿Qué hacemos ahora?

Llevan catorce años casados. Hace tiempo, esta pregunta no habría surgido. Hace tiempo, tal vez hace trece años, se metían en la cama por la tarde, llevándose el plato de tostadas que acababan intactas y congeladas en el suelo. Había algo deliciosamente decadente en escaparse durante las horas del día mientras el resto del mundo trabajaba.

Ahora, Sara se pregunta si su hija habrá cogido las lentillas y cuándo tendrá tiempo para lavar el uniforme del colegio.

Observa a ese hombre que camina por la habitación mientras saca su ropa de la maleta, alisa los pantalones cuidadosamente y los pone en la percha. Hace cinco semanas y dos días desde la última vez que hicieron el amor. Aquella ocasión terminó de manera prematura cuando Seth vomitó y se puso a gritar por el pasillo que había que cambiarle la funda del edredón. Sara recuerda que en aquel momento sintió alivio, como si la hubieran disculpado de la clase de gimnasia en el colegio.

—¿Quieres salir a dar un paseo? —sugiere él. Está asomado al ventanal—. La finca parece bonita.

Ha hecho todo ese esfuerzo, demostrando que después de tanto tiempo aún puede ser generoso, impulsivo, impredecible. ¿No debería ella hacer lo mismo como mínimo?

Se sienta en la cama, se recuesta en una posición que podría interpretarse como seductora, e intenta no sentirse cohibida.

—Podríamos... quedarnos aquí —contesta, estirando una pierna. Nota que se está sonrojando.

Se vuelve hacia ella.

—Gran idea. Vamos a coger un DVD —propone él—. Se pueden alquilar en recepción. Tienen *Serpientes en el avión*, hace siglos que quiero verla.

Son las cuatro y cuarto, y está tumbada sobre la inmensa cama, viendo una película sobre serpientes en un avión. Su marido está a su lado, moviendo nerviosamente los pies con los calcetines puestos cada vez que se ríe. Sara contempla el cielo azul a través de la ventana. ¿Desde cuándo son así? No fue después de que naciera su hija mayor. Recuerda que la enfermera les recomendó sin rodeos que recuperaran la intimidad lo antes posible.

—Id a la cama cuando se duerma —les aconsejó mientras la miraban fijamente, pálidos y acogotados por las primeras semanas de su recién estrenada paternidad—. En su siesta de la tarde. *Disfrutad* el uno del otro. —Se quedaron mirando a aquella mujer y luego el uno al otro como confirmando que estaba loca. ¿Ir a la cama? ¿Con la casa inundada de pañales y pijamas sucios? ¿Cuando el cuerpo de Sara seguía teniendo pérdidas de manera impredecible en lugares inmencionables? Sin embargo lo hicieron, y ahora comprende que era glorioso. Les entraba la risa tonta por estar haciendo una travesura, estaban exultantes por la existencia del bebé y el papel que ellos habían jugado en su creación.

—¿A qué hora nos vamos a casa mañana?

—¿Qué? —Doug aparta la atención de la pantalla.

—Acabo de acordarme..., tenemos que recoger el violín de Seth de casa de los Thomas. Se lo dejó el viernes. Y tiene clase de violín el lunes por la mañana.

—¿Tenemos que pensar en eso ahora? —dice irritado.

—Mejor que pensar en pitones. —No se ha afeitado las piernas ni las axilas. Se da cuenta de que en realidad odia las sorpresas.

—¿No te gusta la peli?

—Está bien.

Doug se queda observando el rostro de Sara.

—Lo sabía. *Sí* que querías ver la de Kate Winslet.

—No..., simplemente necesito organizar las cosas antes de relajarme.

Con un tono exagerado de paciencia, él dice:

—Olvida... a... los... niños... cinco... minutos.

—No puedes sacarme de nuestra vida sin más y esperar que finja que no hay nada que hacer.

Doug para el DVD y se incorpora apoyándose sobre un codo.

—¿Por qué? —pregunta con tono exigente—. ¿Por qué no puedes desconectar?

—Porque alguien tiene que acordarse de estas cosas, Doug, y no sueles ser tú.

Él hace una mueca.

—Oh, qué bonito...

—Solo estoy constatando un hecho.

—Bueno, ¿qué tengo que hacer? —protesta—. Te quejas de que no te valoro, y cuando por fin hago lo que dices que te apetece y te propongo un poco de romanticismo, empiezas a rajar sobre clases de música y a meterte conmigo.

—¿Romanticismo? ¿Te parece romántico ver un DVD sobre serpientes? Caray, Doug. A saber qué se te ocurriría si no estuvieras en plan romántico.

Se queda mirándola y admite la primera señal de incomodidad.

—Vale. Bueno, ¿qué quieres hacer?

—Pensé... —empieza a decir Sara. Suspira, pellizcando
la colcha de seda—. Pensé...

Él la mira fijamente.

—Ah. Creías que íbamos a...

Sara se ofende.

—Haces que parezca que esperaba algo raro.

—Quieres hacer el amor, vale. —Se encoge de hombros—. Podemos ver el final de la peli más tarde.

—Oh, el último de los grandes románticos.

—¡Maldita sea, Sara! ¿Qué se supone que debo decir?

—Nada —contesta furiosa—. ¡Nada!

—No, claro. Porque no digo nada bien. Ni hago nada bien.

Apaga el DVD contrariado, y se quedan en silencio, absorbiendo los sonidos lejanos en el hotel, pasos esporádicos
por el pasillo, el ruido metálico y amortiguado de una bandeja
del servicio de habitaciones que está siendo recogida. De reojo,
Sara se fija en la barriga de Doug, apretada por la cintura del
pantalón. Se niega a comprarse una talla más aunque es evidente que la necesita. Los niños le llaman Michelin a sus espaldas.

—Tenemos una reserva para cenar a las ocho —dice finalmente—. Parece que la comida es fantástica.

—Bien.

—Le pedí a Tamsin que te metiera el vestido azul. El que
me gusta.

—La verdad es que no me queda muy bien —comenta in-
decisa—. ¿Sabes si ha metido alguna otra cosa? —Sospecha que
no podrá comer nada a no ser que deshaga las costuras del vestido.

—No sé. Podríamos bajar un rato —sugiere él—. Creo
que hacen buen té. Lo puedes tomar en el jardín.

Ella niega con la cabeza, imaginando una tarta llena de calorías y bandejas de *éclairs*.

Las costuras se tensan.

—No, si vamos a cenar fuerte.

—Bueno... —Él da una palmadita en la cama, sonríe vacilante—. ¿Quieres...?

Hay un largo silencio.

Sara se abraza las rodillas.

—Para ser sincera, no. Ahora mismo no.

Doug hace un gesto de hastío.

—Entonces, ¿qué quieres hacer?

—No pongas esa cara —dice ella.

—¿Qué cara?

—Doug, llevas años olvidando mi cumpleaños. Y nuestro aniversario. Y San Valentín. Y ahora tienes un detalle, ¿y todo está bien de repente? ¿Un DVD en una cama *queen size* y se supone que debo olvidarlo todo?

Él se ha incorporado y mueve las piernas para quedarse de espaldas a ella.

—Siempre hay algo mal. Nunca acierto. Vuelvo a casa cada noche, gano un buen sueldo, ayudo con los niños. Reservo una escapada romántica. Y aun así no es suficiente.

—Te lo agradezco —protesta Sara—. Pero es de día. Parece un poco... raro. Es como... pasar de cero a cien.

—¡Pero no tenemos dos semanas de vacaciones! ¿Qué demonios hago, Sara? Me da la sensación de que nada es suficiente para ti.

—No me eches la culpa a mí —salta ella—. No me culpes si se me ha olvidado por completo el arte de la seducción. Dos no se pelean si uno no quiere, ¿sabes?

—¡Muy bien! —grita él—. Olvidémoslo. Vamos a hacer la maldita maleta y volvemos a casa. Voy al baño —anuncia, y da un portazo.

—¡Se te ha olvidado el crucigrama! —replica Sara, tirándole el periódico.

Hay un silencio.

Sara se queda mirando en el espejo a esa mujer enfadada y de aspecto cansado con una camisa azul claro. La observa, y empieza a imaginar lentamente a una mujer distinta: despeinada, voraz, dispuesta a saltar sobre su amado a la mínima oportunidad lasciva. Su vecina Kath le confesó una vez que su marido y ella a menudo echaban «uno rápido» después de llevar a los niños al colegio.

—Lo hemos reducido a seis minutos —le contó—. Para que no pierda el tren de las ocho cuarenta.

Se mira, hace una mueca vacilante a su reflejo, e inmediatamente se siente estúpida. De repente, se encoge al oír que alguien llama a la puerta.

—Servicio de habitaciones.

Doug no puede oírlo con el extractor del baño. Sara abre la puerta, y un hombre entra empujando un carrito con una cubitera de champán y copas.

—Señor y señora Nicholls —dice.

—Oh —responde ella mientras el hombre empieza a abrir la botella, murmurando algo—. Caray. Es... muy amable. —No sabe qué hacer. Mira por el ventanal, igual que Doug. Se siente culpable, fatal. Por un momento se pregunta si debería darle propina.

—Son geniales estos incentivos, ¿eh? —comenta alegremente el hombre.

—¿Perdón?

—Los viajes gratis. Ustedes son los cuartos que vienen de Trethick Johnson esta semana. Su marido está en la dirección, ¿no? Todos los directivos tienen champán gratis también. Aunque creo que algunos habrían preferido una bonificación en metálico.

Sara se queda mirándole un momento, y acepta la copa que le ofrece.

—Sí —contesta, observando la copa—. Supongo que sí.

—Pero bueno, el champán siempre es champán, ¿verdad? —Le hace un gesto de despedida al salir de la habitación—. Que lo disfruten.

Está sentada sobre la cama cuando Doug sale, por fin. Mira la cubitera de champán, y luego a ella. Parece sobrecargado, abatido. Sara piensa en lo duro que ha estado trabajando su marido estos últimos meses.

—¿Qué es esto?

Sara lo medita un instante.

—Oferta especial —dice finalmente—. Creo que viene con la habitación.

Él asiente, asimilándolo, y vuelve a mirarla.

—Lo siento —murmura.

Ella le ofrece una copa.

—Yo también —dice.

—Tienes razón. Es todo un poco...

Tiene arrugas nuevas y profundas que van de la nariz hasta la mitad de la barbilla.

—Doug, no sigas. —Sonríe—. El champán siempre es champán, ¿no?

Se sientan el uno junto al otro en la cama. Lentamente, mueven los pies hasta que se tocan. Doug inclina su copa hacia la de ella. Las burbujas son como pequeñas balas de plomo desapareciendo por la garganta de Sara, como munición.

—Estaba pensando. En cuanto volvamos a casa arreglaré la luz del baño —dice él—. No tardaré mucho.

Sara le da otro trago largo a su champán y cierra los ojos.

Afuera, oye a la gente tomando el té en el jardín, el silbido de los neumáticos sobre el camino de gravilla. Ondas de risas suben hasta su ventana. Abre los ojos y apoya la cabeza suavemente sobre el hombro de Doug.

Son las cinco menos veinte de la tarde.

—Oye —dice—, aún quedan unas cuantas horas para la cena...

PÁJARO EN MANO

$\mathcal{S}$iempre discutían de camino a las cenas. Al arrancar el coche, Simon le decía que no era capaz de relajarse. Y ella contestaba que no, claro que no podía cuando ya llegaban media hora tarde, y seguía arreglándose el pelo ante el espejo del copiloto.

Tal vez fuera por el hecho de que siempre parecía que la sentaban al lado del más aburrido. (A veces cronometraba cuánto tardaba un hombre en preguntarle a qué se dedicaba; su récord actual estaba en algo menos de dos horas). Puede que fuera porque siempre le tocaba a ella conducir a la vuelta. (Esto nunca se discutía; ella preguntaba: «¿Quién conduce?», e inevitablemente se encontraba con una mirada burlona de horror y una confesión de que ya se había tomado varias copas cargadas). Pero lo peor era que esta cena se celebraba en una carpa, y se había acordado quince minutos después de salir de casa. Con sus zapatos de aguja de satén gris.

—¿Te importa si bebo? —dijo Simon al entrar en el aparcamiento de gravilla—. No sé si te acuerdas pero la última vez conduje yo.

Krista Nightingale (Beth siempre sospechó que era un nombre inventado) era coach personal y antigua vecina. No concebía las cenas corrientes; sus «reuniones» se celebraban en estaciones de bomberos abandonadas o iglesias iluminadas con velas. Siempre estaba investigando nuevos métodos de desintoxicarse o desapareciendo en viajes de regalo con clientes ricos. Simon insistió a Beth en que le preguntara cómo podía hacer lo mismo («Se te da bien mangonear a la gente»), pero crear redes de contactos nunca había sido su fuerte. De algún modo le parecía todo demasiado calculado, como alabar el bolso de alguien mientras intentas apoderarte de su agenda.

—¡Vaya! —exclamó Simon, al ver la carpa estilo marajá de color carmesí que cubría el jardín de Krista. A su alrededor, gloriosos lechos de plantas en plena floración impregnaban el aire cálido de la tarde con su fragancia. Farolillos chinos colgaban de los árboles, emitiendo un suave fulgor rojo en el atardecer.

—Suelo de arpillera —dijo Beth con desesperación.

—Oh, venga, amor. Míralo por el lado bueno. ¡Es precioso!

—Precioso si no se te van a hundir los tacones como brochetas en ese suelo.

—Bueno, pues ponte otros zapatos.

—Habría sido un consejo útil hace media hora.

—Puedes ponerte los míos.

—Muy gracioso.

—¡Beth! ¡Qué guapa estás! —Krista se abrió camino cuidadosamente por las esterillas. Era una de esas mujeres que se mueven sin esfuerzo entre la gente, recabando cachitos de información que luego redistribuía en parcelas perfectamente apropiadas, como una especie de Robin Hood social—. Ya ha llegado todo el mundo. No, ¡no os preocupéis! ¡No os preocupéis! —exclamó moviendo una mano cuando Beth empezaba a disculparse. Al ver su frente perfectamente imperturbable Beth se preguntó si se habría puesto bótox—. De todos modos la comida llega tarde. Venid, dejad que os pida una copa.

—Ya me encargo yo. Esto está absolutamente increíble, Krista. Dime solamente por dónde está el bar. —Simon besó a Krista en la mejilla y desapareció. Se pasaría allí media hora como mínimo, pensó Beth. Picando aperitivos.

Y esperando a que se le pasara el mal humor.

Krista la condujo hacia la carpa.

—Conoces a los Chisholm, ¿verdad? ¿Y a los McCarthy? Hmm. Ah, mira —dijo—. Deja que te presente a Ben. Trabaja en el mismo campo que tú.

Y allí estaba, delante de ella, extendiendo lentamente una mano.

—En realidad ya nos conocemos —contestó el hombre, mientras a Beth se le secaba la boca hasta convertirse en polvo.

La mirada de Beth se deslizó a un lado, hacia donde estaba su marido, volcado en la mezcla de aperitivos indios.

—Sí. —Miró a Krista y tragó saliva, recomponiendo la sonrisa—. Nosotros... trabajábamos juntos.

Krista parecía encantada.

—¿En serio? ¡Qué casualidad! ¿Qué hacíais?

—Folletos. Yo escribía el texto y Ben ponía las imágenes.

—Hasta que Beth se fue.

—Sí. Hasta que me fui.

Se quedaron mirándose durante un instante. Él estaba igual, pensó Beth. No, *mejor,* maldita sea, y de repente se percató de la pelirroja que la observaba sonriente.

Ben dejó caer brevemente la mirada a los pies.

—Y esta es mi mujer, Lisa.

—Enhorabuena. —La sonrisa de Beth fue rápida y sin fisuras—. ¿Cuándo os casasteis?

—Hace dieciocho meses.

—Qué rápido. Quiero decir..., no estabas casado cuando trabajábamos juntos.

—Fue un noviazgo relámpago, ¿verdad, cariño? —La mujer deslizó su brazo sobre el hombro de Ben, con una pizca de posesión en su manera de posar la mano en el cuello de su camisa.

Ben asintió.

—¿Y tu marido? ¿Estás...?

—¿Si estoy qué? ¿Todavía con él? —Salió más brusco de lo que pretendía. Se medio rio, tratando de que pareciera una broma.

—¿... aquí con él?

Beth se recompuso.

—Sí. ¡Claro! Está allí. Junto al bar.

La mirada de Ben se detuvo un instante de más, evaluando.

—Creo que no llegué a conocerle.

—No, creo que no.

Beth sintió la mano de Krista sobre su espalda.

—En dos minutos nos sentamos. ¿Me disculpáis mientras veo cómo van las pakoras? Beth, no eres vegana, ¿verdad? Estoy segura de que alguien dijo que era vegano. Porque tenemos curry de tofu.

—Me alegro de verte, Beth. —Ben ya estaba girándose para marcharse.

—Y yo a ti. —Atravesó el salón hasta donde estaba Simon con la sonrisa intacta.

—Me duele la cabeza.

Simon se tiró un cacahuete a la boca.

—Pero si ni siquiera me he quitado los pantalones...

—Muy gracioso. ¿En serio tenemos que quedarnos? Preferiría volver a casa. —Miró la carpa llena de gente a su alrededor. Según se hacía de noche, el olor de las rosas y la hierba recién cortada se mezclaba con los aromas de las especias indias. En una esquina un músico sentado sobre un cojín con las piernas cruzadas tocaba exuberantes melodías con el sitar. A los ingleses no se les da bien sentarse en el suelo, pensó Beth. No son lo bastante flexibles. Al otro lado del salón, un hombre se estaba envolviendo la cabeza con una servilleta en una pobre imitación de turbante, y sintió vergüenza ajena.

—En serio, me duele la cabeza.

Simon dejó que el camarero le rellenara la copa.

—Solo estás cansada. No podemos irnos antes de que salga la cena. —Le apretó el brazo con una mirada socarrona—. Aguanta solo un par de horas. Te sentirás mejor en cuanto comamos.

A su izquierda había una silla vacía. En cuanto Beth vio el nombre cuidadosamente escrito al lado supo que había sido algo inevitable.

—Oh —dijo él cuando lo vio.

—Sí —contestó ella—. Qué suerte tienes.

—Los dos.

¿Por qué había accedido a venir a la cena? Podría haber puesto ochenta y nueve excusas, entre ellas que tenía que investigar sobre enfermedades raras en Google, o tal vez hacer una alfombra afgana con el pelo del gato. Pero ¿cómo había acabado a escasos centímetros de aquel hombre, el hombre que hacía menos de dos años había puesto su vida patas arriba?

El mismo que convirtió a una esposa invisible y poco valorada en una diosa del sexo, un pibón insinuante. En una adúltera.

Se volvió con determinación hacia el tipo rubicundo a su derecha.

—Bueno —empezó—, ¿y a qué te dedicas? Cuéntame todo sobre ti. ¡Todo!

Antes de acabarse el entrante, Beth ya sabía todo lo que quería saber sobre aislamiento contra la humedad, enyesado con Vandex y entradas de agua. Aunque tampoco es que hubiera escuchado mucho de lo que el hombre corpulento le explicaba; sus cinco sentidos estaban puestos en Ben, a su izquierda, y en su risa mientras hablaba con la mujer que tenía al lado.

Sin embargo, tras una serie de comentarios emocionados sobre ultramembranas y muros con cámara de aire, Henry, el Asesor Antihumedades, salió pitando para fumarse un cigarrillo en el jardín, dejándoles solos a los dos, abandonados en su parte de la mesa.

Se quedaron en silencio durante varios minutos, contemplando los arreglos florales.

—Una fiesta deliciosa.

—Sí.

—Tienes buen aspecto —dijo él.

—Gracias. —Deseó entonces haberse puesto el vestido rojo. ¿Por qué no se había puesto el vestido rojo?

—¿Estás trabajando? —preguntó él.

—Sí. Una pequeña empresa de marketing en la ciudad. ¿Y tú?

—Sigo en Farnsworth's.

—Ah.

Volvieron a quedarse callados mientras una camarera adolescente les cambiaba el plato con actitud cohibida.

Beth rellenó su copa.

—Enhorabuena. Por tu matrimonio.

—Gracias. Fue inesperado.

—Haces que suene como un accidente. —Dio un trago largo al vino.

—No. Solo inesperado, como he dicho. No creí que fuera a liarme con nadie. En mucho tiempo.

—No. Nunca fuiste muy de compromisos, ¿verdad?

Notó los ojos de Ben sobre ella y se sonrojó. Cállate, se dijo. Simon está a solo unos metros.

La voz de él se convirtió en un murmullo.

—¿En serio vamos a hacer esto?

Beth sintió una especie de temeridad creciendo en su interior. ¿Cuántas veces había deseado tener esta conversación? ¿Cuántas había ensayado todo lo que le quería decir? Cuando se sentaron a cenar, en parte esperaba que él se levantara y se fuera. ¿Cómo podía quedarse ahí, comiendo y bebiendo, comportándose como si nada hubiera ocurrido?

—¿De verdad quieres hablar de esto ahora, Beth?

Ella cogió su copa. Su marido se reía de algo que estaba contando Krista. La miró y le guiñó un ojo.

—¿Por qué no? —contestó, devolviendo el saludo a Simon con la mano—. Solo hace dos años. Creo que es tiempo más que suficiente para posponer una conversación.

—Es curioso. —Hablaba a través de una risa sardónica—. No te recuerdo tan enfadada.

—¿Enfadada? —replicó Beth sarcásticamente—. ¿Por qué iba a estar enfadada?

—No sé. Especialmente teniendo en cuenta que, si no recuerdo mal, fuiste tú quien tomó todas las decisiones.

—¿Decisiones?

Ben se inclinó un poco más hacia ella.

—¿No quedar conmigo? ¿Ni siquiera discutir lo que habíamos prometido discutir?

—¿No quedar contigo? —Se volvió con una mirada asesina—. ¿Hablamos de la misma relación?

—Beth, querida, ¿te importaría pasar el vino? —La voz de Krista irrumpió en la conversación.

Levantó la botella bruscamente, como si hubiese ganado un premio.

—Por supuesto —dijo, en un tono anormalmente alto.

—El día que te fuiste —siseó Ben a su lado—, nos íbamos a ver en el Old Hen, para hablar de nuestro futuro. Y no te presentaste. Sabía que te estaba costando encontrar una solución, pero ¿ni una llamada, ni una explicación? ¿Nada?

—¿El Old Hen?

De nuevo la voz de Krista.

—¿Y el blanco? Perdona, querida, es que no alcanzo desde aquí.

—¡Claro! —Se inclinó con la botella fría.

—Y sabías que no podría ponerme en contacto contigo una vez que entregaras el teléfono de la empresa. ¿Qué se supone que debía pensar? ¿No crees que después de todo lo que habíamos pasado, todo lo que nos habíamos prometido, merecía algo más que no acudir a la cita?

La voz de ella se convirtió en un susurro.

—Era en el Coach and Horses. Habíamos quedado en el Coach and Horses. Y fuiste tú quien no se presentó.

Se miraron fijamente.

En ese momento apareció Lisa entre los dos. Con algo de satisfacción, Beth notó que Ben se encogía un poco al sentir su mano sobre el hombro.

—¿Qué te ha parecido el paté de lentejas, cariño?

—¡Delicioso! —La sonrisa apareció en su cara como si se la hubieran soltado encima.

—Pensé que te gustaría. Krista me va a dar la receta.

—¡Genial!

Hubo un breve e incómodo silencio.

Lisa asintió irónicamente.

—Negocios, ¿eh? Vale..., ahora ya podéis volver a vuestras discusiones sobre marketing. Estoy intentando encontrar los aseos.

—Allí. —Beth señaló a través de una multitud de gente—. En la casa.

—¿El Coach and Horses? —repitió Ben al desaparecer su esposa.

Pusieron el arroz delante de Beth. Se lo pasó a Ben, y sintió una descarga eléctrica cuando sus manos se rozaron.

—Estuve dos horas esperando.

Volvieron a mirarse. Durante un instante, la carpa desapareció. Estaba de nuevo allí, un jueves lluvioso, llorando sobre la manga de su jersey en un pub vacío.

—¿Os he oído hablando de pubs? —Henry había vuelto a su asiento a la derecha de Beth.

—Sí. —Tragó saliva—. El Coach and Horses.

—Ah, lo conozco. Cerca de la circunvalación, ¿verdad? ¿No suele estar muy lleno?

Los ojos de Beth se encontraron con los de Ben.

—Parece que no tan lleno como nos gustaría a algunos.

—Lástima. Muchos pubs de por aquí parecen estar yendo por el mismo camino. Son los propietarios de los locales. Les cobran cantidades desorbitadas. Van a echarlos del negocio.

Siguieron comiendo el plato principal. Algo que llevaba pechuga de pollo. Beth no sabía qué.

Ya no sentía ningún sabor.

—¿Quieres un poco más de vino?

Observó la mano de Ben mientras servía, recordando cómo le gustaba la forma de sus dedos. Manos de hombre perfectas, dedos largos y fuertes con la punta cuadrada, ligeramente bronceadas, como si hubiera estado trabajando al aire libre. Siempre había comparado negativamente las manos de su marido con estas, odiándose por ello.

—No sé qué decir —comentó Ben.

—No hay nada que decir. Estás casado, estoy casada. Hemos pasado página.

Sintió una presión muy sutil y se dio cuenta de que era el muslo de Ben contra el suyo.

—¿Lo hiciste? —preguntó él suavemente, y las palabras la recorrieron como un temblor sísmico—. ¿De verdad?

Beth se había comido la mitad de una mousse de chocolate, y las tazas de café estaban vacías delante de ellos. Pasó el dedo índice por el borde de su copa, mientras observaba a la esposa pelirroja de Ben hablando animadamente con un grupo de personas al otro extremo de la larga mesa. Esa podría haber sido yo, pensó.

—Todo este tiempo —añadió Ben en voz baja—, los dos hemos creído que el otro se había rajado.

Su pierna seguía apoyada contra la de ella. No quería ni pensar en cómo se sentiría cuando la apartara.

—Simplemente pensé que te habías cansado de mi indecisión.

—Había esperado casi un año. Y podría haber esperado otro.

—Nunca me lo dijiste.

—Esperaba no tener que hacerlo.

Ella había llorado su pérdida. En secreto, ocultándolo de su confiado marido. Lágrimas en la bañera o en el coche, lágrimas de pérdida por lo que podía haber sido y de culpa por lo que había sido. Pero, incluso entonces, sintió un vago alivio por haber tomado una decisión. No era una persona falsa por naturaleza; este asunto le había impedido concentrarse en nada: trabajo, casa, familia. Y la perspectiva de romperle el corazón a Simon había sido casi insoportable.

Ben se inclinó hacia ella, con los ojos clavados en la pista de baile.

—¿Qué crees que nos habría pasado?

Ella mantenía la mirada al frente. Su marido estaba hablando con Krista. Se detuvieron un momento para reírse de alguien que se había caído de la silla.

—Creo... que especular sobre eso puede hacerte enloquecer.

La voz de Ben era un murmullo.

—Creo que ahora mismo estaríamos juntos.

Beth cerró los ojos.

—En realidad, estoy seguro.

Se volvió hacia él con una mirada tierna, escrutadora, aterradora.

—Nadie me ha hecho sentir como tú —dijo él.

El mundo se detuvo a su alrededor. Beth sintió cómo le subía la sangre y se le aceleraba el corazón. Dos años desaparecieron.

Entonces alzó la vista, y, al hacerlo, vio a Lisa al otro extremo de la mesa. Había dado la espalda al grupo de gente y les estaba observando, con la tensa intranquilidad de los que vigilan constantemente. Sonrió a Beth con incomodidad, y bajó la mirada a la mesa. Beth se sonrojó.

Sí. Podría haber sido yo.

Miró a su marido, que seguía riéndose. Inconsciente. Inocente. «Nos va bien, ¿no?», había dicho la noche del domingo anterior. Lo dijo estudiando de cerca su rostro, algo que no solía hacer. Beth dio un último trago a su bebida y se quedó inmóvil durante un instante. Entonces se levantó, buscando el bolso a tientas entre sus pies.

—¿Beth?

—Me alegro de verte, Ben —dijo.

Un destello de incomprensión atravesó el rostro de él.

—No me has contado dónde trabajas —respondió Ben apresuradamente. Henry, el Asesor Antihumedades, estaba sentado a poca distancia, moviendo la cabeza al ritmo de la música—. ¿Tal vez podríamos comer juntos? Apenas nos hemos puesto al día.

Beth miró a Lisa de nuevo. Le puso una mano suavemente sobre el brazo, apenas un instante.

—Creo que no —contestó—. Los dos hemos pasado página, ¿no?

—Perdona, ¿a qué dijiste que te dedicabas? —preguntó Henry en voz alta mientras ella dejaba la mesa.

Simon estaba cerca de la barra, picando de los restos de canapés. Estaría buscando anacardos, sus preferidos. Encontró uno y lo levantó como si fuera un premio antes de lanzárselo a la boca. Beth se dio cuenta entonces de que nunca le había visto fallar.

—Vamos a casa —dijo, poniéndole una mano sobre el hombro.

—¿Sigues cansada?

—En realidad, se me ha ocurrido que podíamos acostarnos pronto.

—¿Acostarnos pronto? —Simon miró su reloj—. ¿A las doce y cuarto?

—A caballo regalado... —dijo.

—Ah. No miro. Lo prometo. —Sonrió, ayudándola a ponerse el abrigo.

Tal vez fueran imaginaciones suyas, pero juraría haber visto a Simon volverse a mirar hacia donde había estado sentada, con un destello de algo imposible de interpretar en su expresión. Sin embargo, con el brazo de su marido rodeándola lo justo para que sus tacones no se hundieran en las esterillas, Beth se abrió paso cuidadosamente entre las mesas hasta la salida de la carpa, y a casa.

ZAPATOS DE COCODRILO

*S*e está quitando trabajosamente el traje de baño cuando llegan las Mamás Pibón. Lustrosas y delgadas, la rodean, hablando en voz alta, echándose cremas hidratantes caras en sus relucientes piernas, completamente ajenas a su presencia.

Son mujeres que llevan ropa de deporte de diseño, el pelo perfecto, y tienen tiempo para tomar café. Se imagina a sus maridos, Rupe o Tris, lanzando con aire despreocupado sobres con espléndidas bonificaciones sobre sus mesas de cocina Conran y levantándolas con un abrazo de oso antes de llevarlas a cenar improvisadamente a algún restaurante. Esas mujeres no tienen un marido que se queda en pijama hasta mediodía y parece atormentado cada vez que su esposa menciona la posibilidad de que busque trabajo otra vez.

La matrícula del gimnasio es un lujo que no se pueden permitir últimamente, pero Sam se ha comprometido a pagarlo cuatro meses más, así que Phil le dice que, ya que está, lo aproveche. Le viene bien, dice. Con ello se refiere a que les viene bien a los dos que salga de casa y se aleje de él.

—Tómalo o déjalo, mamá —comenta su hija, que observa la forma cada vez menos definida de su cadera sin apenas ocultar el horror. Sam no puede contarle a ninguno de los dos lo mucho que odia el gimnasio: el *apartheid* de cuerpos duros, la desaprobación cuidadosamente disfrazada de los entrenadores personales veinteañeros, los rincones sombríos donde ella y los otros Rechonchos intentan esconderse.

Está en esa edad, la edad en la que todo lo malo parece aferrarse a una —la grasa, la arruga entre las cejas— y todo lo demás —seguridad laboral, felicidad matrimonial, sueños— parece esfumarse sin esfuerzo.

—No tienes idea de cuánto han subido los precios en el Club Med este año —dice una de las mujeres. Está inclinada hacia delante, secándose con la toalla la melena teñida con tinte bueno, y con su trasero perfectamente bronceado apenas cubierto por caras unas bragas de encaje. Sam tiene que escurrirse hacia un lado para no tocarla.

—¡Lo sé! Intenté reservar en Mauricio para Navidad. Nuestra villa de siempre ha subido un cuarenta por ciento.

—Es un escándalo.

«Sí, es un escándalo», piensa Sam. «Qué horror para todas vosotras». Piensa en la autocaravana que Phil compró el año pasado con idea de restaurarla. Podremos ir a pasar fines de semana a la costa, dijo alegremente. Pero no había ido más allá de reparar el parachoques trasero. Desde que perdió el trabajo, ha estado ahí tirada en la entrada del garaje, como un recordatorio molesto de todo lo que han perdido.

Sam se retuerce para ponerse las bragas, intentando esconder su carne pálida y moteada bajo la toalla. Hoy tiene cuatro reuniones con posibles clientes. En media hora, ha quedado con Ted y Joel de Print, e intentarán cerrar los acuerdos en los que han estado trabajando para su compañía.

—Lo necesitamos —puntualizó Ted—. Quiero decir, que si no lo conseguimos... —Hizo una mueca. Pues nada, no hay presión.

—¿Te acuerdas de ese sitio horrible que Susanna reservó en Cannes?

Siguen cotorreando entre risas. Sam se ciñe aún más la toalla y se va a una esquina a secarse el pelo.

Al volver ya se han ido, dejando un eco de su onerosa fragancia en el aire. Suelta un suspiro de alivio y se deja caer sobre el húmedo banco de madera.

Termina de vestirse y va a coger su bolsa de debajo del banco, cuando se da cuenta de que no es la suya, aunque sí idéntica. En su interior no están sus cómodos zapatos de tacón negros, perfectos para patear calles y negociar contratos, sino un par de zapatos rojos de piel de cocodrilo sin talón y con tacón vertiginoso de Christian Louboutin.

La chica de recepción ni se inmuta.

—La mujer que estaba en el vestuario. Se ha llevado mi bolsa.

—¿Cómo se llama?

—No lo sé. Había tres. Una de ellas se ha llevado mi bolsa.

—Lo siento, pero yo suelo trabajar en el gimnasio de Hills Road. Mejor será que hable con alguien que trabaje aquí a jornada completa.

—Ahora tengo que ir a unas reuniones. No puedo ir en deportivas.

La chica la mira lentamente de arriba abajo, y su expresión insinúa que las deportivas tal vez sean la menor de sus preocupaciones en cuanto al vestuario. Sam mira su móvil. Tiene que estar en la primera reunión en media hora. Suspira, coge la bolsa de deporte y se va andando rápidamente hacia el tren.

No puede entrar en esa reunión con deportivas. Lo sabe en cuanto llega a la editorial, cuyas oficinas de mármol y dorados hacen que la Torre Trump parezca amish. También es evidente por la mirada de reojo que Ted y Joel lanzan a sus pies.

—Mezclándote con la juventud, ¿eh? —dice Joel.

—¿Vas a ponerte mallas también? —añade Ted—. Puede que vaya a realizar las negociaciones usando danza contemporánea. —Y agita los brazos a lo Isadora Duncan. Los bate hasta dejarlos pegados a los lados.

—Muy gracioso.

Duda un instante, luego suelta un taco, rebusca en la bolsa y saca los zapatos. Le quedan solo media talla grandes. Sin decir nada, se quita las deportivas en el vestíbulo y se calza los Louboutin rojos. Al ponerse de pie, tiene que agarrarse al brazo de Joel para mantener el equilibrio.

—Vaya. Son..., eh..., no van bien contigo.

Se endereza y lanza una mirada asesina a Joel.

—¿Por qué? ¿Según tú qué es lo que «va bien conmigo»?

—Lo sencillo. A ti te gustan las cosas sencillas. Sensatas. Ted sonríe con suficiencia.

—Sam, ya sabes lo que dicen sobre este tipo de zapatos.

—¿Qué?

—Que no son para estar de pie.

Se dan un codazo, entre risillas. «Genial», piensa ella. «O sea que ahora voy a ir a una reunión con pinta de puta».

Cuando sale del ascensor, le cuesta horrores atravesar la sala. Se siente estúpida, como si todo el mundo la estuviera mirando, como si fuera evidente que es una mujer de mediana edad con los zapatos de otra. Se pasa la reunión tartamudeando y al salir se tropieza. Ted y Joel no dicen nada, pero todos saben que no van a conseguir el contrato. A ella no le queda otra elección. Tendrá que llevar esos ridículos zapatos el resto del día.

—No pasa nada. Aún nos quedan tres —dice Ted amablemente.

Durante la segunda reunión, Sam está explicando a grandes rasgos su estrategia de impresión cuando se da cuenta de que el director no está escuchando. Está mirando sus pies. Avergonzada, casi pierde el hilo de lo que está diciendo. Pero, al proseguir, comprende que el que está distraído es él.

—Bueno, ¿qué le parecen esas cifras? —dice.

—¡Bien! —exclama él, como si le sacaran de un sueño—. Sí. Bien.

Sam atisba una leve oportunidad, y saca el contrato de su maletín.

—¿Acordamos las condiciones?

Él vuelve a mirar fijamente sus zapatos. Sam inclina un pie y deja que la tira del zapato se deslice de su talón.

—Claro —contesta el director. Coge el bolígrafo sin siquiera mirarlo.

—No digas nada —le dice a Ted al salir exultantes.

—No digo nada. Si nos consigues otro trato como este, por mí como si vas en pantuflas.

En la siguiente reunión, se asegura de dejar los pies a la vista todo el tiempo. Aunque John Edgmont no se queda mirándolos fijamente, Sam nota que el mero hecho de llevar esos zapatos le hace replantearse su imagen de ella. Curiosamente, también hace que ella se replantee su imagen de sí misma. Le embelesa. Se mantiene firme con las condiciones. Y consigue otro contrato.

Cogen un taxi a la cuarta reunión.

—Me da igual —dice—. No puedo andar con estas cosas, y me lo he ganado.

Gracias a eso, en vez de llegar a toda prisa y sudando como es habitual, se presenta tranquila a la última reunión. Cuando sale del taxi se da cuenta de que está más alta.

Por ello, cuando descubre que M. Price es una mujer se lleva una ligera decepción. Y tampoco tarda mucho en comprender que Miriam Price juega duro. Están una hora negociando. Si firman, su margen de beneficios se verá reducido a nada prácticamente. Parece imposible.

—Tengo que ir al servicio —dice Sam. Una vez dentro, se inclina sobre el lavabo y se echa agua en la cara. Luego comprueba su maquillaje de ojos y se queda mirando en el espejo, preguntándose qué hacer.

La puerta se abre y Miriam Price aparece detrás de ella. Ambas asienten educadamente mientras se lavan las manos. Y entonces Miriam Price baja la mirada.

—Oh, Dios, ¡me encantan sus zapatos! —exclama.

—Pues son... —empieza a decir Sam. Pero se detiene y sonríe—. Son geniales, ¿verdad?

Miriam los señala.

—¿Puedo verlos?

Sam se quita un zapato y ella lo coge, examinándolo desde todos los ángulos.

—¿Es un Louboutin?

—Sí.

—Una vez hice cuatro horas de cola solo para comprar un par de zapatos suyos. Qué locura, ¿verdad?

—Uy, no, qué va a ser una locura —contesta Sam.

Miriam Price se lo devuelve casi a regañadientes.

—¿Sabe? No hay nada más elocuente que un zapato adecuado. Mi hija no me cree, pero se puede decir mucho de una persona por sus zapatos.

—¡Yo le digo lo mismo a mi hija! —Las palabras le salen antes de darse cuenta de lo que está soltando.

—Le diré una cosa. Odio negociar así. ¿Tiene algún hueco para comer la semana que viene? Quedemos las dos y hablémoslo largo y tendido. Estoy segura de que encontraremos la manera de arreglarlo.

—Sería genial —contesta Sam. Consigue salir del aseo de señoras sin tambalearse lo más mínimo.

Llega a casa pasadas las siete. Lleva las deportivas otra vez, y su hija, que está a punto de salir, la mira arqueando las cejas como si fuera una especie de vagabunda.

—Mamá, esto no es Nueva York. Tienes pinta de rara, como si hubieras perdido los zapatos.

—Es que he perdido los zapatos. —Asoma la cabeza por la puerta del salón—. Hola.

—¡Hola!

Phil levanta una mano. Está donde sabía que estaría: en el sofá.

—¿Has..., has hecho algo para cenar?

—Ay, no. Lo siento.

No es que sea egoísta. Es que ya no le motiva hacer nada, ni siquiera unas tostadas con judías. Los éxitos del día de Sam se evaporan de repente. Prepara la cena, intentando no sentirse abatida, y entonces se le ocurre servir dos copas de vino.

—No vas a creer lo que me ha pasado hoy —dice, ofreciéndole una de las copas. Y le cuenta la historia de los zapatos cambiados.

—Enséñamelos.

Sale al vestíbulo y se los pone. Al volver a entrar en el salón, se yergue un poco y se mueve contoneándose al caminar.

—Uau. —Las cejas de Phil se levantan casi hasta la línea del pelo.

—¡Lo sé! No me los habría comprado ni en un millón de años. Y caminar con ellos es una pesadilla. Pero hoy he conseguido tres contratos, tres contratos que no creíamos que fuéramos a conseguir. Y creo que ha sido todo por estos zapatos.

—No solo por ellos. Pero te hacen unas piernas fantásticas. —Se incorpora trabajosamente y se sienta erguido.

Sam sonríe.

—Gracias.

—Nunca te pones zapatos como estos.

—Lo sé. Pero tampoco tengo una vida para zapatos Louboutin.

—Deberías. Estás..., estás impresionante.

Y en ese momento su marido está tan adorable, tan contento por ella y sin embargo tan vulnerable. Sam se acerca a él, se sienta en su regazo, rodea su cuello con los brazos. Es posible que el vino la haya puesto contenta. No recuerda la última vez que se le acercó así. Se quedan mirándose.

—¿Sabes lo que dicen de este tipo de zapatos? —murmura ella.

Él parpadea.

—Pues que no son para estar de pie.

Sam está en el gimnasio poco después de las nueve, el sábado por la mañana. No está ahí para hacer largos sin parar en la piscina, ni para atarse a una de sus despiadadas máquinas. Su sufrimiento es distinto, un sufrimiento que le hace ruborizarse cuando recuerda el placer. Ha vuelto para devolver los zapatos.

Se detiene delante de las puertas de cristal, recordando la cara de Phil cuando la despertó con una taza de café.

—He pensado que voy a empezar con la autocaravana hoy —dijo alegremente—. Así hago algo útil.

En ese momento ve a la mujer en recepción. Es una de las Mamás Pibón; lleva el pelo recogido en una coleta brillante, y le está echando la bronca a uno de los empleados. Sobre el mostrador hay una bolsa de deporte que le resulta familiar. De repente duda, presa de un sentimiento reflejo de que algo resulta inadecuado.

Baja la mirada hacia la bolsa a sus pies. No va a volver a ese gimnasio. Ahora lo sabe con absoluta certeza. No va a nadar, ni a sudar ni a esconderse en rincones. Respira hondo, entra con paso decidido y deja la bolsa delante de la mujer.

—¿Sabe?, debería asegurarse de que se lleva la bolsa correcta —dice cogiendo su bolsa—. Anda que llevarse los zapatos de otra persona... La verdad, no sé qué clase de gente dejan entrar en este gimnasio últimamente.

Da media vuelta sobre sus talones. Cuando llega a la estación de tren todavía está riéndose. Tiene una bonificación que le está quemando en el bolsillo. Y un par de zapatos muy inapropiados que comprarse.

ATRACOS

El inspector Miller deseaba no haber comido esa última cebolla en vinagre. La notaba ahí, crepitando por las paredes de su estómago. Se tomó un antiácido y miró fijamente a la chica de la blusa y la falda azul sentada delante de él. Una testigo sencilla: sin antecedentes, varios años en el mismo trabajo, aún vivía con sus padres. Probablemente siempre lo haría. Debería irle bien en el tribunal.

—¿Entiende lo que va a pasar hoy?

—Oh, sí.

Se agarraba las manos sobre el regazo, y su expresión era abierta y honesta. Parecía extrañamente serena, teniendo en cuenta lo que había vivido.

—¿No está preocupada?

—No. Si va a significar que los encierren, no.

La miró fijamente.

—De acuerdo. Antes de entrar, quisiera repasar su declaración una vez más. Entonces, usted estaba abriendo...

Alice Herring estaba sentada en el suelo, con la falda retorcida y el hombro palpitando.

La puerta se cerró con un portazo a su espalda, amortiguando los gritos en la tienda. Cuando alzó la vista, había un hombre de pie delante de ella, con el arma levantada.

Se quedó mirándole.

—¿Me vas a disparar?

—Cállate.

Era alto y delgado, y llevaba la cara tapada con una media. Notó un ligero acento de Europa del Este.

—No hay por qué ser maleducado. Solo te he preguntado.

—Por favor. No hagas estupidez.

—Estás apuntando a una mujer desarmada con unos pantis en la cabeza, ¿y dices que yo estoy haciendo una estupidez?

Se tocó la cabeza.

—No son pantis. Es una media.

Se estremecieron al oír un mueble rompiéndose en la habitación de al lado. Y un insulto amortiguado.

—Ah, bueno —dijo ella—. Eso es otra cosa.

Todo había empezado como una mañana cualquiera. Es decir, como cualquier mañana en la que tres hombres enmascarados hubieran interceptado al señor Warburton mientras abría las persianas metálicas y hubieran irrumpido en la joyería, obligándoles a tirarse al suelo.

—¿Dónde está la caja fuerte? ¡Abre la maldita caja fuerte! —El ambiente se volvió un torbellino de ruido y acción, y los hombres alrededor de Alice se convirtieron en una mancha borrosa.

Ella fue a apretar el botón de alarma, pero el tipo corpulento la agarró de la muñeca y se la retorció dolorosamente detrás de la espalda. La obligó a agacharse, empujándola a través de la puerta del despacho del señor Warburton. Todo aquello la dejó algo molesta, incluso mientras caía al suelo, porque era día de tarta.

Los viernes por la mañana el señor Warburton solía sugerir una escapada a la pastelería, con el tono de alguien a quien nunca se le hubiera ocurrido. Sabían que no le gustaba admitirlo, pero tenía bastante debilidad por los cuernos de crema.

Alice se irguió, mirando a su captor.

—Oye, puedes bajar el arma. No creo que yo te pueda reducir.

—¿No te vas a mover?

—No lo haré. Mira. Aquí estoy. Sentadita en el suelo.

Él miró hacia la puerta. Su tono de voz era casi de disculpa.

—No van a tardar mucho. Solo quieren llaves de la caja fuerte.

—Necesitan el número PIN. El señor Warburton no se lo dará.

—Necesitan llaves. Es el plan.

—Pues no es muy bueno.

Alice se quedó sentada con cautela frotándose el hombro mientras el tipo la observaba. Parecía un poco sorprendido al verla tan poco asustada, considerando lo que se puede ver de las verdaderas emociones de alguien a través de un tejido de 40 deniers.

—Nunca había estado en un robo... No sois como esperaba.

La atravesó con la mirada, dando golpes nerviosos en el suelo con el pie.

—¿Por qué? ¿Qué esperabas?

—No sé. Aunque cuesta saber cómo sois, con..., bueno, con esa cosa en la cabeza. ¿No tienes calor?

Dudó.

—Un poco.

—Tienes manchas de sudor. En la camiseta. —Señaló, y él bajó la mirada—. Será la adrenalina, supongo. Imagino que habrá mucha adrenalina cuando decides entrar en una joyería. Seguro que anoche no dormiste. Yo no podría.

Mientras le miraba, él empezó a caminar por la sala.

—Me llamo Alice —dijo finalmente.

—Yo... no puedo decir mi nombre.

Ella se encogió de hombros.

—No suelo ver muchos hombres por aquí. A no ser que entren para comprar un regalo a su esposa. O anillos de compromiso. Y ese no es el mejor momento para ligarse a alguien. —Hizo una pausa—. Créeme.

Él se detuvo y se volvió hacia ella.

—¿Estás... ligando conmigo?

—Solo charlando. Tampoco hay mucho más que hacer, ¿no te parece? Aparte de pelear, gritar o destrozar la oficina. —Se encogieron de nuevo al oír otro estruendo en la habitación contigua—. Y parece que tus amigos se están encargando bastante bien de eso.

Él miró a su alrededor, indeciso.

—¿Crees que debo destrozar este despacho también?

—Probablemente deberías apagar la cámara de circuito cerrado. Supongo que es algo bastante básico para ladrones.

Él alzó la vista.

—Está ahí arriba. —Alice señaló la cámara de seguridad.

El hombre se puso de pie, levantó el bate y, con un movimiento rápido y vigoroso, arrancó la cajita de la pared. Alice se agachó para evitar los trozos que salieron volando. Se quitó un pedazo de vidrio de la manga.

—Odio la cámara de circuito cerrado. Siempre temo que el señor Warburton me vea meterme la falda por las bragas sin querer. —Miró fijamente la pared, el óleo de la seductora bailaora española—. Mira, podrías destrozar ese cuadro. Quiero decir, yo lo haría. Si fuera ladrón.

—Es horrible.

—Lo peor.

Su sonrisa se intuía bajo la malla fina.

—¿Quieres hacerlo tú?

—¿Puedo?

Le dio el bate de béisbol.

Ella lo miró, y luego le miró a él.

—¿Estás seguro de que me quieres dar eso?

—Uy, no. —Retiró el bate, y descolgó el cuadro de la pared—. Si quieres puedes romperlo con patada. Toma. —Lo arrojó al suelo delante de ella.

Ella se quedó de pie esperando un instante, y lo pisoteó varias veces con entusiasmo. Dio un paso atrás y le sonrió.

—Ha sido extrañamente placentero. Creo que puedo entender por qué hacéis esto.

—Era un cuadro muy feo —dijo él, dándole la razón.

Alice se sentó en su silla, y se quedaron en silencio unos segundos, escuchando el ruido de cajones siendo registrados afuera.

Ella seguía dando pataditas distraídamente al cuadro.

—Y... ¿lo haces a menudo?

—¿Qué?

—Robar joyerías.

Dudó, y entonces suspiró.

—Es primera vez.

—Oh... Creo que nunca había sido la primera de nadie. ¿Cómo acabaste... aquí?

Él se sentó frente a ella, soltando el bate entre las piernas.

—Debo dinero a Big Kev, el alto. Mucho dinero. Yo tenía un negocio, y no funcionó. Fui estúpido y le pedí dinero prestado, y ahora él dice que es única forma que yo puedo devolverlo.

—¿Qué interés tiene?

—Yo le pedí prestadas dos mil libras, hace ocho meses, ahora dice que debo diez mil.

—Uf, eso no está bien. Te habría ido mejor una tarjeta de crédito. La mía tiene dieciséis por ciento de TAE. Siempre que no liquides el interés cada mes. No creerías la cantidad de gente que se mete en líos haciendo eso. Con la mía también dan puntos. Mira.

Mientras la sacaba del bolsillo, les interrumpieron más estruendos y tacos. Él miró hacia la puerta con nerviosismo.

—Si son las vitrinas, son de cristal endurecido —comentó Alice—. Y tampoco deberían molestarse con las bandejas del escaparate pequeño. Casi todo es circonia cúbica. Lo llamamos la gama económica.

—¿Gama económica?

—No delante de los clientes, claro. Mi prometido me compró una. Estaba superorgullosa, hasta que el señor Warburton anunció que era falsa delante de todo el mundo. Desde entonces me aterra que me califiquen como circonia cúbica.

Él meneó la cabeza.

—Es terrible. ¿Sigues con ese hombre?

—Uy, no. —Se sorbió la nariz—. Me di cuenta bastante rápido de que no podía casarme con un hombre sin estanterías.

—¿Sin estanterías?

—Ni siquiera en el baño para el *Reader's Digest.*

—En este país mucha gente no lee libros.

—Él no tenía ni uno. Ni siquiera de crímenes reales. Ni uno de Jeffrey Archer. A ver, ¿qué dice eso de la personalidad de una persona? Debería de haberlo sabido. Se fue con una dependienta del todo a cien que colgó ciento treinta y cuatro fotos de sí misma poniendo morritos en Instagram. Las conté.

O sea, ¿quién pone ciento treinta y cuatro fotos de sí mismo en internet? Y en todas con cara de pato.

—¿Cara de pato?

—Ya sabes. Poniendo morritos. Porque creen que les hace parecer sensuales. —Hizo una mueca exagerada, y él tuvo que contener la risa—. Lo gracioso es que no le echo de menos para nada. Pero a veces sí que me entristece pensar...

—¡Shhhh! —Los gritos se habían hecho más altos de repente. El hombre de la media hizo un gesto para que se quedara quieta, y asomó la cabeza por el marco de la puerta. Alice oyó murmullos de urgencia.

Se volvió hacia ella.

—Quieren número PIN de la caja fuerte. Es el plan.

—Te lo dije. El señor Warburton es el único que lo sabe.

Volvió a asomarse, y se oyeron voces amortiguadas. De nuevo la miró.

—Big Kev dice que... yo te fuerce. Para que jefe les dé el número.

—Uy, le dará igual. No le caigo muy bien. Dice que le recuerdo a su exmujer. Deberíais haber cogido a Clare. Trabaja los martes. Tiene auténtica debilidad por ella. Cuando nadie les ve, le da galletitas de crema. —Hizo una pausa—. Le va a destrozar haberse perdido esto. Le encantan los dramas.

Él cerró la puerta y bajó la voz.

—¿Sabes llorar? Haz como que te estoy haciendo daño. Así es posible que pase algo.

Alice se encogió de hombros.

—Si sirve de ayuda. Pero, de verdad, no creo que al señor Warburton le preocupe que yo esté en peligro.

—¿De verdad? Inténtalo.

Respiró hondo, con la mirada clavada en él.

—¡Socorro! ¡Ah! ¡Me hace daño!

Él negó con la cabeza desdeñosamente.

—No. No funciona.

—Bueno, tampoco es que haya tenido demasiada práctica. Nunca se me ha dado bien actuar. Siempre era el Tercer Árbol en la obra del colegio. O Escenario Pintado Por.

—Tienes que sonar... como sin aliento. Asustada. —Cogió una silla y la arrojó al otro lado de la sala, levantando las cejas al verla romperse contra una pared.

—Pero es que no tengo miedo —dijo ella siseando—. Quiero decir, impones, por supuesto. Pero...

—¿Pero?

—Que me da la sensación de que no me vas a hacer daño.

Eso pareció molestarle.

—No sabes nada de mí. —Dio un paso adelante, cerniéndose sobre ella—. Podría hacerte daño. De verdad. —Y dicho eso levantó su bate de béisbol e hizo añicos la máquina de café, salpicando de líquido marrón frío y de trozos de vidrio toda la moqueta.

Ella se quedó mirándolos.

—Ahora sí te estás metiendo en esto, ¿verdad?

—¿Estás asustada..., Alice?

—Sí..., claro.

Dio otro paso hacia ella, con el bate quieto en la mano. Se quedaron mirándose. Entonces lo soltó y, rápidamente, se besaron.

—Está claro —dijo suavemente al separarse— que no eres circonia cúbica.

—Nunca había besado a nadie a través de una media —contestó ella.

—Es un poco raro.

—Sí, la verdad. ¿Y si... hacemos un agujero, aquí..., para que podamos juntar los labios? —Abrió un pequeño desgarrón con las uñas.

Esta vez, cuando pararon de besarse, él se llevó las manos a la nariz. El agujero se había agrandado, extendiéndose por su cara de forma que se le veía todo menos los ojos.

—Jesús, ¿qué voy a hacer?

—Toma —dijo ella subiéndose la falda—, ponte una de las mías.

Él se quedó paralizado, mientras Alice se quitaba la media de una pierna.

—Qué bien verte la cara —dijo, levantando los ojos para mirarle—. Eres... muy guapo..., eh...

—Tomasz. Me llamo Tomasz. Tú también.

Su voz sonó suave, dócil.

—Te la voy a poner. Si quieres.

Volvieron a besarse, hasta que ella deslizó la media con ternura sobre su cabeza.

—No veo nada —dijo él al apartarse.

—Ay, ya..., es que son de 100 deniers, totalmente opacas. A ver, la voy ajustar un poco más por aquí... Así a lo mejor puedes... —Se puso detrás de él.

—¿Qué haces?

—Lo siento mucho.

—¿Por qué?

—Por esto. —Con un golpe seco, le dio con el bate en la cabeza.

—Bueno —dijo el inspector Miller mientras avanzaban por el pasillo—. ¿Lista para la rueda de reconocimiento?

—Uy, sí, totalmente.

—Señorita Herring. ¿Ve usted a los hombres que asaltaron la joyería Warburton?

Se quedó mirando la fila de hombres al otro lado del cristal, dándose golpecitos en el labio inferior.

Se volvió al detective.

—Lo siento; cuesta saberlo sin las medias.

—¿Medias?

—En la cabeza. Sin ellas estoy al noventa y nueve por ciento segura, pero, si los viera con ellas, podría decirlo con toda seguridad.

Consiguieron medias. Esta vez pareció hacerle gracia.

—El número uno, seguro —dijo—. Él llevaba el arma. Y el número tres, el de las orejas. Ese fue el que pegó al señor Warburton.

El inspector Miller dio un paso hacia ella.

—¿Alguno más?

Miró a través del cristal.

—Mmm. No.

Dos de los agentes se miraron. El inspector Miller observaba la cara de ella.

—¿Está completamente segura? Su jefe parece creer que eran tres hombres.

—Uy, no; había dos, seguro. El único otro hombre que había era un cliente, tal y como le he dicho. Creo que entró para ver anillos de compromiso. Simpático. Con acento extranjero.

A Miller volvía a arderle la úlcera.

—El señor Warburton insistió mucho en que eran tres hombres.

Alice bajó la voz.

—Pero le dieron un buen porrazo en la cabeza, ¿no? Además, entre usted y yo, tiene la vista fatal. De tanto mirar gemas. —Sonrió—. ¿Puedo irme ya?

Miller la observó fijamente. Suspiró.

—Muy bien. Estaremos en contacto.

—¿Listo?

Él desdobló sus largas piernas y se levantó del banco del parque, sonriendo.

—Estás guapa, Alice.

Ella se llevó una mano al pelo.

—Me acaban de hacer una foto para el periódico local. Parece que soy una heroína por un día. «Vecina del pueblo impide un atraco. Salva a un cliente».

—Desde luego que me salvaste.

Ella le pasó una mano por el bulto de la coronilla.

—¿Cómo está tu cabeza?

—Ya no duele tanto. —Tomasz le cogió los dedos y se los besó—. ¿Adónde vamos?

—No sé. ¿A la biblioteca?

—Ah, sí. Quiero que me enseñes esos crímenes reales. Y después yo te compro un... ¿cuerno de crema?

—Mira —dijo Alice Herring, cogiéndole del brazo—, eso sí se parece a un plan.

LUNA DE MIEL EN PARÍS

1

París, 2002

*L*iv Halston se aferra a la barandilla de la Torre Eiffel, mira hacia abajo a través del cable en forma de rombo para contemplar París a sus pies, y se pregunta si alguien habrá tenido una luna de miel tan desastrosa como la suya.

A su alrededor, familias de turistas chillan y se apartan de la vista, o se agarran a la tela metálica con gesto dramático para que sus amigos les hagan una foto, ante la mirada impasible de un guardia de seguridad. Desde el oeste un cúmulo de nubes tormentosas se acerca oscureciendo el cielo. Un viento frío le ha teñido de rosa las orejas.

Alguien lanza un avión de papel, y Liv se queda mirando cómo cae en espiral, empujado por vientos pasajeros, hasta que se hace demasiado pequeño y lo pierde de vista. En algún lugar allá abajo, entre los elegantes bulevares de Haussmann y los diminutos patios, los parques de trazado clásico y las suaves curvas de las orillas del Sena, está su reciente marido. El mismo que a los dos días de luna de miel esta mañana le ha dicho que, sintiéndolo mucho, tenía una reunión de trabajo. Sobre el edificio del que le habló, el que está a las afueras de la ciudad. Solo una hora. No tardaría mucho. Ella estaría bien, ¿verdad?

El mismo marido al que contestó que si salía de la habitación podía irse a la mierda y no molestarse en volver.

David creyó que estaba de broma. Y ella que era él quien bromeaba. David se medio rio.

«Liv, esto es importante».

«Sí, también lo es nuestra luna de miel», respondió ella. En ese momento se miraron fijamente, como si estuvieran delante de alguien a quien no habían visto antes.

—Ay, Dios. Creo que voy a tener que bajar. —Una americana, con una inmensa riñonera a la cintura y el pelo de color naranja, hace una mueca al pasar a su lado—. No puedo con las alturas. ¿Has notado cómo chirría?

—No me había dado cuenta —dice Liv.

—Mi marido es como tú. Frío como el hielo. Podría quedarse ahí todo el día. Yo me he puesto de los nervios subiendo en ese maldito ascensor. —Mira hacia el hombre barbudo que está tomando fotos concentrado con una cámara cara, se estremece y va hacia el ascensor, agarrándose a la barandilla.

La Torre Eiffel está pintada de marrón, de un tono chocolate, un tono extraño para una estructura de aspecto tan delicado. Empieza a girarse para comentárselo a David cuando se da cuenta de que no está allí, por supuesto. Se había imaginado a los dos ahí arriba desde el momento en que él sugirió que viajaran una semana a París. David y ella, abrazados, tal vez de noche, contemplando la Ciudad de la Luz. Ella estaría embriagada de tanta felicidad. Él la miraría como lo hizo cuando le propuso matrimonio. Se sentiría la mujer más afortunada del mundo.

Luego una semana pasó a ser cinco días, por una reunión que no podía perderse el viernes en Londres. Y de esos cinco días, solo habían pasado dos y ya había surgido otra reunión ineludible.

Y ahí está Liv ahora, temblando —con el vestido de verano que se compró porque era del mismo color que sus ojos y pensó que él lo notaría—, mientras el cielo se torna gris y empieza a lloviznar. Y se pregunta si será capaz de parar un taxi de vuelta al hotel con su francés de colegio, o si, con el humor del que está, debería volver andando bajo la lluvia. Se une a la cola del ascensor.

—¿Tú también dejas al tuyo aquí arriba?

—¿A mi qué?

La americana está a su lado. Sonríe y asiente mirando la alianza de Liv.

—A tu marido.

—Él... no está. Hoy está ocupado.

—Ah, ¿estáis aquí por negocios? Qué bonito. Él hace su trabajo, y tú te lo pasas en grande viendo la ciudad. —Se ríe—. Te ha salido bien, cariño.

Liv vuelve a mirar una vez más los Campos Elíseos y siente un nudo en el fondo del estómago.

—Sí —contesta—. Qué suerte tengo.

—Cásate con prisas y verás... —le advirtieron sus amigas. Lo dijeron en tono de broma pero, dado que David y ella se conocían desde hacía tres meses y once días cuando él le propuso matrimonio, podía detectar cierta verdad en el comentario.

Ella no quiso una gran boda: la ausencia de su madre le habría pesado, ensombreciéndola un poco. Por eso se escaparon a Italia, a Roma, donde ella se compró un vestido blanco *prêt-à-porter* de un diseñador discreto y espantosamente caro en la via Condotti, y no entendió casi nada de la ceremonia religiosa hasta que David le puso un anillo en el dedo.

Después de la boda, Carlo, un amigo de David que ayudó en la organización e hizo de testigo, le dijo de broma que acababa de acceder a honrar, obedecer y aceptar a cualquier esposa que David quisiera añadir a la colección en el futuro. Ella estuvo riéndose veinticuatro horas seguidas.

Sabía que era lo correcto. Lo supo desde el momento en que le conoció. Lo sabía incluso cuando su padre reaccionó abatido al conocer la noticia, pese a que lo ocultó dándoles la enhorabuena, y ella comprendió con sentimiento de culpa que, aunque ella nunca hubiera soñado con su boda, el único progenitor que le quedaba tal vez sí lo había hecho. Lo supo cuando se llevó las pocas cosas que tenía a casa de David —una estructura de vidrio en lo alto de una fábrica de azúcar junto al Támesis, uno de los primeros trabajos que diseñó y construyó—. En las seis semanas que transcurrieron entre su boda y la luna de miel, Liv despertaba cada mañana en la Casa de Vidrio rodeada de cielo, miraba a su marido dormido y sabía que tenían que estar juntos. Algunas pasiones eran demasiado grandes como para dejarlas pasar.

—¿No te parece que eres..., no sé..., un poco joven? —Jasmine estaba depilándose las piernas con cera sobre el fregadero. Liv la miraba sentada junto a la mesa de la cocina fumando un cigarrillo de contrabando. A David no le gustaba el tabaco. Ella le dijo que lo había dejado hacía un año—. A ver, no quiero parecerte quisquillosa, Liv, pero tiendes a hacer cosas siguiendo impulsos. Como eso de cortarte todo el pelo por una apuesta. O dejar el trabajo y marcharte a viajar alrededor del mundo.

—Como si fuera la única que lo ha hecho.

—Eres la única persona que conozco que hizo las dos cosas el mismo día. No sé, Liv. Es que... me parece todo demasiado apresurado.

—Pero así tiene que ser. Somos tan felices juntos... Y no puedo imaginarle capaz de hacer nada que me enfade o me duela. Es... —Liv soltó un aro de humo hacia la lámpara fluorescente— perfecto.

—Bueno, desde luego es encantador. Es que no me creo que precisamente tú te vayas a casar. Eras la única de nosotras que siempre juró que no lo haría.

—Lo sé.

Jasmine arrancó una tira de cera e hizo una mueca al ver el resto asqueroso.

—¡Ay! Joder, duele... La verdad es que está bien bueno. Y la casa suena increíble. Mejor que este agujero.

—Cuando me despierto con él me siento como si estuviera en las páginas de una revista elegante. Todo parece tan adulto... No me he molestado en llevarme casi nada. Por Dios, si tiene sábanas de lino. De lino de verdad. —Soltó otro aro de humo—. Hechas de lino.

—Sí. ¿Y quién va a acabar planchando esas sábanas de lino?

—Yo no. Tiene una señora que limpia. Dice que no necesita que yo haga eso. Ya ha visto que soy un ama de casa espantosa. De hecho, quiere que me plantee hacer un posgrado.

—¿Un posgrado?

—Dice que soy demasiado lista como para no hacer algo con mi vida.

—Eso demuestra el tiempo que hace que te conoce. —Jasmine giró el tobillo, buscando pelos sueltos—. Y bien. ¿Lo vas a hacer?

—No sé. Hay tanto que hacer, entre mudarme a su casa, casarnos y todo. Creo que primero debería hacerme a la idea de estar casada.

—Una esposa. —Jasmine la miró con una sonrisa irónica—. Ay, Dios. Vas a ser su mujercita.

—Para. Aún me acojona un poco.

—Mujercita.

—¡Para!

Por supuesto, Jasmine siguió con ello hasta que Liv le dio fuerte con un trapo de cocina.

Cuando llega al hotel David ya está allí. Al final decidió volver andando, y se puso a diluviar, de modo que está empapada, con el vestido pegado a las piernas mojadas. Al atravesar la recepción cree notar que el conserje le lanza una de esas miradas reservadas a las mujeres cuyos maridos tienen reuniones de negocios en su luna de miel.

David está al teléfono cuando entra en la habitación. Se vuelve, la mira y termina la llamada.

—¿Dónde has estado? Estaba empezando a preocuparme.

Liv se quita la chaqueta mojada de los hombros y coge una percha del armario.

—He subido a la Torre Eiffel. Y he vuelto paseando.

—Estás calada. Te prepararé un baño.

—No quiero un baño. —Sí que lo quiere. No ha pensado en otra cosa en todo su largo y miserable paseo.

—Entonces pediré que nos suban té.

Mientras él coge el teléfono para llamar al servicio de habitaciones, ella se gira, va al cuarto de baño y cierra la puerta. Nota la mirada de David buscándola bastante después de cerrarla. No sabe por qué se está mostrando tan resentida. Había planeado ser amable con él al volver, y recuperar el día. Al fin y al cabo solo había sido una reunión. Y ella ya *sabía* cómo era David, desde su primera cita, cuando la llevó a recorrer Londres en coche y le habló de los orígenes y el diseño de las estructuras modernas de acero y vidrio que iban dejando atrás.

Sin embargo, algo le había ocurrido al cruzar el umbral de aquella habitación de hotel. Le vio al teléfono y el mero hecho de saber inmediatamente que era una llamada de trabajo había torcido su débil buena voluntad. «No estabas preocupado por mí», piensa enfadada. «Estabas discutiendo qué grosor de vidrio utilizar en la entrada del nuevo edificio, o si la estructura del techo podría aguantar el peso de otro conducto de ventilación».

Se prepara un baño, llenándolo de caras burbujas cortesía del hotel, y se mete con un suspiro de alivio al sumergirse en el agua caliente.

Unos minutos más tarde, David llama a la puerta y entra.

—Té —dice, y deja la taza al lado de la bañera de mármol.

—Gracias.

Espera a que se vaya, pero él se sienta sobre la tapa cerrada del inodoro, se inclina hacia delante y la mira.

—He reservado mesa en La Coupole.

—¿Para esta noche?

—Sí. Te he hablado del sitio. Es esa *brasserie* con unos murales increíbles que pintaron artistas que...

—David, estoy muy cansada. He caminado mucho. No creo que me apetezca salir esta noche. —Ni siquiera le mira al decirlo.

—No sé si podré reservar para otra noche.

—Lo siento. Solo quiero pedir algo al servicio de habitaciones y meterme en la cama.

«¿Por qué haces esto?», se grita a sí misma silenciosamente. «¿Por qué estás saboteando tu propia luna de miel?».

—Mira, siento lo de hoy, ¿vale? Es que llevo meses intentando tener una reunión con los Goldstein. Y resulta que están en París, y por fin han accedido a ver mis diseños. Este es el edificio del que te he estado hablando, Liv. El más importante. Y creo que les ha gustado.

Liv se mira los dedos de los pies, que emergen rosados y brillantes sobre el agua.

—Bueno, me alegro de que haya ido bien.

Se quedan en silencio.

—Odio esto. Odio que seas tan infeliz.

Le mira, sus ojos azules, su pelo siempre un poco despeinado, cómo apoya la cara en las manos. Tras un instante de duda, estira una mano, y él la coge.

—No me hagas caso. Estoy siendo una estúpida. Tienes razón. Este edificio es muy importante para ti.

—Lo es, Liv. No te habría dejado aquí por ninguna otra razón. Llevo meses trabajando para esto. Años. Si consigo sacarlo adelante, la compañía es cosa hecha. Y mi reputación también.

—Lo sé. Oye, no canceles la reserva para la cena. Iremos. Me sentiré un poco mejor después del baño. Y podemos planear nuestro día de mañana.

David cierra los dedos alrededor de los de ella. Cuesta que no se resbalen con tanto jabón.

—Bueno..., el caso es que mañana quieren presentarme a su director de proyecto.

Liv se queda muy quieta.

—¿Cómo?

—Le hacen venir solo para eso. Quieren que me reúna con ellos en su suite en el Royal Monceau. Se me ocurrió que tal vez tú podrías ir al spa de su hotel mientras yo estoy con ellos. Dicen que es increíble.

Levanta los ojos y le mira.

—¿Lo estás diciendo en serio?

—Sí. He oído que *Vogue* francés lo votó el mejor...

—No estoy hablando del maldito spa.

—Liv, esto significa que están verdaderamente interesados. Tengo que aprovecharlo.

Cuando consigue hablar, su voz suena extraña y estrangulada.

—Cinco días. Nuestra luna de miel solo son cinco días, David. Ni siquiera una semana. ¿Me estás diciendo que no pueden esperar setenta y dos horas para reunirse contigo?

—Se trata de los Goldstein, Liv. Así es como hacen las cosas los millonarios. Tienes que adaptarte a sus horarios.

Vuelve a quedarse mirándose los pies, la carísima pedicura que se ha hecho, y recuerda cómo se rieron la esteticista y ella cuando le dijo que le había dejado unos pies tan bonitos que podría comer con ellos.

—Por favor, vete, David.

—Liv, yo...

—Déjame sola.

No le mira mientras se levanta del inodoro. Cuando cierra la puerta tras de sí, Liv cierra los ojos y se desliza bajo el agua caliente hasta que no oye nada.

2

París, 1912

l bar Tripoli no.

—Sí, al bar Tripoli.

A pesar de que era un hombre corpulento, Édouard Lefèvre podía parecer un chiquillo al que informan de un castigo inminente. Me miró desde arriba con expresión dolorida e hinchó los carrillos.

—Ah, esta noche no, Sophie. Vamos a cenar a algún sitio. Tengamos una noche sin preocupaciones económicas. ¡Acabamos de casarnos! ¡Sigue siendo nuestra *lune de miel!* —dijo apartando con un gesto displicente de la mano la idea del bar.

Cogí el fajo de pagarés que llevaba doblados en el bolsillo del abrigo.

—Mi adorado esposo, no podemos permitirnos una noche sin preocupaciones económicas porque no tenemos dinero para comer. Ni un *centime*.

—Pero el dinero de la Galerie Duchamp...

—Se ha ido con el alquiler. Recuerda que les debías el pago desde el verano.

—¿Y los ahorros del tarro?

—Los gastamos hace dos días cuando quisiste invitar a todo el mundo a desayunar en Ma Bourgogne.

—¡Era un desayuno de boda! Me pareció importante celebrar de algún modo nuestro regreso a París. —Se quedó pensando un momento—. ¿El dinero que había en mis *pantalons* azules?

—Anoche.

Se palpó los bolsillos, pero solo encontró la bolsita de tabaco. Parecía tan abatido que casi me entró la risa.

—*Courage*, Édouard. No será tan horrible. Si prefieres, entro yo y les pido a tus amigos que paguen sus deudas. Tú no tienes ni que mezclarte en ello. Les costará más decirle no a una mujer.

—¿Y luego nos marchamos?

—Luego nos marchamos. —Me puse de puntillas y le besé en la mejilla—. Y nos vamos a cenar algo.

—No sé si tendré ganas de comer —refunfuñó—. Hablar de dinero me produce indigestión.

—Tendrás ganas de comer, Édouard.

—No veo por qué tenemos que hacer esto ahora. Se supone que nuestra *lune de miel* tenía que durar un mes. ¡Un mes de amor y nada más! Se lo pregunté a una de mis mecenas de la alta sociedad, y ella lo sabe todo sobre estas cosas. Estoy seguro de que hay dinero en algún lugar de... Ay, espera, ahí está Laure. ¡Laure! ¡Ven a conocer a mi esposa!

En las tres semanas que llevaba siendo la señora de Édouard Lefèvre y, para ser sincera, algunos meses antes, había ido descubriendo que mi marido tenía aún más acreedores que habilidades como pintor. Édouard era el hombre más generoso del mundo, pero, desde un punto de vista económico, tenía poco para sustentar su generosidad. Vendía cuadros con una facilidad que debía de provocar envidia entre sus amigos de la Académie Matisse, pero rara vez se molestaba en pedir algo tan desagradable como dinero en metálico por ellos, y los entregaba a cambio de pagarés que se iban amontonando hechos trizas y cada vez más amarillentos. Y así era como monsieur Duchamp, monsieur Bercy o monsieur Stiegler podían permitirse tener sus exquisitas obras de arte además de comida que llevarse a la boca, mientras Édouard pasaba semanas comiendo pan, queso y *rillettes.*

Cuando descubrí el estado de su economía me horroricé. No porque no tuviera fondos —desde que le conocí sabía que no podría ser rico—, sino por la despreocupada desconsideración con la que parecían tratarle esos supuestos amigos. Le prometían dinero que nunca llegaba. Aceptaban sus invitaciones a copas y su hospitalidad, y le daban poco a cambio. Édouard era quien sugería pedir bebida para todos, comida para las damas, hacía pasar un buen rato a todo el mundo, y, cuando llegaba la cuenta, por algún motivo siempre era el único que quedaba en el bar.

—La amistad me importa más que el dinero —me dijo, cuando revisé sus cuentas.

—Es un sentimiento perfectamente admirable, mi amor. Por desgracia la amistad no te pondrá comida en el plato.

—¡Me he casado con una mujer de negocios! —exclamó con orgullo. Aquellos días después de la boda, se habría sentido orgulloso aunque le hubiese dicho que era especialista en quitar forúnculos.

Me asomé a la ventana del bar Tripoli, tratando de ver quién había dentro. Cuando me volví, Édouard estaba hablando con la tal madame Laure. Era algo habitual; mi marido conocía a todo el mundo en el quinto y el sexto *arrondisse-*

ment. No podíamos caminar cien metros sin que intercambiara saludos, cigarrillos y buenos deseos con alguien.

—¡Sophie! —me llamó—. ¡Ven! Quiero que conozcas a Laure Le Comte.

Vacilé solamente un instante: por el colorete en sus mejillas y sus zapatillas, era evidente que Laure Le Comte era una *fille de rue*. Cuando nos conocimos, Édouard me contó que solía utilizarlas como modelos; decía que eran perfectas por la naturalidad con que exhibían su cuerpo. Tal vez debería haberme escandalizado por el hecho de que quisiera presentar a una de ellas a su esposa, pero pronto aprendí que a Édouard le importaban poco las convenciones. Sabía que le caían bien, incluso las respetaba, y no quería que pensara menos de mí.

—Encantada de conocerla, mademoiselle —dije. Extendí la mano, y la traté de usted para mostrar mi respeto. Sus dedos eran tan ridículamente blandos que tuve que comprobar que los estaba tocando.

—Laure ha posado para mí en varias ocasiones. ¿Recuerdas el cuadro de la mujer en el sillón azul? ¿El que te gusta tanto? Esa era Laure. Es una excelente modelo.

—Es usted demasiado amable, monsieur —contestó ella.

Sonreí afectuosamente.

—Conozco el cuadro. Es una imagen preciosa. —La mujer arqueó mínimamente la ceja. Más tarde comprendí que probablemente no estaba acostumbrada a recibir cumplidos de otra mujer—. Siempre me ha parecido una obra extrañamente majestuosa.

—Majestuosa. Sophie tiene razón. Es exactamente como estás en el cuadro —aseguró Édouard.

La mirada de Laure pasó de Édouard a mí, como si quisiera asegurarse de que yo no pretendía tomarle el pelo.

—La primera vez que mi esposo me pintó parecía una solterona horrible —añadí rápidamente, para tranquilizarla—. Muy seria e intimidante. Creo que Édouard dijo que parecía un palo.

—Nunca dije tal cosa.

—Pero lo pensabas.

—El cuadro quedó fatal —concedió finalmente Édouard—. Pero fue por mi culpa. —Me miró—. Y ahora me resulta imposible pintar un mal retrato de ti.

Todavía me costaba no ruborizarme al mirarle a los ojos. Hubo un breve silencio. Y aparté la mirada.

—Enhorabuena por la boda, madame Lefèvre. Es usted muy afortunada. Aunque tal vez no tanto como su esposo.

Me hizo un gesto de asentimiento con la cabeza, luego a Édouard, levantó sus faldas ligeramente de la acera mojada y se marchó.

—No me mires así en público —dije reprendiéndole mientras la veíamos alejarse.

—Me gusta —contestó, encendiéndose un cigarrillo con aire satisfecho—. Te pones de un color adorable.

Édouard vio a un hombre con el que quería hablar en el *tabac,* así que dejé que fuera, entré en el bar Tripoli y me quedé en la barra unos minutos, observando a monsieur Dinan en su mesa habitual del rincón. Pedí un vaso de agua, me lo bebí e intercambié unas palabras con el camarero. Luego me acerqué y saludé a monsieur Dinan, quitándome el sombrero.

Tardó unos segundos en reconocerme. Sospecho que el pelo fue lo que me delató.

—Ah, mademoiselle. ¿Cómo está? Una noche fría, ¿no es cierto? ¿Está bien Édouard?

—Perfectamente, monsieur, gracias. Pero me preguntaba si tendría un par de minutos para tratar de un asunto privado.

Miró a su alrededor en la mesa. La mujer a su derecha le lanzó una mirada dura. El hombre que tenía enfrente estaba demasiado ocupado hablando con su acompañante para percatarse de nada.

—No creo tener ningún asunto privado que discutir con usted, mademoiselle. —Mientras hablaba, no apartaba los ojos de la mujer que le acompañaba.

—Como guste, monsieur. En tal caso hablaremos de ello aquí mismo. Es un asunto muy sencillo sobre el pago de un cuadro. Édouard le vendió una obra especialmente buena pintada con pasteles al óleo, *El mercado de Grenouille,* por el cual usted prometió pagarle... —comprobé el papel que llevaba— ¿cinco francos? Le estaría muy agradecido si se los abonara ahora.

La expresión cordial desapareció.

—¿Es usted su cobradora de deudas?

—Me parece una descripción un poco dura, monsieur. Simplemente estoy organizando la contabilidad de Édouard. Y creo que esta factura en concreto es de hace siete meses.

—No voy a hablar de asuntos económicos delante de mis amigos. —Apartó la mirada indignado.

Pero yo lo esperaba.

—En tal caso, monsieur, me temo que me veré obligada a quedarme aquí hasta que esté dispuesto a hablar de ello.

Todas las miradas de la mesa estaban puestas en mí, pero ni siquiera me sonrojé. Era difícil avergonzarme. Me había criado en un bar de St. Péronne, ayudando a mi padre a echar borrachos desde los doce años, limpiando aseos de caballeros y oyendo un lenguaje tan obsceno que habría ruborizado a cualquier chica de la calle. La afectada desaprobación de monsieur Dinan no iba a asustarme.

—Pues va usted a estar ahí toda la noche. Porque no llevo esa cantidad encima.

—Disculpe, monsieur, pero he estado un rato junto a la barra antes de acercarme. Y no he podido evitar fijarme en que su cartera está generosamente abastecida.

Uno de sus acompañantes se echó a reír.

—Dinan, creo que te tiene tomada la medida.

Esto tan solo pareció enfurecerle.

—¿Quién es usted? ¿Quién es usted para avergonzarme de esta forma? Esto no es cosa de Édouard. Él comprende lo que es una amistad entre caballeros. Él no vendría aquí de manera tan torpe, exigiendo dinero y avergonzando a un hombre delante de sus amigos. —Entornó los ojos—. ¡Ah! Ya la recuerdo... Usted es la dependienta de la tienda. La dependientita de Édouard en La Femme Marché. ¿Cómo iba a entender usted cómo funciona el círculo de Édouard? Usted es... —sonrió— una *pueblerina.*

Sabía cómo hacer daño. Sentí que el sonrojo me subía lentamente desde el pecho.

—Sí, monsieur, lo soy, si el comer se ha convertido ahora en una preocupación pueblerina. Y hasta una dependienta es capaz de ver que los amigos de Édouard se han aprovechado de su generosidad.

—Ya le he dicho que le pagaré.

—Hace siete meses. Le dijo que le pagaría hace siete meses.

—¿Por qué debo rendirle cuentas a usted? ¿Desde cuándo es la *chienne méchante* de Édouard? —Me escupió literalmente las palabras.

Por un instante, me quedé paralizada. Entonces oí la voz de Édouard detrás de mí, reverberando desde algún lugar en lo más profundo de su pecho.

—¿Qué has llamado a mi esposa?

—¿Tu esposa?

Me volví. Nunca había visto una expresión tan oscura en mi marido.

—¿Es que ahora eres sordo además de grosero, Dinan?

—¿Te has casado con ella? ¿Con esta dependienta de cara amargada?

Édouard soltó el puño tan rápido que apenas lo vi. Salió de detrás de mi oreja y golpeó en el mentón de Dinan con tal fuerza que le levantó un poco en el aire al caer hacia atrás. Cayó estrepitosamente sobre un montón de sillas, y las piernas volaron sobre su cabeza volcando la mesa. Las mujeres que le acompañaban chillaron al romperse la botella de vino, salpicando Medoc sobre sus vestidos.

El bar se quedó en silencio y el violinista paró en medio de una nota. El aire parecía electrificado. Dinan parpadeó, intentando enderezarse.

—Pídele perdón a mi esposa. Vale más que doce como tú. —Édouard hablaba gruñendo.

Dinan escupió algo, probablemente un diente. Levantó la barbilla, que tenía un hilo de sangre partiéndola en dos, y murmuró tan bajo que no sé si le oí bien:

—*Putain.*

Con un rugido, Édouard fue a por él. El amigo de Dinan se tiró sobre Édouard, soltando puñetazos sobre sus hombros, su cabeza y su ancha espalda. Rebotaban sobre mi marido como si fueran mosquitos. A duras penas oí la voz de Édouard:

—¿Cómo te atreves a insultar a mi mujer?

—¡*Fréjus*, granuja! —Al volverme vi a Michel Le Duc soltando un puñetazo a otra persona.

—*Arrêtez, messieurs! Arrêtez-vous!*

El bar estalló. Édouard se enderezó, se quitó de la espalda al amigo de Dinan como si se quitara de encima un abrigo, y lanzó una silla hacia atrás. Pude sentir, además de oír, cómo la madera crujía contra la espalda del hombre. Volaban botellas sobre nuestras cabezas. Las mujeres chillaban, los hombres maldecían, los clientes se apresuraban hacia la puerta, mientras que chicos de la calle entraban para unirse a la melé. En medio del caos, vi mi oportunidad. Me agaché y le quité la cartera de la chaqueta al gimiente Dinan. Cogí un billete de cinco francos y metí un trozo de papel escrito a mano en su lugar.

—Le he hecho un recibo —grité, con la boca cerca de su oído—. Puede que lo necesite si alguna vez quiere vender la obra de Édouard. Aunque, francamente, sería usted un necio si lo hiciera. —Luego me incorporé—. ¡Édouard! —exclamé, buscándole a mi alrededor—. ¡Édouard! —No sabía si me había oído por encima del tumulto.

Me agaché para esquivar una botella y me abrí paso entre la gente hacia donde estaba él. Las chicas de la calle se reían a carcajadas y silbaban en una esquina. El *patron* gritaba y se retorcía las manos, mientras la pelea se extendía a la calle, destrozando las mesas. No había un solo hombre ahí dentro que no estuviera dando puñetazos. La verdad es que todos se habían lanzado con tal entusiasmo ante la idea de una batalla campal que me preguntaba si en realidad era una pelea.

—¡Édouard!

Y entonces vi a monsieur Arnault en la esquina, junto al piano.

—Oh, ¡monsieur Arnault! —grité tratando de abrirme paso hacia él, levantándome las faldas mientras pasaba por encima de cuerpos y sillas volcadas. Estaba deslizándose sobre un banco, intentando claramente llegar hasta la puerta—. ¡Dos bocetos a carboncillo! ¿Las mujeres del parque? ¿Recuerda? —Se quedó mirándome y sin llegar a pronunciarlas articulé las palabras con los labios—: Le debe a Édouard dos bocetos a carboncillo. —Me puse en cuclillas, protegiéndome la cabeza con una mano; con la otra saqué los pagarés del bolsillo, busqué los suyos y me agaché para esquivar un zapato—. Cinco francos por los dos, eso dice aquí. ¿De acuerdo?

Detrás de nosotros, alguien gritó al ver que una jarra de metal golpeaba una ventana, haciéndola añicos.

Monsieur Arnault tenía los ojos abiertos como platos del miedo. Lanzó una rápida mirada por detrás de mí y buscó la cartera en su bolsillo. Cogió los billetes con tal premura que al final me dio dos de más.

—¡Tome! —siseó entre dientes; luego corrió hacia la puerta, agarrándose el sombrero sobre la cabeza.

Ya lo teníamos. Once..., no, doce francos. Lo suficiente para salir adelante.

—¡Édouard! —grité de nuevo, buscando por todo el bar. Le divisé en una esquina, donde había un hombre de bigote pelirrojo como la cola de un zorro soltándole puñetazos sin acertar, mientras Édouard le agarraba por los hombros. Le puse una mano sobre el brazo. Mi esposo se volvió con la mirada perdida, como si hubiera olvidado que estaba allí—. Tengo el dinero. Deberíamos irnos.

Parecía como si no me oyera.

—De verdad —dije—. Deberíamos irnos.

Soltó al hombre, que cayó deslizándose por la pared metiéndose un dedo en la boca y farfullando algo sobre un diente roto. Yo tenía a Édouard agarrado por la manga, y tiré de él hacia la puerta, mientras los oídos me estallaban por el estrépito, abriéndome paso a empujones entre los hombres que habían entrado de la calle. No creo que supieran de qué iba la pelea.

—¡Sophie! —Édouard tiró bruscamente de mí hacia atrás en el mismo instante en que una silla voló dibujando un gran arco delante de mi cara, lo bastante cerca como para que pudiera notar el aire vibrando. Solté una palabrota debido al susto, y me sonrojé al darme cuenta de que mi marido lo había oído.

Por fin salimos al aire de la noche, ante los espectadores que observaban por las ventanas, con las manos ahuecadas a ambos lados de los ojos para poder ver sin reflejos; el ruido lejano de los gritos y cristales rompiéndose reverberaba en nuestros oídos. Me detuve junto a las mesas vacías y me alisé un poco la falda, quitándome esquirlas de vidrio. A nuestro lado había un hombre ensangrentado, sentado en una silla, sosteniéndose la oreja con una mano y fumando un cigarrillo con la otra contemplativamente.

—Bueno, ¿qué? ¿Vamos a cenar? —dije, alisándome el abrigo y levantando la mirada hacia el cielo—. Puede que llueva otra vez.

Mi marido se levantó el cuello del abrigo, se pasó las manos por el pelo y soltó una respiración corta.

—Sí —contestó—. Sí. Ya estoy listo para cenar algo.

—Perdona el lenguaje grosero. No es muy femenino.

Me dio unas palmaditas en la mano.

—Yo no he oído nada.

Me estiré para quitarle una astilla de madera del hombro del abrigo, y la tiré. Luego le besé. Y agarrados del brazo anduvimos con paso enérgico hacia el Panthéon, mientras el ruido de las sirenas de los gendarmes resonaba sobre los tejados de París.

Me había mudado a París dos años antes, y empecé viviendo en la pensión detrás de la rue Beaumarchais, como hacían todas las dependientas que trabajaban en La Femme Marché. El día que me fui para casarme, todas las chicas se pusieron en fila en el pasillo y vitorearon golpeando sartenes con cucharas de madera.

Nos casamos en St. Péronne, y en ausencia de mi padre fue el marido de mi hermana, Jean-Michel, quien me llevó al altar. Édouard era encantador y generoso, y se comportó como el novio perfecto durante los tres días de celebración, pero yo sabía lo aliviado que se sintió cuando dejamos el ambiente provinciano del norte de Francia para volver rápidamente a París.

No hay palabras para expresar lo feliz que me sentía. Nunca esperé amar a alguien, no hablemos ya de casarme. Y si bien nunca lo habría admitido en público, amaba con tal pasión a Édouard Lefèvre que me habría quedado con él aunque no hubiese querido casarse conmigo. De hecho, las convenciones le importaban tan poco que daba por hecho que eso sería lo último que querría hacer.

Sin embargo fue él quien sugirió el matrimonio.

Llevábamos algo menos de tres meses juntos cuando Hans Lippmann vino a visitar su estudio una tarde (yo estaba lavando nuestra ropa, pues Édouard había olvidado guardar dinero para la lavandera). Monsieur Lippmann era un poco dandi y me dio un poco de vergüenza que me viera en ropa de casa. Recorrió el estudio contemplando las últimas obras de Édouard, y se detuvo delante del retrato que me hizo la tarde del día de la Bastilla, cuando él y yo nos revelamos nuestros sentimientos. Yo me quedé en el cuarto de baño, frotando los cuellos de Édouard y fingiendo que no me incomodaba que Lippmann estuviera mirando un cuadro en el que yo aparecía en ropa interior. Sus voces se convirtieron en murmullos durante unos minutos y no pude oír lo que decían. Finalmente me venció la curiosidad. Me sequé las manos y salí al estudio para encontrarles contemplando una serie de esbozos que Édouard había hecho de mí sentada junto al ventanal. Monsieur Lippmann se volvió y, tras saludarme con la mayor brevedad, me preguntó si posaría para él. Completamente vestida, por supuesto. Según él, había algo fascinante en los ángulos de mi cara, en la palidez de mi piel. ¿No estaba de acuerdo, Édouard? Tenía que estarlo; él mismo lo había visto. Se rio.

Édouard no.

Yo estaba a punto de acceder (Lippmann me caía bien; era uno de los pocos artistas que me trataba como a su igual) cuando noté que la sonrisa de Édouard se tensaba.

—No. Me temo que mademoiselle Bessette está demasiado ocupada.

Hubo un silencio breve e incómodo. Lippmann nos miró sorprendido.

—Pero, Édouard, si tú ya has compartido a tus modelos. Solo creí que...

—No.

Lippmann se miró los pies.

—En tal caso, Édouard... Un placer volver a verla, mademoiselle. —Inclinó su sombrero hacia mí y se fue. Édouard ni siquiera se despidió.

—Mira que eres bobo —le recriminé más tarde. Estaba en la bañera, y yo arrodillada en un cojín detrás de él, lavándole el pelo. Llevaba toda la tarde muy callado—. Sabes que solo tengo ojos para ti. Me habría puesto un hábito de monja para monsieur Lippmann si eso te hubiese hecho feliz. —Vertí una jarra de agua lentamente sobre la parte trasera de su cabeza, viendo cómo resbalaba el jabón—. Además, está casado. Felizmente casado. Y es un caballero.

Édouard seguía callado. Entonces giró todo su cuerpo de golpe, derramando agua por un lado de la bañera.

—Necesito saber que eres mía —dijo, y su expresión era tan angustiada, tan desdichada, que tardé un momento en reaccionar.

—Ya soy tuya, tonto. —Cogí su cara entre mis manos y le besé. Tenía la piel mojada—. He sido tuya desde la primera vez que entraste en La Femme Marché y compraste quince pañuelos ridículos en tu empeño por verme. —Volví a besarle—. Lo he sido desde el momento en que dijiste a Mistinguett que yo tenía los mejores tobillos de París, después de que ella intentara humillarme porque llevaba zuecos. —Le besé de nuevo. Cerró los ojos—. He sido tuya desde el momento en que me dibujaste y comprendí que nadie más me miraría nunca como lo haces tú. Como si solo vieras lo mejor de mí. Como si fuera más espléndida de lo que creía.

Cogí una toalla y le sequé tiernamente la nariz y los ojos.

—¿Lo ves? No hay nada que temer. Soy tuya, Édouard, total y completamente. No me puedo creer que lo dudes.

Me miró, y sus grandes ojos marrones estaban templados y extrañamente decididos.

—Cásate conmigo —dijo.

—Pero tú siempre has dicho...

—Mañana. La semana que viene. Lo antes posible.

—Pero tú...

—Cásate conmigo, Sophie.

Así que me casé con él. Nunca le negaría nada a Édouard.

A la mañana siguiente de la pelea en el bar Tripoli, dormí hasta tarde. Embriagados por nuestra fortuna, habíamos comido y bebido demasiado, y estuvimos despiertos hasta la madrugada, perdidos en el cuerpo del otro o en arranques de risa recordando la expresión indignada de Dinan. Levanté la cabeza de la almohada adormilada y me aparté el pelo de la cara. Las monedas que había sobre la mesa ya no estaban; Édouard habría salido a comprar el pan. Oí lejanamente el sonido de su voz en la calle, y dejé que mis recuerdos de la noche anterior fluyeran y se esfumaran en una neblina feliz. Entonces, cuando vi que no subía, me puse una bata y fui hacia la ventana.

Llevaba dos *baguettes* bajo el brazo y estaba hablando con una rubia despampanante con un abrigo largo ajustado verde oscuro y un sombrero de piel de ala ancha. Al asomarme, la mirada de ella ascendió hacia mí. Los ojos de Édouard la siguieron y levantó una mano saludándome.

—Baja, *chérie*. Quiero que conozcas a alguien.

Yo no quería conocer a nadie. Quería que subiera a casa, rodearle con mis piernas y ahogarle a besos mientras desayunábamos. Pero suspiré, me ceñí la bata y bajé al portal.

—Sophie, te presento a Mimi Einsbacher. Una vieja amiga. Me ha comprado varios cuadros, y también ha posado para varios dibujos al natural.

«¿Otra?», pensé distraída.

—Enhorabuena por la boda. Édouard... no me había dicho nada.

Había algo en sus ojos, en la manera de decirlo, y en el atisbo de mirada que le lanzó a Édouard, que me intranquilizó.

—*Enchantée*, mademoiselle —dije yo, y estiré la mano. Ella la estrechó como si cogiera un pescado muerto.

Nos quedamos allí de pie, mirándonos los pies. Dos barrenderos trabajaban en aceras opuestas de la calle, silbando a dúo. Las alcantarillas volvían a estar a rebosar, y el olor, unido a la cantidad de vino que habíamos consumido la noche anterior, me hizo sentir náuseas de repente.

—Discúlpeme —añadí, metiéndome de nuevo en el portal—. No estoy vestida para recibir. Édouard, voy a encender el fuego y preparar el café.

—¡Café! —exclamó, frotándose las manos—. Me alegro mucho de verte, Mimi. Iré..., perdón, iremos a ver tu nuevo apartamento pronto. Suena fantástico.

Subió las escaleras silbando.

Mientras Édouard se quitaba la ropa, le serví una taza de café y volví a meterme en la cama. Puso un plato entre nosotros, cogió un trozo de pan y me lo dio.

—¿Te acostaste con ella? —No le miré al decirlo.

—¿Con quién?

—Con Mimi Einsbacher.

No tengo ni idea de por qué se lo pregunté. Nunca había hecho algo así.

Asintió ligeramente, como si no tuviera importancia.

—Es posible. —Cuando no dije nada abrió un ojo y me miró con seriedad—. Sophie, sabes que no era cura antes de conocerte.

—Lo sé.

—No soy más que un hombre. Y estuve mucho tiempo solo antes de encontrarnos.

—También lo sé. Y no quiero que seas diferente a como eres. —Me volví y le di un suave beso en el hombro.

Estiró el brazo y me acercó hacia sí, soltando otro suspiro grande de satisfacción. Notaba su aliento cálido sobre mis párpados. Pasó los dedos por mi pelo y me inclinó la cabeza hacia atrás para que le mirara.

—Mi querida esposa. Solo tienes que recordar esto: no conocí la verdadera felicidad hasta que te encontré.

«¿Por qué iba a preocuparme por Mimi y otras de su clase?», pensé, mientras soltaba el pan y cruzaba una pierna sobre Édouard, respirando su olor y volviendo a tomar posesión de él. Ellas no eran una amenaza para mí.

Casi me convencí.

Mimi Einsbacher pasaba casualmente por delante del estudio cuando salimos (yo iba corriendo a *la poste* para enviar una carta a mi hermana) el miércoles siguiente; a Édouard le pareció una buena idea desayunar con ella. ¿Por qué iba a comer solo? Y dos días más tarde, otra vez. Era un frío día de noviembre, y Édouard me estaba poniendo mi sombrero de fieltro bueno en la cabeza mientras yo abría el portón de roble que daba a la rue Soufflot. Yo reía y le apartaba las manos.

—¡Está al revés! ¡Édouard! ¡Para! ¡Voy a parecer una loca! —Puso su mano grande sobre mi hombro, justo donde se juntaba con el cuello. Me encantaba sentir su peso.

—¡Buenos días! —Mimi lucía una capa verde menta y una estola de piel. Llevaba la cintura tan ceñida que sospeché que debía de tener los labios morados bajo el carmín—. ¡Menuda sorpresa!

—Mademoiselle Einsbacher, qué suerte volver a verla tan pronto. —De repente me di cuenta de que llevaba el sombrero torcido y ridículo en la cabeza.

—¡Mimi! Qué alegría. —Édouard me soltó el hombro, inclinó la cabeza y besó su mano enguantada. Al verlo, protesté para mis adentros, y luego me reprendí: no seas infantil. Al fin y al cabo, Édouard te eligió a ti.

—¿Y adónde vais esta fría mañana? ¿Otra vez a la oficina de correos? —Llevaba el bolso elegantemente cogido delante de ella. Era de piel de cocodrilo.

—Tengo una cita en Montmartre con mi marchante. Mi esposa va a comprar comida.

Me recoloqué el sombrero, deseando de repente haberme puesto el negro.

—Bueno, puede —dije—. Si te portas bien.

—¿Has visto lo que tengo que aguantar? —Édouard se inclinó hacia delante para besarme en la mejilla.

—Caramba. Seguro que es muy dura contigo. —Su sonrisa era indescifrable.

Édouard se envolvió el cuello con la bufanda, observándonos a las dos durante un instante.

—¿Sabéis? Deberíais conoceros mejor. A Sophie le vendría bien tener una amiga aquí.

—No es que no tenga amigos, Édouard —protesté.

—Pero todas tus amigas dependientas están ocupadas durante el día. Y viven en el noveno. Con Mimi podrías quedar a tomar café cuando yo esté ocupado. Odio pensar que estás sola.

—En serio. —Le sonreí—. Estoy feliz en mi propia compañía.

—Ah, Édouard tiene razón. Después de todo, no querrás ser una carga para él. Y apenas conoces a su círculo. ¿Por qué no te acompaño? Como un favor a Édouard. Estaría encantada.

Édouard sonrió satisfecho.

—¡Maravilloso! —dijo—. Mis dos damas preferidas, de excursión. Pues que tengáis un buen día. Sophie, *chérie*, volveré a casa a cenar.

Dio media vuelta y se fue hacia la rue St. Jacques.

Mimi y yo nos quedamos mirándonos y, por un instante, creí detectar algo glacial en sus ojos.

—¡Qué bien! —exclamó—. ¿Paseamos?

3

2002

Habían planeado la mañana: levantarse sin prisa, desayunar en el Café Hugo en la place des Vosges, caminar entre las tiendecitas y boutiques del segundo *arrondissement,* y tal vez un paseo por la orilla del Sena deteniéndose a ver los puestos de libros de segunda mano. Después de comer, David acudiría a su reunión y desaparecería durante un par de horas; Liv utilizaría el magnífico spa del Royal Monceau mientras él hablaba de negocios. Por la tarde, quedarían en el bar para tomar un cóctel y cenarían relajadamente en una *brasserie* del barrio. Habían salvado el día. Liv sería amable. Sería comprensiva. Al fin y al cabo, en eso consiste el matrimonio: el gran arte del compromiso. Ya se lo ha repetido varias veces desde que se despertó.

Y entonces, mientras están desayunando, suena el teléfono de David.

—Los Goldstein —dice Liv, cuando David cuelga. Su *tartine* sigue sin tocar en el plato ante ella.

—Cambio de planes. Quieren que nos veamos esta mañana, en sus oficinas de los Campos Elíseos.

Al ver que no dice nada, David pone su mano sobre la de ella.

—Lo siento de veras. Tardaré un par de horas como mucho.

Liv no puede hablar. Tiene lágrimas inmensas y saladas de decepción acumulándose en los ojos.

—Lo sé. Te compensaré. Es que...

—... esto es más importante.

—Es nuestro futuro, Liv.

Liv le mira, y sabe que la frustración debe de ser evidente en su rostro. Contra toda lógica, se siente enfadada con él por hacerle comportarse de este modo.

David le aprieta la mano.

—Venga, cariño. Puedes hacer algo que a mí no me apetezca demasiado, e iré a buscarte. Tampoco es que sea muy difícil matar un par de horas aquí. Estamos en París.

—Claro. Simplemente no me había dado cuenta de que mi luna de miel iba a ser cinco días en París pensando en formas de matar el tiempo.

La voz de David adquiere un tono distinto.

—Lo siento. No tengo un trabajo del que pueda desconectar sin más.

—No. Lo has dejado muy claro.

La cena de la noche anterior en La Coupole había sido igual. Los dos intentando buscar temas de conversación seguros, sonriendo de forma poco natural, y con una conversación tácita desarrollándose por debajo de la hablada demasiado educada. Cuando David decía algo ella se estremecía al notar su evidente malestar. Cuando no, se preguntaba si estaría pensando en el trabajo.

Al volver a su suite, Liv le dio la espalda en la cama, demasiado enfadada como para desear que la tocase, y cuando ni siquiera lo intentó le entró el pánico.

Llevaban seis meses juntos, y Liv creía que nunca habían discutido antes hasta venir a París. La luna de miel se les estaba yendo de las manos, lo notaba.

David rompe el silencio primero. Se niega a soltar su mano. Se inclina sobre la mesa y con ternura le retira un mechón de pelo de la cara.

—Lo siento. De veras que esto será lo último. Dame un par de horas y prometo que seré todo tuyo. A lo mejor podemos prolongar el viaje y yo... te compensaré por estas horas.
—Intenta sonreír.

Liv le mira entonces, desarmada, deseando volver a la normalidad, queriendo que puedan sentirse ellos mismos. Baja la vista a su mano dentro de la de él, el brillo metálico de la alianza nueva aún se le hace extraño en el dedo.

Las últimas cuarenta y ocho horas la han desequilibrado por completo. La felicidad que ha sentido en los últimos meses de repente parece frágil, como si estuviera construida sobre cimientos más inestables de lo que creían.

Busca los ojos de él.

—Te quiero, ¿lo sabes?
—Y yo te quiero a ti.
—Soy una novia horrible, cascarrabias y necesitada de mimo.
—Esposa.

Una sonrisa se abre a regañadientes en su rostro.

—Soy una esposa horrible, cascarrabias y necesitada de mimo.

David sonríe y la besa; en un extremo de la place des Vosges, escuchan el rugido de las motocicletas afuera, y el tráfico avanzando lentamente hacia la rue Beaumarchais.

—Afortunadamente, horrible y cascarrabias me resultan características de lo más atractivas en una mujer.

—Te has olvidado de lo de necesitada de mimo.

—Esa es mi preferida.

—Vete —dijo ella, apartándose de él con suavidad—. Anda, arquitecto zalamero, vete antes de que te arrastre otra vez a esa cama de hotel y me asegure de que no llegas a tu coñazo de reunión.

El aire entre ellos se distiende y se relaja. Liv suelta un suspiro que no sabía que estuviera conteniendo.

—¿Qué vas a hacer tú?

Observa cómo recoge sus cosas: llaves, cartera, chaqueta, teléfono.

—Probablemente iré a ver algo de arte.

—Te mando un mensaje en cuanto terminemos. Y te voy a buscar. —Le sopla un beso—. Y seguimos con esa conversación sobre atarme a la cama.

Cuando está a media calle se vuelve y levanta una mano.

—¡*À bientôt*, señora Halston!

Liv sonríe hasta que David desaparece de la vista.

El conserje le había advertido de que a esa hora se encontraría con una cola larguísima en el Louvre, de modo que decide ir al Museo d'Orsay. David le dijo que la arquitectura del edificio es casi tan impresionante como el arte que alberga. Pero incluso a las diez de la mañana la cola va de un extremo a otro de la fachada principal doblándose como una serpiente enroscada. El sol ya pega fuerte y ha olvidado coger el sombrero.

—Genial —farfulla para sí al unirse a la cola. Se pregunta si llegará a entrar en el edificio antes de que David termine su reunión.

—No debería tardar demasiado. Hacen pasar a la gente bastante rápido. —El hombre de delante de ella se vuelve e indica con un movimiento de la cabeza el principio de la cola—. A veces la entrada es gratis. Y entonces sí que hay cola. —Lleva una chaqueta de lino y tiene aspecto de ser alguien con dinero e independiente.

Al ver que el hombre le sonríe, Liv se pregunta si se nota tanto que es inglesa.

—No sé si toda esta gente va a caber ahí dentro.

—Uy, lo hará. Ese edificio es como una Tardis*. —Al verla sonreír, le tiende la mano—. Tim Freeland.

—Liv Worth... Halston. Liv Halston. —Sigue trastabillándose con el cambio de apellido.

—Ah. Ese cartel dice que hay una gran exposición de Matisse. Supongo que a eso se debe la cola. Venga. Deje que abra el paraguas. Así se protegerá del sol.

Mientras avanzan dando varios pasos cada vez y zigzagueando hacia el principio de la cola, le explica que viene todos los años a ver el tenis. Y el resto del tiempo lo invierte yendo a sus lugares preferidos. Esta galería le gusta mucho más que el Louvre, que siempre está demasiado lleno de turistas como para ver los cuadros. Al decirlo sonríe un poco, aparentemente consciente de la ironía.

Es alto y está muy bronceado. Lleva el pelo rubio oscuro peinado hacia atrás; Liv imagina que lo lleva así desde la adolescencia. Por la manera de hablar de su vida parece que no tiene preocupaciones económicas. La referencia a niños y el hecho de que no lleve alianza sugieren un divorcio lejano.

---

* Nave para realizar viajes espacio-temporales con forma de cabina de policía de la serie de ciencia ficción británica *Doctor Who* que se caracteriza por ser mucho más grande por dentro que por fuera. *[N. de la T.]*

Es atento y encantador. Hablan de restaurantes parisinos, de tenis, del carácter impredecible de los taxistas de París. Es un alivio mantener una conversación que no esté empapada de resentimiento tácito o plagada de trampas. Cuando alcanzan el principio de la cola, Liv siente una extraña alegría.

—En fin, ha hecho que el tiempo se me pase maravillosamente rápido. —Tim Freeland cierra su paraguas y le tiende la mano—. Un placer conocerla, Olivia Halston. Y le recomiendo los impresionistas en la planta de arriba. Ahora lo verá mejor, antes de que la aglomeración se haga insoportable.

Le sonríe, con los ojos brillantes, y desaparece dando largas zancadas hacia el interior cavernoso del museo, como si estuviera seguro de adónde se dirige. Y Liv, que sabe que aunque una esté en su luna de miel está permitido disfrutar de una conversación de veinte minutos con un hombre atento y guapo, que tal vez —o tal vez no— estuviera ligando con ella, va hacia los ascensores con paso un poco más animado.

Se toma su tiempo, deambulando entre los impresionistas, estudiando cada obra cuidadosamente. Después de todo, tiene tiempo que matar. Con algo de vergüenza, se da cuenta de que hace dos años que no pisaba una galería de arte, desde que terminó la carrera. Se para a reflexionar y decide que le encantan los Monets y los Morisots, pero no le gustan los Renoirs. O tal vez es que simplemente los han usado demasiado en las cajas de bombones y ahora cuesta no asociarlos con ellas.

Se sienta, y vuelve a levantarse. Desearía que David estuviera ahí. Es extraño ponerse delante de los cuadros sin nadie con quien comentarlos. Acaba mirando de reojo a otras personas que parecen estar solas, buscándoles indicios de frikismo. Piensa en llamar a Jasmine, por hablar con alguien, pero se da cuenta de que sería una muestra pública del fracaso de su luna de miel. Al fin y al cabo, ¿quién llama a nadie en su luna de miel? Por un instante vuelve a sentirse cabreada con David y tiene que lidiar en silencio consigo misma para que se le pase.

El museo se llena cada vez más a su alrededor; un grupo de escolares pasa conducido por un guía del museo totalmente entregado a su labor. Se detienen delante de *Almuerzo sobre la hierba*, y les dice que se sienten mientras explica.

—¡Mirad! —exclama en francés—. Ponían pintura húmeda sobre pintura húmeda, ¡fueron los primeros en hacerlo!, para poder mover los colores así... —Gesticula como un loco. Los niños están embelesados. Un grupo de adultos se detiene para escucharle también.

—¡Y este cuadro provocó un enorme escándalo cuando lo exhibieron! ¡Enorme! ¿Por qué no llevaba ropa la dama y los caballeros sí? ¿Por qué crees, jovencito?

Le encanta el hecho de que se espere que los niños franceses de ocho años hablen del desnudo en público. Y también el respeto con el que el guía se dirige a ellos. Una vez más, desearía que David estuviera ahí porque sabe que él pensaría lo mismo.

Unos minutos después, se da cuenta de toda la gente que ha entrado en el museo y de lo angustiosamente abarrotadas que están las salas. Oye constantemente acentos británicos y estadounidenses. Por alguna razón, le molestan. De repente le empiezan a irritar cosas pequeñas.

Ansiosa por escapar, Liv pasa rápidamente por una, dos salas, por delante de una serie de paisajes, hasta llegar a los artistas menos conocidos, donde hay menos visitantes. Entonces ralentiza el paso, tratando de prestar a los artistas menores la misma atención que a los grandes nombres, aunque no hay gran cosa que le llame la atención. Cuando está a punto de buscar la salida, pasa por delante de una pequeña pintura al óleo, y allí, casi a su pesar, se detiene. Muestra a una mujer pelirroja de pie junto a una mesa con los restos de una comida; luce un vestido blanco que podría ser una prenda de ropa interior, Liv no está segura. Su cuerpo aparece medio ladeado, oculto a la vista, pero el lado de su cara está iluminado. Sus ojos se deslizan hacia el artista, aunque no llega a mirarle. Tiene los hombros encorvados de desagrado, o por la tensión.

El título del cuadro dice: *Esposa malhumorada.*

Lo contempla, absorbiendo la exquisita transparencia del ojo de la mujer, los puntos de color en sus mejillas, la forma en que su cuerpo parece sugerir una rabia apenas reprimida, al tiempo que una especie de derrota. Y de repente, piensa: «Ay, Dios, soy yo».

Una vez que se le mete este pensamiento en la cabeza ya no puede quitárselo. Quiere apartar la mirada de la obra, pero no puede. Le falta el aliento, como si le hubieran dado un puñetazo. El cuadro es extrañamente íntimo, muy inquietante. Tengo veintitrés años, piensa Liv. Y me he casado con un hombre que ya me ha colocado firmemente en el fondo de su vida. Voy a ser esa mujer triste y silenciosamente furiosa en la cocina a la que nadie ve, sedienta de atención, enfurruñada cuando no la consigue. Que hace las cosas sola y «disfruta todo lo que puede».

Se imagina los viajes con David en el futuro: ella hojeando guías de las atracciones locales, tratando de ocultar su desilusión cuando, una vez más, haya un asunto de trabajo importante que él no puede perderse. «Voy a acabar como mi madre. Ella tardó demasiado en recordar quién era antes de convertirse en la mujer de alguien».

Mujercita.

De pronto, el Museo d'Orsay está demasiado abarrotado, es demasiado ruidoso. Empieza a bajar las escaleras a empujones, a contracorriente de las multitudes que avanzan, mascullando disculpas al toparse con la resistencia de hombros, codos o bolsos. Se escabulle por unas escaleras y se abre camino por un pasillo, pero, en vez de encontrar la salida, acaba junto a un majestuoso comedor donde se ha empezado a formar cola para sentarse en las mesas. ¿Dónde están las malditas salidas? De repente, el lugar se llena de una cantidad exagerada de gente. Liv atraviesa con dificultad la sección de *art déco*, con inmensas piezas de mobiliario orgánico grotesco, excesivamente vistoso, y se da cuenta de que está en el extremo equivocado del museo. Suelta un enorme sollozo cargado de algo que no es capaz de pronunciar.

—¿Se encuentra bien?

Se vuelve. Tim Freeland la está mirando, con un folleto en la mano. Se enjuga bruscamente las lágrimas, y trata de sonreír.

—Yo..., no encuentro la salida.

Los ojos de él recorren su cara —*¿está llorando de verdad?*— y quiere morirse de vergüenza.

—Lo siento. Yo..., tengo que salir de aquí.

—La multitud... —dice él suavemente—. Puede haber demasiada por estas fechas. Vamos. —Le toca un codo, y la guía a través del museo, ciñéndose a las salas más oscuras donde parecen congregarse menos personas. En pocos minutos han bajado un tramo de escaleras y salen al luminoso *hall*, donde la cola para entrar se ha hecho todavía más larga.

Se detienen a cierta distancia. Liv consigue controlar la respiración.

—Lo siento mucho —dice mirando hacia atrás—. No va a poder volver a entrar.

Él niega con la cabeza.

—Ya había terminado por hoy. De todos modos, cuando llega el punto en que no puedes ver por las cabezas de la gente, probablemente sea hora de marcharse.

Se quedan un momento en la ancha y luminosa acera. El tráfico avanza lentamente junto a la orilla del río, una motocicleta serpentea haciendo ruido entre los coches parados. El sol proyecta sobre los edificios una luz blanca azulada que parece propia de esta ciudad.

—¿Le apetece un café? Creo que puede ser buena idea que se siente unos minutos.

—Oh, no puedo. He quedado con... —Mira su teléfono. No tiene mensajes. Se queda mirándolo, asumiéndolo. Digiriendo el hecho de que es casi una hora más tarde de lo que David dijo que tardaría—. Eh..., ¿me da un minuto?

Se vuelve, marca el número de David, entornando los ojos al mirar el tráfico que avanza por el *quai* Voltaire. Salta el buzón de voz. Se pregunta fugazmente qué decirle. Y entonces decide no decir nada en absoluto.

Cierra el teléfono y se vuelve de nuevo hacia Tim Freeland.

—En realidad, me encantaría tomar un café. Gracias.

—*Un café, et une grande crème.* —Aunque utilice su mejor acento francés, los camareros siempre contestan en inglés. Pero después de las varias humillaciones de la mañana, este es un bochorno menor. Se bebe un café, pide otro, aspira el cálido aire de la ciudad y desvía cualquier atención de sí misma.

—Hace usted muchas preguntas —dice Tim Freeland en cierto momento—. O es periodista, o ha ido a una muy buena escuela de señoritas.

—O soy experta en espionaje industrial. Y lo sé todo sobre su último invento.

Él ríe.

—Ah..., por desgracia no soy de inventos. Estoy retirado.

—¿En serio? No parece tan mayor como para eso.

—No lo soy. Vendí mi negocio hace nueve meses. Todavía estoy intentando decidir qué hacer con mi tiempo.

Su manera de decirlo sugiere que tampoco le preocupa demasiado. ¿Por qué iba a hacerlo, piensa, si puede pasarse los días deambulando por sus ciudades preferidas, viendo arte e invitando a desconocidos a café?

—¿Y dónde vive?

—Ah..., en todas partes. Paso un par de meses aquí a principios del verano. Tengo una casa en Londres. También paso algo de tiempo en Sudamérica; mi exmujer vive en Buenos Aires con mis dos hijos mayores.

—Suena complicado.

—Cuando eres tan mayor como yo, la vida es siempre complicada. —Sonríe, como si estuviera acostumbrado a las complicaciones—. Durante un tiempo fui uno de esos tarados incapaces de enamorarse sin casarse.

—Muy caballeroso.

—No mucho. ¿Quién fue el que dijo: «Cada vez que me enamoro, pierdo una casa»? —Remueve su café—. De hecho, es todo bastante cordial, dadas las circunstancias. Tengo dos exmujeres, y ambas son maravillosas personas. Pero es una lástima que no me diera cuenta de ello mientras estábamos juntos.

Habla suavemente, con las cadencias medidas y las palabras escogidas, como un hombre acostumbrado a que le escuchen. Le observa, sus manos bronceadas, los inmaculados puños de su camisa, e imagina un apartamento con servicio en el primer *arrondissement,* ama de llaves y un restaurante elegante cuyo propietario recuerda su nombre. Tim Freeland no es su tipo, y le saca como mínimo veinticinco años, pero se pregunta brevemente cómo sería estar con un hombre como él. Se pregunta si alguien que les vea pensará que son marido y mujer.

—¿A qué se dedica, Olivia? —La ha llamado Olivia desde que se presentaron. En cualquier otra persona podría resultar algo afectado, pero viniendo de él suena como una gentileza anticuada.

La pregunta la saca de su ensoñación, y se sonroja al darse cuenta de lo que estaba pensando.

—Pues... ahora mismo estoy entre trabajos. Terminé la carrera e hice un poco de administrativa, un poco de camarera. Lo típico de chica de clase media. Supongo que tampoco he averiguado todavía lo que quiero hacer. —Juega con su pelo.

—Hay mucho tiempo para eso. ¿Hijos? —Mira intencionadamente su alianza.

—Uy, no. Todavía queda mucho para eso. —Se ríe incómoda. Apenas puede cuidar de sí misma; la idea de tener un crío gimoteando que dependa de ella es impensable. Puede notar cómo la está estudiando.

—Cierto. Hay mucho tiempo para todo eso. —No le quita los ojos de encima—. Espero que no le importe que lo diga, pero es muy joven para estar casada. Hoy en día, quiero decir.

No sabe qué contestar, así que da un sorbo a su café.

—Sé que no debería preguntar la edad a una mujer, pero ¿cuántos años tiene? ¿Veintitrés? ¿Veinticuatro?

—No está mal. Veintitrés.

Asiente.

—Tiene buena estructura ósea. Imagino que aparentará veintitrés durante una década. No, no se ruborice. Solo estoy constatando un hecho. ¿Con su novio de la infancia?

—No, más bien un romance relámpago. —Levanta la vista del café—. De hecho, acabamos de casarnos.

—¿Recién casados? —Sus ojos se abren mínimamente. La pregunta está ahí entre los dos—. ¿Está de luna de miel? —Lo dice sin teatralidad, pero su expresión es tan confusa, su sentimiento de lástima tan mal disfrazado, que Liv no puede soportarlo. Ve a la *Esposa malhumorada* apartándose derrotada, una vida entera de contemplar esa leve vergüenza ajena en los demás. «Ah, ¿estás casada? ¿Y dónde está tu marido?».

¿Qué ha hecho?

—Lo siento mucho —dice, con la cabeza baja, recogiendo sus cosas de la mesa—. Tengo que irme.

—Olivia, por favor, no se vaya tan deprisa. Yo...

La sangre le palpita en los oídos.

—No. En serio. De todos modos, probablemente no debería estar aquí. Ha sido un placer conocerle. Muchas gracias por el café. Y..., ya sabe...

Ni siquiera le mira. Dibuja una sonrisa, la lanza a algún lugar hacia él, y huye, medio andando, medio corriendo, por la orilla del Sena de vuelta hacia Notre-Dame.

4

1912

A pesar de los vientos fríos y de la desagradable lluvia, el mercado Monge estaba lleno de gente haciendo la compra. Caminaba un paso por detrás de Mimi Einsbacher, que se movía entre los puestos contoneando las caderas con decisión mientras mantenía un parloteo constante desde que habíamos entrado.

«Uy, tienes que comprar de estos. A Édouard le encantan los melocotones españoles. Mira, parecen tan perfectos y maduros».

«¿Le has hecho langostinos? ¡Ah! Cómo devora los langostinos ese hombre...».

«¿Col? ¿Cebolla roja? ¿Estás segura? Esos ingredientes son muy... rústicos. ¿Sabes? Creo que puede que le guste algo un poco más sofisticado. Es que Édouard es un gran *gourmand*. Una vez fuimos a Le Petit Fils y se comió un menú *dégustation* entero con catorce platos. ¿Te lo imaginas? Cuando trajeron los *petits fours* pensé que iba a estallar. Pero él estaba tan feliz...». Meneó la cabeza, como si anduviera perdida en sus pensamientos. «Es un hombre de tanto apetito...».

Cogí un ramillete de zanahorias y las miré de cerca, tratando de parecer interesada en ellas. En algún lugar al fondo de mi mente había empezado una pulsación lejana y fuerte e intuía el comienzo de una jaqueca.

Mimi Einsbacher se detuvo delante de un puesto lleno de carnes. Intercambió unas palabras con el dependiente y luego cogió un tarro y lo levantó a la luz. Me miró de reojo desde debajo de su sombrero.

—Ah, no creo que te apetezca escuchar esos recuerdos..., Sophia. Eso sí, tengo que recomendarte el *foie gras.* Un capricho delicioso para Édouard. Si andas un poco... floja con la economía doméstica, estaría encantada de comprarlo como un regalito para él. Como vieja amiga. Sé lo errático que puede ser con estas cosas.

—Podemos mantenernos solos, gracias. —Cogí el tarro de sus manos y lo metí en mi cesta, entregando el dinero al dependiente. Era la mitad del dinero que nos quedaba para comida, pensé con furia contenida.

Ella ralentizó el paso de modo que no me quedó más remedio que caminar a su lado.

—Bueno... Gagnaire me ha dicho que Édouard no ha pintado nada en varias semanas. Es una lástima.

«¿Por qué tiene usted que hablar con el marchante de Édouard?», quise preguntarle, pero lo dejé pasar.

—Nos acabamos de casar. Ha estado... distraído.

—Tiene un enorme talento. No debería perder la concentración.

—Édouard dice que pintará cuando esté listo.

Fue como si no me hubiera oído. Se detuvo en el puesto de pastelería a contemplar una *tarte framboise.*

—*Framboises!* ¡En esta época del año! No sé qué está pasando con el mundo.

Por favor, que no se ofrezca a comprar esto también para Édouard, dije para mis adentros. Apenas me quedaba dinero para el pan. Pero Mimi tenía otras cosas en la cabeza. Compró una *baguette* pequeña, esperó mientras el dependiente la envolvía en papel, y se medio volvió hacia mí, bajando la voz.

—No te puedes imaginar cómo nos sorprendimos todos al saber que se había casado. Un hombre como Édouard. —Metió la *baguette* cuidadosamente a través del asa de su cesta—. Así que yo me preguntaba..., ¿debería darles la enhorabuena?

Me quedé mirándola, con su sonrisa luminosa y vacía. Y entonces vi que estaba mirando explícitamente a mi cintura.

—¡No!

Tardé varios minutos en darme cuenta de que me había insultado.

Quería decirle: «Édouard me rogó que me casara con él. Fue él quien insistió en ello. No soportaba la idea de que otro hombre me mirara. No soportaba la posibilidad de que vieran en mí lo que él veía».

Sin embargo, no quería compartir nada nuestro con ella. Ante su sonriente hostilidad, quería guardarme a Édouard y nuestro matrimonio para mí, donde no pudiera mellarlo, sesgarlo o hacer que pareciera algo que no era. Noté que me estaba sonrojando.

Se quedó quieta, mirándome.

—Oh, no debes ser tan sensible, Sophia.

—Sophie. Me llamo Sophie.

Apartó la mirada.

—Claro. Sophie. Pero mi pregunta no puede cogerte totalmente por sorpresa. Es normal que quienes conocen a Édouard desde hace más tiempo se sientan un poco posesivos con él. Al fin y al cabo... sabíamos muy poco de ti..., más allá de que... Eres dependienta en una tienda, ¿no?

—Lo era. Hasta que me casé con él.

—Y por supuesto tuviste que dejar tu... tienda. Qué lástima. Debes de echar de menos a tus amigas de la tienda. Comprendo perfectamente lo agradable que es estar inmersa en el círculo social de una, entre gente de tu clase.

—Estoy bastante contenta en el círculo de Édouard.

—Seguro que sí. Aunque puede resultar muy difícil hacer amigos de verdad cuando todo el mundo se conoce desde hace años. Cuesta mucho acceder a esas bromas compartidas, a tantas historias. —Sonrió—. Pero no me cabe duda de que lo estás haciendo bastante bien.

—Édouard y yo estamos más felices cuando estamos solos.

—Por supuesto. Pero no creas que él querrá seguir así mucho más tiempo, Sophia. Al fin y al cabo, es una criatura muy gregaria. A un hombre como Édouard hay que darle la máxima libertad.

Me estaba costando mantener la compostura.

—Habla como si me hubiera convertido en su carcelera. Nunca he querido hacer otra cosa que complacerle.

—Oh, estoy segura de ello. Y estoy segura de que eres bastante consciente de la suerte que tienes habiéndote casado con alguien como él. Simplemente me pareció prudente ofrecerte mi consejo. —Cuando vio que no contestaba, añadió—: Tal vez creas que soy muy impertinente, aconsejándote acerca de tu propio marido. Pero como sabes Édouard no sigue las normas de la *bourgeoisie,* así que me pareció que yo también podía permitirme salir de los límites de la conversación normal.

—Le estoy muy agradecida, madame. —Me pregunté si debería dar media vuelta y marcharme en ese momento, inventándome una cita que había olvidado. Ya había aguantado bastante.

Bajó la voz, se alejó un paso del puesto y me hizo un gesto para que hiciera lo propio.

—Bueno, pues si vamos a hablar francamente, creo que es mi responsabilidad aconsejarte en otra cosa. De mujer a mujer. Como sabrás, Édouard es un hombre de gran... apetito. —Me miró de manera significativa—. Estoy segura de que ahora estará encantado de la vida matrimonial, pero cuando empiece a pintar a otras mujeres, debes estar preparada... para que tenga ciertas libertades.

—¿Perdón?

—¿Quieres que te lo deletree, Sophia?

—Sophie. —Se me tensó la mandíbula—. Me llamo Sophie. Y sí, por favor, deletréemelo, madame.

—Siento mucho si lo que voy a decirte puede resultar descortés. —Esbozó una sonrisa deliciosa—. Pero... debes saber que no eres la primera modelo de Édouard con la que... ha mantenido relaciones.

—No la entiendo.

Me miró como si fuera estúpida.

—Las mujeres de sus lienzos... Hay una razón por la cual Édouard consigue esas imágenes, con tanta delicadeza y tanta fuerza, una razón por la que es capaz de retratar tanta... intimidad.

Creía saber lo que iba a decir a continuación, pero me quedé ahí y dejé que las palabras cayeran a mi alrededor, como filos de pequeñas guillotinas.

—Édouard es un hombre de pasiones veloces e impredecibles. Cuando se canse de la novedad de estar casado, Sophia, volverá a sus viejas costumbres. Si eres sensata, y estoy segura de que lo eres, dados tus orígenes... llamémoslos *prácticos...*, te aconsejaría que hicieras la vista gorda. Un hombre como él no puede estar confinado. Va contra su espíritu artístico.

Tragué saliva.

—Madame, he abusado demasiado de su tiempo. Me temo que ha llegado el momento de despedirnos. Gracias por su... consejo.

Di media vuelta y me alejé, con sus palabras resonando en los oídos, los nudillos blancos del esfuerzo para no golpear algo. Estaba a medio camino de la rue Soufflot cuando me di cuenta de que me había dejado la bolsa con las cebollas, la col y el queso en el suelo junto al puesto.

Édouard no estaba cuando llegué a casa. No me sorprendió mucho; su marchante y él solían irse a un bar cercano y hablar de negocios con copas de *pastis* o, si se hacía tarde, incluso absenta. Dejé mi cesta con el monedero y el tarro de *foie gras* en la zona de la cocina y fui hacia el aguamanil para echarme agua fría en las mejillas. La chica que me observaba desde el espejo era una criatura sombría. Tenía la boca tensa en una fina línea de ira, y las pálidas mejillas encendidas de color. Intenté sacar una sonrisa forzada para volver a ser la mujer que Édouard veía, pero no aparecía. Solo veía a aquella mujer flaca y vigilante, cuya felicidad parecía de pronto construida sobre arenas movedizas.

Me serví una copa de vino dulce, y me la bebí rápidamente. Luego otra. Nunca había bebido durante el día. El haber crecido cerca de mi padre y sus excesos había mermado mi apetito por la bebida hasta que conocí a Édouard.

Mientras estaba allí sentada en silencio, no dejaba de oír las palabras de Mimi: «Volverá a sus viejas costumbres. Las mujeres de sus lienzos... Hay una razón por la cual Édouard consigue esas imágenes...».

Y entonces arrojé la copa contra la pared, con un grito de angustia que envolvió el sonido del cristal rompiéndose.

No sé cuánto tiempo estuve tumbada sobre nuestra cama, perdida en una tristeza silenciosa. No quería levantarme. Mi hogar, el estudio de Édouard, ya no me parecía nuestro pequeño refugio. Era como si hubiera sido invadido por los fantasmas de amoríos pasados, y estuviera teñido de sus voces, sus miradas, sus besos.

No puedes pensar así, me reprendí. Pero mi mente corría como un caballo desbocado, enfilado en nuevas y terribles direcciones, y no podía ponerle las riendas.

Había empezado a oscurecer, y afuera se oía el canturreo entre dientes del hombre que encendía las farolas. Era un sonido que me solía tranquilizar. Me levanté con la vaga idea de recoger los cristales rotos antes de que llegara Édouard. Pero acabé yendo hacia sus lienzos, que estaban apilados contra la pared del fondo. Vacilé un instante delante de ellos, y empecé a sacarlos, observándolos uno por uno. Allí estaba Laure Le Comte, la *fille de rue,* con un vestido de sarga verde; otro de ella desnuda, apoyada contra una columna como una estatua griega, con los pechos pequeños y erectos como mitades de melocotón español. Emmeline, la chica inglesa del bar Brun, con las piernas desnudas enroscadas bajo ella sobre la silla, y el brazo colgando del respaldo. Había una morena anónima reclinada en una *chaise-longue,* con tirabuzones que caían sobre su hombro desnudo y la mirada como adormecida. ¿Se había acostado también con ella? Aquellos labios entreabiertos, pintados con tanto amor, ¿esperaban a los de Édouard? ¿Cómo había podido creerle inmune a aquella carne sedosa y desnuda, a esas enaguas astutamente arrugadas?

Oh, Dios, qué tonta he sido. Una tonta pueblerina.

Y allí, por fin, vi a Mimi Einsbacher, inclinada hacia un espejo, con la curva de la espalda desnuda perfectamente delineada bajo el implacable corsé, y la caída de su hombro como una pálida invitación. La había retratado amorosamente, con una línea fluida y empática de carboncillo. Estaba inacabado. ¿Qué hizo Édouard después de dibujar hasta ese punto? ¿Se le habría acercado por detrás, le habría puesto sus grandes manos sobre los hombros y habría posado sus labios donde el hombro se junta con el cuello? ¿Ese punto que siempre me hacía temblar de anhelo? ¿La habría tumbado suavemente en la cama —nuestra cama— murmurando palabras dulces y levantándole las faldas hasta que ella...?

Me apreté los puños contra los ojos. Estaba desatada, loca. Ni siquiera me había fijado en aquellos cuadros antes. Ahora sentía cada uno como una traición, una amenaza a mi felicidad futura. ¿Se había acostado con todas ellas? ¿Cuánto tiempo pasaría hasta que volviera a hacerlo?

Me quedé sentada mirándolas, odiando a cada una, y sin embargo incapaz de apartar los ojos, inventando para cada una vidas enteras de secretos, placeres, traiciones y naderías susurradas, hasta que el cielo en el exterior se tornó tan negro como mis pensamientos.

Le oí antes de que apareciera, silbando mientras subía las escaleras.

—¡Esposa! —exclamó al abrir la puerta—. ¿Por qué estás sentada en la oscuridad?

Soltó su enorme abrigo sobre la cama y recorrió el estudio, encendiendo las lámparas de acetileno, y las velas incrustadas en botellas de vino vacías, con el cigarrillo en la comisura de los labios mientras ajustaba las cortinas. Y entonces se me acercó y me rodeó con sus brazos, entornando los ojos bajo la media luz para ver mejor mi cara.

—Son solo las cinco. No te esperaba todavía. —Me sentía como si acabara de despertar de un sueño.

—¿Tan pronto después de casarnos? No podría dejarte mucho tiempo. Además, te he echado de menos. Jules Gagnaire no puede sustituir a tus encantos. —Acercó mi cara suavemente a la suya y me dio un tierno beso en la oreja. Olía a humo de tabaco y *pastis*—. No soporto estar lejos de ti, mi pequeña dependienta.

—No me llames eso.

Me levanté apartándome de él y fui hacia la cocina. Notaba su mirada ligeramente confundida siguiéndome. En realidad no sabía lo que estaba haciendo. La botella de vino dulce estaba vacía.

—Tendrás hambre.

—Yo siempre tengo hambre.

Es un hombre de gran apetito.

—Eh..., me he dejado la bolsa en el mercado.

—¡Ja! No tiene importancia. Yo tampoco he estado muy consciente gran parte de la mañana. Anoche fue una gran noche, ¿verdad? —dijo riendo por lo bajo, perdido en el recuerdo.

No contesté. Cogí dos platos y dos cuchillos, y los restos del pan de la mañana. Luego me quedé mirando el tarro de *foie gras.* No tenía mucho más que darle.

—La reunión con Gagnaire ha sido fantástica. Dice que la Galerie Berthoud en el decimosexto arrondissement quiere exponer los primeros paisajes. Ya sabes, el trabajo que hice en Cazouls. Dice que ya tiene un comprador para los dos más grandes. —Oí cómo descorchaba una botella de vino, y el sonido de las copas al posarlas sobre la mesa—. También le he contado nuestro nuevo sistema para cobrar mi dinero. Se quedó muy impresionado cuando le expliqué la hazaña de la otra noche. Ahora que os tengo a ti y a él trabajando conmigo, *chérie*, estoy seguro de que viviremos a lo grande.

—Me alegro —contesté, y dejé la cesta del pan delante de él.

No sé qué me había pasado. No podía mirarle. Me senté delante de él y le pasé el *foie gras* y un poco de mantequilla. Corté una naranja en cuartos y puse dos trozos en su plato.

—*Foie gras!* —Desenroscó la tapa—. Cómo me mimas, cariño. —Arrancó un pedazo de pan y lo untó con un poco del paté rosa claro. Le observé mientras comía, con la mirada clavada en mí, y por un breve instante deseé desesperadamente que nunca le hubiera gustado el *foie gras,* que lo odiara. Pero me lanzó un beso y se relamió los labios con entusiasmo—. Menuda vida llevamos tú y yo, ¿eh?

—Yo no elegí el *foie gras,* Édouard. Lo escogió Mimi Einsbacher para ti.

—Mimi, ¿eh? —Sus ojos se posaron en los míos durante un momento—. Bueno..., se le da bien la comida.

—¿Y otras cosas?

—¿Mmm?

—¿Qué más se le da bien a Mimi?

Mi comida seguía sin tocar en el plato. No podía comer. De todos modos, nunca me ha gustado el *foie gras,* la amarga consciencia de esa alimentación forzada, atiborrando a los gansos hasta que se les hinchan los órganos. El dolor que puede traer abusar de lo que amas.

Édouard dejó el cuchillo en su plato. Me miró.

—¿Qué pasa, Sophie?

No podía contestar.

—Pareces malhumorada.

—Malhumorada.

—¿Es por lo que te conté antes? Ya te dije, cariño, que fue antes de conocerte. Nunca te he mentido.

—¿Y volverás a acostarte con ella?

—¿Cómo?

—¿Cuando te aburras de la novedad de tu matrimonio? ¿Volverás a tus viejas costumbres?

—¿Qué es esto?

—¡Bah! Come, Édouard. Devora tu adorado *foie gras.*

Se quedó mirándome un buen rato. Al hablar, su voz sonó suave.

—¿Qué he hecho para merecer esto? ¿Te he dado la más mínima razón para dudar de mí? ¿No te he demostrado la máxima devoción?

—No se trata de eso.

—¿De qué se trata entonces?

—¿Cómo conseguías que te miraran así? —Mi voz sonó aguda.

—¿Quiénes?

—Esas mujeres. Las Mimis y las Laures. Las chicas de los bares y de la calle, y todas las malditas chicas que parecen pasar junto a nuestra puerta. ¿Cómo hiciste que posaran de ese modo para ti?

Édouard estaba anonadado. Al hablar, su boca tenía una mueca extraña.

—Del mismo modo que conseguí que posaras para mí. Se lo pedí.

—¿Y luego? ¿Les hiciste lo mismo que a mí?

Édouard bajó la mirada a su plato antes de contestar.

—Si no recuerdo mal, Sophie, fuiste tú la que me sedujo a mí la primera vez. ¿O no encaja con tu nueva versión de los hechos?

—¿Y se supone que eso debería hacerme sentir mejor? ¿Que yo fui la única de tus modelos con la que no quisiste acostarte?

Su voz estalló en el pequeño estudio.

—¿Qué pasa, Sophie? ¿Por qué quieres torturarte de este modo? Tú y yo somos felices. ¡Sabes que no he mirado a una mujer desde que nos conocimos!

Empecé a aplaudir, y cada palmada irrumpía afilada en el silencioso estudio.

—¡Bravo, Édouard! ¡Has sido fiel durante la luna de miel! ¡Qué admirable!

—¡Por el amor de Dios! —Se puso en pie delante de la mesa—. ¿Dónde está mi esposa? ¿Mi alegre, luminosa y cariñosa esposa? ¿Y quién es esta mujer que tengo en su lugar? ¿Esta tristeza desconfiada? ¿Esta acusadora con la cara encogida?

—Entonces, ¿es así como me ves en realidad?

—¿Es en eso en lo que te has convertido ahora que estamos casados?

Nos quedamos mirándonos fijamente. El silencio se expandió, llenando la habitación. Afuera, un niño rompió a llorar y se oía la voz de la madre, regañándole y tranquilizándole.

Édouard se pasó una mano por la cara. Respiró hondo y miró por la ventana, luego se volvió hacia mí.

—Sabes que no te veo así. Sabes que... Oh, Sophie, no entiendo de dónde viene esta furia. No sé qué he hecho para merecer tanto...

—¿Por qué no se lo preguntas a ellas? —Señalé bruscamente los lienzos. Mi voz salió como un sollozo—. Porque, al fin y al cabo, ¿qué va a entender una pobre dependienta de provincias sobre tu vida?

—Oh, eres imposible —dijo, y tiró su servilleta.

—Lo imposible es estar casada contigo. Y empiezo a preguntarme por qué te has molestado.

—Bueno, al menos no eres la única que se lo pregunta, Sophie. —Mi esposo me clavó la mirada, cogió su abrigo de nuestra cama, dio media vuelta y salió por la puerta.

5

2002

Cuando llama él, Liv está en el puente. No sabe cuánto tiempo lleva allí. Los laterales de metal están casi tapados por los candados con las iniciales de gente, y los turistas los recorren inclinándose sobre los pedazos de metal para leerlas, escritas con rotulador permanente o grabadas por los más previsores. Algunos se toman fotos señalando los candados que les parecen especialmente bellos o que acaban de colocar.

Recuerda que David le habló de ese lugar antes de venir, le contó que las parejas cerraban el candado y arrojaban las llaves al Sena en señal de su amor duradero, y que cuando las autoridades de la ciudad quitaron concienzudamente los candados volvieron a aparecer a los pocos días, grabados con amor eterno y las iniciales de amantes que dos años después puede que siguieran juntos o que se hubieran mudado a otro continente con tal de no respirar el mismo aire. También le explicó que el lecho del río bajo el puente tenía que drenarse regularmente para retirar la masa de llaves oxidándose.

Ahora está sentada en el banco, intentando no fijarse en ellos, más allá del simple espectáculo que forman con sus superficies relucientes. No quiere pensar en lo que significan.

—Nos vemos en el Pont des Arts —le había dicho. Nada más.

Puede que hubiera algo en su voz.

—Tardo veinte minutos —contestó él.

Le ve venir desde el museo del Louvre, con el azul de su camisa cada vez más vivo a medida que se acerca. Lleva pantalones caqui, y ella siente una punzada cuando piensa en lo mucho que le gusta mirarle. Su figura le resulta muy familiar, a pesar de lo poco que hace que se conocen. Observa su pelo suave y ondulado, los planos de su cara y su manera de caminar siempre con una pizca de impaciencia, como si quisiera llegar a lo siguiente. Y entonces ve que lleva al hombro la bolsa de cuero con sus planos.

¿Qué he hecho?

David no sonríe al acercarse, aunque es evidente que la ha visto. Cuando llega hasta ella ralentiza el paso, suelta la bolsa y se sienta a su lado.

Se quedan en silencio varios minutos, viendo pasar los barcos de turistas.

Finalmente, Liv dice:

—No puedo hacerlo.

Baja la vista hacia el curso del Sena, y entorna los ojos al mirar a la gente que sigue agachándose para examinar los candados.

—Creo que hemos cometido un terrible error. *He cometido* un error.

—¿Un error?

—Sé que soy impulsiva. Ahora veo que deberíamos haber ido más despacio. Deberíamos... habernos conocido mejor. Así que he estado pensando. Tampoco es que hayamos tenido una gran boda, ni nada de eso. Ni siquiera lo saben nuestros amigos. Podemos simplemente... Hacer como si no hubiera ocurrido. Los dos somos jóvenes.

—¿De qué estás hablando, Liv?

Le mira.

—David, todo me ha quedado claro mientras caminabas hacia aquí. Te has traído los planos.

La mueca es levísima, pero Liv la ve.

—Sabías que ibas a reunirte con los Goldstein. Cogiste la bolsa con tus planos y te la trajiste a tu luna de miel.

David clava los ojos en el suelo.

—No lo sabía. Tenía esperanzas.

—¿Y se supone que eso debería hacerme sentir mejor?

Se quedan en silencio otra vez. David se inclina hacia delante, juntando las manos sobre las rodillas. Luego la mira de lado, con cara de preocupación.

—Te quiero, Liv. ¿Tú ya no me quieres?

—Sí. Mucho. Pero no puedo... No puedo hacer esto. No puedo ser la mujer en la que esto me convierte.

Él niega con la cabeza.

—No lo entiendo. Es una locura. Solo me he ido un par de horas.

—No se trata de este par de horas. Era nuestra luna de miel. Es un ejemplo de cómo vamos a vivir.

—Pero ¿cómo va a ser una luna de miel un ejemplo de un matrimonio? La mayoría de la gente se va a tirar a una playa dos semanas, por Dios. ¿Crees que así es como va a ser el resto de su vida?

—¡No tergiverses mis palabras! Sabes lo que quiero decir. Se supone que este era el momento en que tú...

—Solo es este edificio...

—Oh, este edificio. Este edificio. Este puto edificio. Siempre va a haber un edificio, ¿verdad?

—No. Este es especial. Quieren...

—Quieren volver a reunirse contigo.

Suelta una exhalación, se le tensa la mandíbula.

—No es una reunión —dice—. Es una comida. Mañana. En uno de los mejores restaurantes de París. Y tú también estás invitada.

Se reiría si no estuviera a punto de llorar. Cuando por fin habla, su voz suena extrañamente serena.

—Lo siento, David. Ni siquiera te culpo por ello. La culpa es mía. Estaba tan colada por ti que no vi más allá. No comprendí que estar casada con alguien tan consumido por su trabajo me convertiría en... —Su voz se espesa.

—¿En qué? Yo sigo queriéndote, Liv. No lo entiendo.

Liv se frota los ojos.

—No me estoy expresando muy bien. Mira..., ven conmigo. Quiero enseñarte algo.

Es un corto paseo hasta el Museo d'Orsay. Ahora hay menos cola y avanzan en silencio durante diez minutos hasta llegar a la entrada. Liv nota intensamente su presencia y esta nueva incomodidad que ha surgido entre ellos. Una parte de ella aún no puede creer que su luna de miel vaya a acabar así.

Llama al ascensor, esta vez segura de adónde se dirige, y David la sigue. Atraviesan las salas de los impresionistas en la planta superior, evitando los grupos de gente de pie contemplando las obras. Hay otro grupo de escolares delante de *Almuerzo sobre la hierba* con el mismo guía entusiasta explicándoles el escándalo de la mujer desnuda. Liv piensa en la ironía de que ya tiene a su marido ahí, donde le quería esa misma mañana, pero es demasiado tarde. Demasiado tarde para todo.

Y por fin llegan ante el pequeño cuadro.

Lo mira, y David da un paso hacia el lienzo.

—*Esposa malhumorada* —lee—, de Édouard Lefèvre. —Lo observa un momento y se vuelve hacia ella, esperando una explicación.

—Pues... La vi esta mañana... A esta triste esposa descuidada. Y simplemente me di cuenta. No quiero ser así. De repente sentí como si todo nuestro matrimonio fuera a ser así: yo sedienta de tu atención, y tú incapaz de dármela. Y me dio miedo.

—Nuestro matrimonio no va a ser así.

—No quiero ser la esposa que se siente ignorada, hasta en su luna de miel.

—Liv, no estaba ignorándote...

—Pero hiciste que sintiera que yo no importaba, y precisamente en el momento en el que podía esperar que disfrutaras de estar juntos, que quisieras estar solo conmigo. —Su voz se agudiza, se vuelve intensa—. Quería pasear entre los barecitos de París y sentarme a tomar copas de vino sin motivo, con mi mano entre las tuyas. Quería que me contaras cómo eras antes de conocernos, y lo que deseabas. Quería contarte todo lo que tenía planeado para nuestra vida juntos. Quería mucho sexo. *Mucho* sexo. No quería caminar por museos sola y tomar café con hombres a los que ni siquiera conozco, solo para matar el tiempo.

No puede evitar sentir una pizca de satisfacción cuando la mira de reojo.

—Y al ver este cuadro todo cobró sentido. Esta soy yo, David. Así es como seré. Esto es lo que va a pasar. Porque ni siquiera ahora eres capaz de ver nada malo en pasar dos..., no, tres de los cinco días de una luna de miel pidiendo trabajo a un par de hombres de negocios ricachones. —Traga saliva, y se le quiebra la voz—. Lo siento. Yo... no puedo ser esta mujer. Simplemente no puedo. Es lo que fue mi madre, y me aterra.

—Se enjuga los ojos, agachando la cabeza para evitar las miradas curiosas de la gente que pasa.

David sigue mirando el cuadro. No dice nada en varios minutos. Y entonces se vuelve hacia ella, pálido.

—Vale, lo entiendo. —Se pasa una mano por el pelo—. Y tienes razón. En todo. He..., he sido increíblemente estúpido. Y egoísta. Lo siento.

Se quedan en silencio mientras una pareja alemana se detiene delante del cuadro e intercambia unas palabras antes de seguir adelante.

—Pero... te equivocas con este cuadro.

Ella le mira.

—No es una mujer ignorada. No veo indicios de una relación fracasada. —Se acerca un poco, y la coge suavemente del brazo mientras señala—. Mira cómo la ha pintado, Liv. No quiere que esté enfadada. Él sigue mirándola. Fíjate en la ternura de sus pinceladas, cómo ha coloreado su piel ahí. La adora. No puede soportar que esté enfadada. No puede dejar de mirarla incluso cuando está furiosa con él. —Respira hondo—. Está ahí, y no se va a ir, por mucho que la haya enfurecido.

Los ojos de Liv se han llenado de lágrimas.

—¿Qué estás diciendo?

—No creo que este cuadro tenga que significar el fin de nuestro matrimonio. —Extiende la mano, coge la de ella y la sostiene hasta que los dedos de Liv se relajan entre los de él—. Porque lo miro y veo lo contrario. Sí, algo ha ido mal. Sí, no es feliz en ese momento, en ese preciso momento. Pero cuando la miro, a ella, a los dos, *esto*, Liv, solo veo una imagen llena de amor.

6

1912

Empezaba a lloviznar cuando me eché a caminar por las calles alrededor del Barrio Latino poco después de medianoche. Varias horas más tarde, llevaba mi sombrero de fieltro calado, de modo que las gotas me resbalaban por la nuca, pero apenas las notaba, de lo empapada que estaba en mi pena.

Parte de mí quería esperar a que regresara Édouard, pero no podía quedarme en nuestra casa, no con aquellas mujeres, con la idea de las futuras infidelidades de mi marido acechándome. No dejaba de ver el dolor en sus ojos y de oír la rabia en su voz. *¿Quién es esta acusadora con la cara encogida?* Ya no me veía como la mejor versión de mí misma, y ¿cómo culparle? Me había visto como yo sabía que era en realidad: sosa, provinciana, una dependienta invisible. Había acabado atrapado en un matrimonio por un ataque de celos, por su creencia pasajera de que necesitaba asegurar mi amor.

Ahora se arrepentía de las prisas. Y yo le había hecho ser consciente de ello.

Por un momento me planteé hacer la maleta y marcharme sin más. Pero cada vez que ese pensamiento pasaba por mi mente febril, la respuesta volvía de inmediato: le amaba. La idea de la vida sin él era insoportable. ¿Cómo podía volver a St. Péronne y vivir como una solterona, cuando ya sabía lo que era sentir el amor? ¿Cómo soportar la idea de que él vivía en algún lugar, a kilómetros de distancia de donde yo estaba? Incluso cuando Édouard salía de la habitación, sentía su ausencia como una extremidad dolorida. Mi necesidad física de él seguía sobrepasándome. Y tampoco podía volver a casa a las pocas semanas de haberme casado.

Sin embargo, había un problema: yo siempre sería una pueblerina. No podía compartir a mi marido, como aparentemente hacían las parisinas, y hacer la vista gorda ante sus indiscreciones. ¿Cómo podía vivir con Édouard y afrontar la posibilidad de que volviera a casa oliendo a otra mujer? Aunque no pudiera estar segura de su deslealtad, ¿cómo podía entrar en nuestra casa y ver a Mimi Einsbacher, o a cualquiera de aquellas mujeres, posando desnudas para él sobre nuestra cama? ¿Qué se suponía que debía hacer yo? ¿Desaparecer en un cuarto trasero? ¿Ir a dar un paseo? ¿Quedarme a vigilarles? Édouard me odiaría. Me vería como la carcelera que Mimi Einsbacher consideraba que era ya.

Ahora comprendía que ni siquiera me había planteado lo que el matrimonio supondría para nosotros. No podía ver más allá de su voz, sus manos, sus besos. No veía más allá de mi propia vanidad, ofuscada como estaba por el reflejo que había visto de mí misma en sus cuadros y en sus ojos.

Y ahora ese polvo mágico se había esfumado, y yo quedaba... como una esposa, una acusadora de cara encogida. Y no me gustaba esa versión de mí misma.

Recorrí todo París, a lo largo de la rue de Rivoli, subiendo hasta la avenida Foch y bajando por las calles traseras de Invalides, ignorando las miradas curiosas de los hombres, los silbidos de los borrachos, un dolor cada vez mayor en mis pies al caminar sobre los adoquines, apartándome de la mirada de los transeúntes para que no vieran las lágrimas que inundaban mis ojos. Lloraba por el matrimonio que ya había perdido. Por el Édouard que solo había visto lo mejor de mí. Echaba de menos nuestra intensa felicidad juntos, la sensación de ser impenetrables, inmunes al resto del mundo. ¿Cómo habíamos llegado a esto tan pronto? Anduve tan perdida en mis pensamientos que ni siquiera me di cuenta de que se había hecho de día.

—¿Madame Lefèvre?

Al volverme vi a una mujer aparecer de entre las sombras. Cuando se puso bajo la luz tenue de las farolas, vi que era la chica que Édouard me había presentado la noche de la pelea en el bar Tripoli, tuve que esforzarme un poco por recordar su nombre, Laure.

—No son horas para que una dama esté aquí fuera, madame —dijo, mirando calle arriba. No sabía qué contestar. Tampoco estaba segura de ser capaz de hablar. Recordé lo que una vez una de las chicas de La Femme Marché me dijo al ver acercarse a Édouard: «Se junta con las chicas de Pigalle».

—No tengo ni idea de qué hora es. —Levanté la vista al reloj. Las cinco menos cuarto. Llevaba toda la noche caminando.

Su rostro seguía en la sombra, pero noté cómo me observaba.

—¿Se encuentra bien?

—Muy bien. Gracias.

No dejaba de mirarme. Dio un paso hacia delante y me tocó suavemente el codo.

—No creo que este sea un buen lugar para que una mujer casada ande sola. ¿Le gustaría tomar una copa conmigo? Conozco un bar calentito que no está lejos de aquí.

Al ver que dudaba me soltó el brazo y dio varios pasos hacia atrás.

—Claro, si tiene otros planes, lo entiendo.

—No. Es muy amable. Me encantaría tener una excusa para salir de este frío. Yo..., creo que no me había dado cuenta de que estaba helada hasta ahora mismo.

Caminamos en silencio por dos callejuelas estrechas, y giramos hacia una ventana con luz en el interior. Un hombre chino se apartó del portón para dejarnos entrar, y ella intercambió unas breves palabras con él. El bar estaba caldeado y tenía las ventanas empañadas de vapor; unos cuantos hombres seguían bebiendo. Según me dijo mientras me guiaba hacia el fondo, la mayoría eran conductores de calesa. Laure Le Comte pidió algo en la barra y me senté en una mesa de la parte trasera. Me quité la capa mojada de los hombros. La pequeña sala era ruidosa y alegre; los hombres estaban reunidos en torno a una partida de cartas en la esquina. Vi mi cara reflejada en el espejo que recorría la pared: estaba pálida y mojada, con el pelo pegado a la cabeza. ¿Por qué iba a quererme solamente a mí?, me pregunté, y luego intenté apartar ese pensamiento de la mente.

Un camarero anciano llegó con una bandeja, y Laure me dio una pequeña copa de coñac. Una vez allí sentadas, no se me ocurría nada que decirle.

—Es bueno que hayamos entrado ahora —dijo mirando hacia la puerta. La lluvia había empezado a caer con fuerza y corría por las aceras como ríos, arremolinándose en las alcantarillas.

—Eso creo.

—¿Está en casa monsieur Lefèvre?

Había utilizado su nombre formal, a pesar de que le conocía desde hacía más tiempo que yo.

—No tengo ni idea. —Le di un sorbo a mi copa. Bajó como fuego por mi garganta. Y de pronto, me puse a hablar. Tal vez fuera la desesperación. Tal vez el saber que una mujer como Laure había visto tantos tipos de mal comportamiento que no le sorprendería nada de lo que tenía que contarle. Tal vez simplemente quisiera ver su reacción. No estaba segura de si, después de todo, ella también era una de aquellas mujeres que ahora tenía que ver como una amenaza.

—Yo estaba de muy mal humor. Me pareció mejor... pasear.

Asintió y se permitió una pequeña sonrisa. Noté que llevaba el cabello recogido en un moño en la nuca, un peinado más característico de una maestra de escuela que de una mujer de la noche.

—Yo nunca he estado casada. Pero puedo imaginar que le cambia la vida a una hasta hacerla irreconocible.

—Cuesta adaptarse. Yo creía que estaba hecha para ello. Ahora... no estoy segura de tener el carácter adecuado para sus desafíos. —Mientras hablaba me sorprendía de mí misma. No era de esas mujeres dadas a las confidencias. La única persona en la que había confiado era mi hermana, y, en su ausencia, solo había querido hablar con Édouard.

—¿Considera a Édouard... un desafío?

Ahora veía que era mayor de lo que en un principio pensé; una aplicación hábil de colorete y pintalabios le daba un rubor de juventud. Sin embargo, había algo en ella que me hacía querer seguir hablando; un indicio de que lo que le contara no saldría de allí. Me pregunté distraídamente qué habría hecho aquella noche, qué otros secretos escuchaba cada día.

—Sí. No. No a Édouard exactamente. —No era capaz de explicarlo—. No sé. Lo..., lo siento. No debería haberla abrumado con mis pensamientos.

Pidió otro coñac para mí. Y entonces se sentó y dio un sorbo al suyo, como si estuviera valorando cuánto decir. Finalmente, se inclinó un poco hacia delante y habló suavemente.

—No le sorprenderá, madame, que me considere una especie de experta en el carácter de los caballeros casados.

Noté que me había sonrojado ligeramente.

—No tengo ni idea de qué la ha traído hasta aquí esta noche, y creo que nadie de fuera puede hablar con ninguna autoridad sobre lo que ocurre dentro de los límites de un matrimonio. Pero sí puedo decirle esto: Édouard la adora. Lo puedo decir con bastante confianza, pues he visto a muchos hombres, y también a unos cuantos que estaban de luna de miel.

Levanté la vista, y ella arqueó una ceja con ironía.

—Sí, de luna de miel. Antes de conocerla podría haber apostado con confianza que Édouard Lefèvre nunca se casaría. Que habría seguido perfectamente cómodo con la vida que llevaba. Y entonces la conoció a usted. Y sin ninguna coquetería, ni artimañas, se ganó su corazón, su mente, hasta su imaginación. No infravalore lo que siente por usted, madame.

—Y a las otras mujeres, ¿se supone que debo ignorarlas?

—¿Otras mujeres?

—Me han dicho... que Édouard no es del tipo de hombre que se da felizmente a... la exclusividad.

Laure me miró fijamente.

—¿Y qué criatura venenosa le ha dicho eso? —Mi rostro debió delatarme—. Sea lo que sea lo que ha sembrado ese consejero en su mente, madame, parece haberlo hecho con destreza.

Dio otro sorbito a su coñac.

—Le diré una cosa, madame, y espero que no se ofenda, porque va con buena intención. —Se inclinó hacia delante, sobre la mesa—. De acuerdo, tampoco yo creía que Édouard fuera de la clase de hombres que se casan. Pero cuando les vi juntos la otra noche a la entrada del bar Tripoli, cómo la miraba, cómo se enorgullecía de usted, la ternura con la que ponía la mano sobre su espalda, cómo la contempla buscando su aprobación prácticamente con cada cosa que dice o hace, supe que encajaban a la perfección. Y vi que Édouard era feliz. Muy feliz.

Me quedé callada, escuchando.

—Y le admito que cuando nos conocimos sentí vergüenza, una emoción rara en mí. Porque en los últimos meses, en varias ocasiones que posé para Édouard, o incluso cuando le veía, tal vez volviendo a casa de algún bar o restaurante, me ofrecí a él gratis. Verá, siempre me ha gustado mucho. Y desde que la conoció a usted, ha declinado siempre con una delicadeza inusual, pero sin dudar.

Afuera, la lluvia había parado de golpe. Un hombre estiró la mano por la puerta y dijo algo a su amigo que les hizo reír a ambos.

La voz de Laure sonó como un murmullo:

—El mayor peligro para su matrimonio, si puedo ser sincera, no es su marido. Es que las palabras de ese llamado consejero la conviertan en aquello que usted y su marido temen.

Laure apuró su copa, se cubrió los hombros con el chal y se levantó. Comprobó su aspecto en el espejo, se arregló un mechón de pelo, y miró hacia la ventana.

—*Et voilà,* la lluvia ha parado. Puede que este sea un buen día. Vuelva a casa con su marido, madame. Disfrute de su buena fortuna. Sea la mujer que él adora.

Me sonrió un instante.

—Y en el futuro, elija a sus consejeros con mucho cuidado.

Haciendo un comentario al propietario, salió del bar a la luz húmeda y azul del amanecer. Me quedé allí sentada, digiriendo lo que me había dicho, sintiendo cómo el cansancio calaba mis huesos, junto con otra sensación: un alivio profundo, muy profundo.

Llamé al viejo camarero para que me trajera la cuenta. Encogiéndose de hombros me dijo que madame Laure ya lo había pagado, y continuó sacando brillo a sus copas.

El apartamento estaba tan silencioso cuando subí por las escaleras que supuse que Édouard estaría dormido. Siempre que él estaba en casa era una constante fuente de ruido, cantando o silbando, o escuchando su gramófono a un volumen tan alto que los vecinos acababan aporreando las paredes irritados. Los gorriones charlaban en la hiedra que cubría nuestros muros, y el sonido lejano de las herraduras de los caballos sobre los adoquines hablaba de una ciudad despertando lentamente, pero el pequeño apartamento en lo alto de la rue Soufflot 21A estaba completamente en silencio.

Traté de no pensar en dónde habría estado, ni en qué estado de ánimo. Me quité los zapatos y subí apresuradamente el último tramo de escalera, con el ruido de mis pisadas amortiguado por la madera de los escalones, deseando ya meterme en la cama a su lado y envolverle con mis brazos. Le diría lo mucho que lo sentía, que le adoraba, que había sido una tonta. Sería la mujer con la que se casó.

En mi cabeza zumbaba la necesidad de él. Abrí sigilosamente la puerta del apartamento, imaginándole tumbado en un revoltijo bajo las sábanas y la colcha, y su brazo alzándose adormecido para abrirlas y dejarme entrar. Sin embargo, al mirar mientras me quitaba la capa de los hombros, vi que la cama estaba vacía.

Dudé, pasé por delante de la zona del dormitorio y fui hacia el estudio principal. De pronto sentí un extraño nerviosismo, no sabía si era bienvenida.

—¿Édouard? —dije.

No hubo respuesta.

Entré. El estudio estaba tenuemente iluminado, con las velas que había dejado encendidas al salir apresuradamente del apartamento, y la ventana alargada brillando con un azul frío de la primera luz de la mañana. El fresco en el aire sugería que la lumbre llevaba horas apagada. Al fondo de la habitación, junto a los lienzos, estaba Édouard, con su camisola y sus pantalones anchos, de espaldas a mí, contemplando un cuadro.

Me quedé en el umbral de la puerta observando a mi marido, su ancha espalda, su cabello oscuro y denso, antes de que se diera cuenta de que estaba allí. Se volvió y vi en sus ojos una fugaz desconfianza —¿*qué va a pasar ahora?*— que me dolió.

Me acerqué a él con los zapatos en la mano. Mientras venía por la rue de Babylone me había imaginado arrojándome en sus brazos. Pensaba que no sería capaz de contenerme. Sin embargo, en la habitación silenciosa e inmóvil, algo me retuvo. Me paré a unos centímetros de él, sin apartar los ojos de los suyos, y finalmente me volví a mirar el caballete.

La mujer en el lienzo estaba agachada hacia delante, con la cara muda y furiosa, y su oscuro cabello pelirrojo recogido holgadamente en la nuca como yo lo llevaba la noche anterior. Su cuerpo transmitía tensión, una infelicidad profunda, y el no mirar directamente al artista era una reprimenda silenciosa. Se me hizo un nudo en la garganta.

—Es... perfecto —dije, cuando por fin logré hablar.

Se volvió hacia mí y vi que estaba exhausto, con los ojos rojos por la falta de sueño, u otra cosa. Quería enjugarle la tristeza del rostro, retirar mis palabras, hacer que fuera feliz de nuevo.

—¡Ay, he sido tan estúpida...! —empecé a farfullar. Pero él se me adelantó y se acercó, abrazándome.

—No vuelvas a dejarme, Sophie —me dijo suavemente al oído, y su voz estaba llena de emoción.

No hablamos. Nos abrazamos muy fuerte, como si hiciera años y no horas que nos hubiéramos separado.

Su voz sobre mi piel sonaba rasgada y rota.

—Tenía que pintarte porque no podía soportar que no estuvieras aquí, y era la única manera de traerte de vuelta.

—Estoy aquí —murmuré. Metí los dedos entre su pelo, acercando mi cara a la suya, respirando el aire que él respiraba—. No volveré a dejarte. Nunca.

—Quería pintarte tal como eres. Pero todo lo que me venía era esta Sophie furiosa e infeliz. Y solo pensaba en que yo soy la causa de su infelicidad.

Negué con la cabeza.

—No fuiste tú, Édouard. Olvidemos esta noche. Por favor.

Extendió una mano y apartó el caballete de mi vista.

—Entonces no terminaré esto. Ni siquiera quiero que lo mires. Oh, Sophie. Lo siento. Lo siento tanto...

Entonces le besé. Le besé y me aseguré de que ese beso expresara que le adoraba desde mis huesos, que mi vida antes de él había sido gris e incolora, y que un futuro sin él sería aterrador y negro. Le dije en ese beso que le quería más de lo que había imaginado ser capaz de querer a nadie. Mi marido. Mi apuesto, complicado y brillante marido. No podía ponerlo en palabras: mis sentimientos eran demasiado grandes para ellas.

—Ven —dije finalmente y, entrelazando mis dedos con los suyos, le llevé de la mano hasta nuestra cama.

Un rato más tarde, cuando la calle había cobrado vida con los ruidos de la mañana ya avanzada, los vendedores de fruta ya habían terminado su ronda y el olor del café que entraba flotando por la ventana era insoportablemente delicioso, me separé con cuidado de Édouard para levantarme de la cama, con el sudor aún enfriándose en mi espalda y su sabor todavía en los labios. Crucé el estudio, encendí la lumbre, y una vez en marcha me puse de pie y giré el lienzo. La miré con atención, la ternura de sus líneas, la intimidad que había en todo, la representación perfecta de mí, de un instante.

Y entonces me volví hacia él.

—Tienes que terminarlo, ¿sabes?

Se incorporó apoyándose sobre un codo, mirándome con los ojos entornados.

—Pero... pareces muy infeliz.

—Puede ser. Pero es la verdad, Édouard. Siempre muestras la verdad. Es tu gran talento. —Me estiré, levantando los brazos sobre la cabeza y dejándolos caer, disfrutando de saber que me observaba. Me encogí de hombros—. Y, la verdad, supongo que tenía que haber un día en que nos enfadáramos. La *lune de miel* no puede prolongarse para siempre.

—Sí que puede —contestó, esperándome mientras caminaba descalza lentamente hacia él. Me metió en la cama de nuevo y se quedó mirándome desde el otro extremo de la almohada, con una sonrisa arrepentida—. Puede durar todo lo que queramos. Y, como amo de esta casa, decreto que todos los días de nuestro matrimonio sean una luna de miel.

—Me siento completamente sometida a la voluntad de mi marido. —Suspiré, acurrucándome entre sus brazos—. Lo hemos intentado, y hemos visto que ser desagradables y estar de mal humor no nos va. Yo también tengo que decretar que el resto de nuestro matrimonio sea solamente luna de miel.

Nos quedamos en un agradable silencio, con mi pierna cruzada sobre la suya, la cálida piel de su estómago contra el mío, y el peso de su brazo sobre mis costillas, de donde me tenía agarrada contra él. No creía haberme sentido nunca tan feliz en la vida. Aspiré el olor de mi marido, sintiendo cómo subía y bajaba su pecho, hasta que por fin el sueño pudo conmigo. Empecé a quedarme dormida, flotando hacia un lugar cálido y placentero, que tal vez me lo parecía más todavía al recordar dónde había estado. Y entonces empezó a hablar.

—Sophie —murmuró—. Ya que nos estamos sincerando tanto, tengo que contarte una cosa.

Abrí un ojo.

—Y espero que no hiera tus sentimientos.

—¿De qué se trata? —Mi voz sonó como un susurro, mi corazón estaba a punto de detenerse.

Dudó un instante, y cogió mi mano entre las suyas.

—Sé que me lo compraste como algo especial. Pero la verdad es que no me gusta comer *foie gras.* Nunca me ha gustado. Solo estaba intentando ser agra...

No logró terminar su frase. Porque ya le había parado su boca con la mía.

7

2002

No puedo creer que me llames en tu luna de miel.

—Sí, bueno. David está abajo arreglando algo en el vestíbulo. Pensé que hoy sería un día aún mejor si podía mantener una conversación de un par de minutos.

Jasmine pone la mano sobre el auricular.

—Voy al aseo de señoras para que Besley no me vea. Espera. —El ruido de una puerta cerrándose, y pasos apresurados. Casi puedo ver la oficina atestada delante de la papelería, los coches avanzando lentamente por Finchley Road, y el olor a plomo de la gasolina suspendido en el aire pegajoso del verano—. Venga. Cuéntamelo todo. En unos veinte segundos. ¿Caminas como John Wayne ya? ¿Te lo estás pasando como nunca?

Miro a mi alrededor en la habitación del hotel, la cama deshecha de la que se acababa de levantar David, la maleta que yo acababa de empezar a hacer con poco entusiasmo sobre el suelo.

—Ha sido... un poco raro. Adaptándome al hecho de estar casada. Pero estoy muy feliz.

—¡Oh! Qué envidia. Anoche tuve una cita con Shaun Jeffries. ¿Te acuerdas de él? ¿El hermano de Fi? ¿El de las uñas horribles? La verdad es que no tengo ni idea de por qué acepté. No paraba de rajar sobre sí mismo. Creo que esperaba que me impresionara el hecho de que tenga un dúplex en Friern Barnet.

—Es una buena zona. Emergente.

—Y el dúplex en sí tiene mucho potencial.

Empiezo a reírme.

—Es importante estar al tanto del mercado inmobiliario.

—Especialmente a nuestra edad. Imposible equivocarse invirtiendo en ladrillo.

—Tiene una pensión. Venga. Dime que tiene una pensión.

—Claro que tiene pensión. Y se actualiza con el IPC. Y llevaba zapatos grises, insistió en pagar a medias y pidió la botella más barata del restaurante «porque después de la primera copa todo sabe igual». Oh, Worthing, ojalá hubieras vuelto ya. Necesito una copa desesperadamente. Esto de las citas es una mierda. Has hecho lo correcto.

Me recuesto sobre la cama y me quedo mirando el techo, blanco y minuciosamente adornado como una tarta.

—¿Qué? ¿Aunque sea demasiado impulsiva y no deba confiar en mis instintos?

—¡Sí! Ojalá fuera yo más impulsiva. Me habría casado con Andrew cuando me lo pidió y ahora probablemente viviría en España en lugar de estar atrapada en esta oficina preguntándome si podré escaparme a las cinco menos veinte para arreglar el impuesto del coche. En fin... Ay, Dios, me tengo que ir. Besley acaba de entrar en los aseos. —Levanta la voz, cambia de tono—. Claro, señora Halston. Muchas gracias por llamar. Seguro que hablamos pronto.

Liv cuelga el teléfono en el mismo momento en que David regresa. Lleva una caja de bombones de Patrick Roger.

—¿Qué es esto?

—La cena. Ahora suben un poco de champán para acompañarlos.

Liv suelta una risilla encantada, quita el envoltorio a la preciosa caja de color turquesa, se mete un bombón en la boca y cierra los ojos.

—Oh, Dios, están increíbles. Entre estos y la comida pija de mañana voy a volver a casa como un tonel.

—He cancelado la comida.

Liv alza la vista.

—Pero te dije que...

David se encoge de hombros.

—No. Tenías razón. Basta de trabajo. Algunas cosas deberían ser sagradas.

Liv se mete otro bombón en la boca, le ofrece la caja.

—Ay, David..., empiezo a pensar que reaccioné exageradamente. —Los acontecimientos de la tarde, con su emoción febril, parecen haber ocurrido hace mucho. Siente como si llevaran una vida entera casados desde entonces.

Él se quita la camisa por la cabeza.

—No. Tenías todo el derecho a esperar toda mi atención en nuestra luna de miel. Lo siento. Supongo..., supongo que tengo que aprender a recordar que ahora somos dos, no solo yo.

Y ahí está otra vez. El hombre del que se enamoró. *Mi marido.* De repente siente que le quema el deseo.

Él se sienta a su lado, y ella se desliza hacia él mientras sigue hablando.

—¿Quieres oír algo irónico? He llamado a los Goldstein desde abajo, respiré hondo y les expliqué que no podía sacar más tiempo esta semana, que era mi luna de miel.

—¿Y?

—Que se han puesto furiosos conmigo.

El siguiente bombón se queda a medio camino de su boca. Se le forma un nudo en el estómago.

—Ay, Dios, lo siento.

—Sí, absolutamente furiosos. Me han dicho que qué demonios creía que estaba haciendo dejando a mi mujer sola para hablar de negocios. «Esa no es forma de empezar un matrimonio», fueron sus palabras textuales. —La mira de reojo, sonriendo.

—Siempre me han caído bien esos Goldstein —dice ella, metiéndose el bombón en la boca.

—Dicen que esto es único, un momento de nuestras vidas que nunca volveré a tener.

—De hecho creo que les amo.

—Les vas a amar todavía más en un momento. —Se levanta, va hacia el ventanal que da al balcón y lo abre de par en par. El sol de la tarde entra a raudales en la pequeña habitación, mientras los sonidos de la rue des Francs Bourgeois, atestada de turistas y perezosos compradores, llena el espacio. David se quita los zapatos, los calcetines y los pantalones y se sienta en la cama, volviéndose hacia ella—. Dicen que se sienten responsables en parte de haberme separado de ti. Así que nos han ofrecido utilizar su suite en el Royal Monceau mañana, para compensarte. Servicio de habitaciones, una bañera del tamaño de un crucero, champán de grifo y ninguna razón para salir de la suite. Dos noches. La razón por la que he tardado tanto abajo es porque me he tomado la libertad como marido de cambiar los billetes de vuelta. ¿Qué te parece?

Se queda mirando a Liv, y en sus ojos sigue habiendo una pizca de incertidumbre.

—Evidentemente significaría otras cuarenta y ocho horas con un hombre que, según nuestros simpáticos millonarios locales, es un maldito idiota.

Ella le mira con serenidad.

—Los malditos idiotas son mi tipo de marido preferido.

—Esperaba que dijeras eso.

Se dejan caer sobre las almohadas y se quedan así, el uno junto al otro, con los dedos entrelazados.

Liv mira por la ventana el cielo todavía iluminado de la Ciudad de la Luz, y nota que está sonriendo. Está casada. Está en París. Mañana desaparecerá en una cama inmensa con el hombre al que ama, y probablemente no salga en dos días. Parece imposible que la vida sea mejor.

Pero espera que sí.

—Acabaré haciéndolo bien, señora Halston —murmura él, volviéndose a mirarla y llevándose sus dedos a los labios—. Puede que tarde un poco con todo esto del matrimonio, pero lo conseguiré. —Tiene dos pecas en la nariz. Liv no las había visto antes. Son las pecas más bonitas que ha visto nunca.

—No pasa nada, señor Halston —contesta, y se estira hacia atrás para dejar la caja de bombones sobre la mesilla, quitándola de en medio—. Tenemos todo el tiempo del mundo.

EL ABRIGO DEL AÑO PASADO

*E*l forro del abrigo casi ha desaparecido. Evie lo levanta y pasa el dedo por la costura rasgada, preguntándose si habrá alguna forma de volver a unir los finos bordes de tela deshilachada. Le da la vuelta, observando la lana raída, el ligero brillo en los codos, y comprende que no tiene mucho sentido.

Sabe exactamente lo que compraría en su lugar. Lo ve dos veces al día al pasar por delante del escaparate de una tienda, y ralentiza un poco el paso para mirarlo. De color azul marino, con cuello plateado de lana de cordero; lo bastante clásico como para que dure varios años, y lo bastante distinto como para no parecerse a cualquier abrigo de una cadena de tiendas. Es precioso.

Y cuesta ciento ochenta y cinco libras.

Evie baja la cabeza y sigue andando.

Hace no mucho, se habría comprado el abrigo. Lo habría llevado durante la hora de la comida, se lo habría puesto para enseñárselo a las chicas de marketing, lo habría llevado a casa en su bolsa cara, sintiendo con satisfacción su peso golpeándole las piernas.

Sin embargo, desde hace algún tiempo, sin haberlo solicitado, parece que se han convertido en miembros oficiales de la Clase Media Exprimida. A Pete le redujeron súbitamente las horas un treinta por ciento. El gasto en comida subió un quince por ciento. La gasolina estaba tan cara que acabaron por vender su coche, y ahora recorre a pie los más de tres kilómetros hasta el trabajo. La calefacción es un lujo, y la encienden una hora por la mañana y dos por la noche. La hipoteca que antes les parecía perfectamente asumible ahora les acecha como un inmenso albatros. Por las tardes, se sienta delante de la mesa de la cocina a examinar atentamente columnas de números, y advierte a sus hijas adolescentes contra gastos innecesarios del mismo modo que su madre la advertía sobre los Hombres Malos.

—Venga, cariño. Vámonos a la cama. —Las manos de Pete se posan suavemente sobre sus hombros.

—Estoy haciendo las cuentas.

—Pues vamos a acurrucarnos para darnos calor corporal. Solo estoy pensando en la factura de la calefacción —dice solemnemente—. Prometo no disfrutarlo.

Ella sonríe vagamente, como un gesto reflejo. La rodea con sus brazos.

—Venga, preciosa. Todo irá bien. De peores tragos hemos salido.

Sabe que tiene razón. Al menos ambos tienen trabajo. Algunos de sus amigos esbozan una falsa sonrisa mientras esquivan preguntas sobre nuevos trabajos con un vago «Eh..., tengo un par de cosas en proyecto». Dos de ellos han vendido su casa y se han mudado a una más pequeña, aduciendo «razones familiares». Le da la impresión de que muchos se han marchado y han roto el contacto, como si les avergonzara demasiado haber bajado en el escalafón.

—¿Qué tal tu padre?

—No está mal. —Cada tarde, después del trabajo, Pete recorre el corto trayecto hasta su casa para llevarle comida caliente—. Pero el coche no va bien.

—¡No me digas! —exclama gimiendo.

—Ya. Creo que el motor de arranque está muriendo. Mira —añade, al ver su expresión—. No te agobies. Lo llevaré al taller de Mike, a ver si nos puede hacer un buen precio.

Evie no menciona el abrigo.

A las chicas de marketing no les preocupan los motores de arranque ni las facturas de calefacción. Siguen desapareciendo a la hora de comer, y vuelven jactándose de sus compras con mirada de acero de fría codicia digna de un cazador que regresa con una piel como trofeo. Los lunes por la mañana llegan contando historias de escapadas a París o a Lisboa, van todas las semanas a comer a una pizzería (Evie insiste en que en realidad le gustan mucho sus sándwiches de queso). Intenta no sentirse resentida. Dos de ellas no tienen hijos; Felicity está casada con un tipo que gana el triple que ella. Yo tengo a Pete y a las niñas, se dice con firmeza, y todos tenemos salud y un techo sobre nuestras cabezas, y eso es mucho más de lo que tiene la mayoría. Pero a veces, cuando les oye hablar de Barcelona o enseñar otro par de zapatos nuevos, aprieta tanto la mandíbula que teme por el esmalte de sus dientes.

—Necesito un abrigo nuevo —dice finalmente a Pete. Le sale a borbotones, en tono angustiado, como el de alguien que confiesa una infidelidad.

—Seguro que tienes muchos abrigos.

—No. Llevo cuatro años con este. Y solo me quedan la gabardina y aquel negro que compré en eBay, al que se le cayó una manga.

Pete se encoge de hombros.

—¿Entonces? Necesitas un abrigo, pues cómprate un abrigo.

—Pero el único que me gusta es caro.

—¿Cómo de caro?

Se lo dice y le ve palidecer. Pete cree que gastarse más de seis libras en un corte de pelo es señal de locura. Lo malo de haber llevado las cuentas de la familia durante todo su matrimonio es que el termostato de gastos de su marido sigue anclado en los ochenta.

—¿Es... un abrigo de diseño?

—No. Solo es un buen abrigo de lana.

Se queda callado.

—Tenemos el viaje escolar de Kate. Y mi motor de arranque.

—Lo sé. No te preocupes. No me lo voy a comprar.

A la mañana siguiente, cruza la calle al ir hacia el trabajo para no verlo. Pero el abrigo se ha grabado en su cabeza. Lo ve cada vez que se pilla los dedos con el forro rasgado. Lo ve cuando Felicity vuelve de comer con un abrigo nuevo (rojo, con forro de seda). Y le parece el símbolo de todo lo que ha ido mal en sus vidas.

—Te compraremos un abrigo —dice Pete el sábado al ver cómo saca el brazo de la manga con excesivo cuidado—. Estoy seguro de que podremos encontrar alguno que te guste.

Se detienen delante del escaparate de la tienda, y ella le mira en silencio. Pete le aprieta el brazo. Siguen pasando por delante de varias tiendas hasta llegar a Get the Look, una tienda que les encanta a sus hijas; está llena de moda «divertida», todos los dependientes aparentan doce años y mascan chicle, y la música es ensordecedora. Normalmente, Pete odia ir de compras, pero parece haberse dado cuenta de lo triste que está Evie y ha adoptado una alegría poco habitual en él. Busca entre los percheros y le enseña un abrigo azul marino con cuello de piel falsa.

—¡Mira, es igual que el que te gusta! Y cuesta solo... —mira la etiqueta— ¡veintinueve libras!

Evie deja que se lo ponga, y se mira en el espejo.

El abrigo le queda un poco justo bajo los brazos. El cuello es bonito, pero sospecha que en pocas semanas se pondrá mate, como un gato geriátrico. El talle parece estirarse y colgar en los sitios equivocados. La mezcla de tejidos es sintética en su mayoría.

—Estás preciosa —dice Pete sonriendo.

Pete le diría que está preciosa aunque llevara un uniforme de prisión. Odia el abrigo. Sabe que cada vez que se lo enfunde oirá una especie de reprimenda silenciosa. Tienes cuarenta y tres años y llevas un abrigo barato de una tienda de adolescentes.

—Lo pensaré —dice, y vuelve a ponerlo en el perchero.

La hora de la comida se ha convertido en una especie de tortura. Hoy las chicas de marketing están comprando entradas para ir a ver juntas a una *boy band* famosa hace quince años y recién resucitada. Están apiñadas en torno a la pantalla de un ordenador, mirando los asientos.

—Evie, ¿te apetece? ¿Una noche de chicas? Venga, nos echaremos unas risas.

Mira el precio de las entradas: setenta y cinco libras cada una, más el transporte.

—No. —Sonríe—. Nunca me gustaron demasiado.

Evidentemente, es mentira. Les adoraba. Vuelve a casa con paso pesado, permitiéndose solo una mirada fugaz al abrigo. Se siente infantil, rebelde. Y entonces, al llegar al caminito de entrada a la casa, ve las piernas de Pete asomando por debajo del coche.

—¿Qué haces ahí debajo? Está lloviendo.

—He pensado en intentar arreglar el coche. Así nos ahorramos unos pavos.

—Pero si no sabes nada de coches.

—Me he bajado unas cosas de internet. Y Mike ha dicho que le echará un vistazo más tarde, para ver que lo he hecho todo bien.

Se queda mirándole, y siente el corazón cargado de amor. Siempre ha sido un hombre con iniciativa.

—¿Has ido a casa de tu padre?

—Sí. Cogí el autobús.

Observa los pantalones empapados y ennegrecidos de su marido y suspira.

—Le voy a preparar un guiso por si no puedes ir en un par de días, para que tenga algo que comer.

—Eres la mejor. —Le sopla un beso con sus dedos aceitosos.

Tal vez notando su desánimo, las niñas se portan bien durante la cena. Pete está concentrado mirando diagramas impresos de entresijos de motores. Evie mastica sus macarrones con queso diciéndose que hay cosas peores que no poder permitirse el abrigo que quiere. Recuerda cómo su madre la chantajeaba exhortándola a que pensara «en los niños que mueren de hambre en África» mientras ella apartaba con rebeldía las verduras en el plato.

—Mañana me compraré el abrigo de veintinueve libras. Si te parece bien.

—Te quedaba precioso. —Pete la besa en la cabeza. Por su expresión comprende que él sabe que no le gusta nada. Una vez que las niñas se han levantado de la mesa, Pete extiende la mano y murmura suavemente—: Las cosas cambiarán, ¿sabes? —Y ella espera que lo hagan en el sentido que él dice.

Felicity tiene bolso nuevo. Evie trata de ignorar la conmoción que se genera en la distancia cuando lo saca de la caja, lo extrae de la funda de algodón y lo enseña para que lo admiren las demás; es de esa clase de bolsos que cuestan un mes de salario, de esos para los que tienes que ponerte en una lista de espera si quieres comprarlo. Evie finge estar absorta en las hojas de cálculo para no tener que mirar. Le avergüenzan las olas de envidia que siente al oír los «oooh» y «aaah» de admiración. Ni siquiera le gustan los bolsos. Lo único que envidia de Felicity es esa seguridad económica que le permite comprarse algo tan caro sin la más mínima punzada de nerviosismo, cuando ahora mismo ella tiene que pensarse si pagar o no las bolsas de plástico.

Pero la cosa no acaba ahí. Myra ha encargado un sofá nuevo. Las chicas hablan de su próxima salida nocturna. Felicity deja el bolso encima de su mesa y bromea diciendo que lo ama más que a un bebé.

A la hora de la comida, Evie va hacia Get the Look. Camina sin mirar, con la cabeza agachada, diciéndose que no es más que un abrigo. A ver, solo una persona superficial diría que lo que llevas puesto te define, ¿no? Se pone a pensar en todo lo que tiene que agradecer, como un mantra. Y entonces se detiene delante de la otra boutique, sorprendida por un gran cartel de letras rojas en el escaparate. Rebajas. Su corazón da un salto inesperado.

Está dentro de la tienda, con el corazón latiéndole a golpes, negándose a escuchar la voz que suena en su cabeza.

—El abrigo de lana azul —dice a la dependienta—. ¿Cuánto descuento tiene?

—Todo lo que hay en el escaparate está a mitad de precio, señora.

Noventa libras. Sí, sigue siendo caro, pero está a mitad de precio. Eso cuenta, ¿no?

—Querría una talla doce —dice antes de que la razón pueda entrometerse.

La dependienta regresa de los percheros mientras Evie va sacando la tarjeta de crédito de su bolso. Es un abrigo precioso, se dice. Me durará años. Pete lo entenderá.

—Lo siento, señora. No nos queda la talla doce. Y ese era el último.

—¿Cómo?

Evie se desinfla. Mira al escaparate y vuelve a meter el monedero en el bolso. Fuerza una sonrisa débil y derrotada.

—No se preocupe. Probablemente sea mejor. —No va a Get the Look. Ahora mismo prefiere seguir con el abrigo del año pasado.

—Eh, tú.

Evie está colgando su abrigo cuando Pete asoma la cabeza por la puerta. Cierra los ojos cuando la besa.

—Estás mojada.

—Llueve.

—Me lo deberías haber dicho. Te habría ido a buscar.

—¿Funciona ya el coche?

—Por ahora sí. Mike dice que lo hice bien. ¿A que soy increíble?

—Absolutamente increíble.

Le abraza con fuerza durante un minuto, y va hacia el humo agradable de la cocina. Una de las niñas ha estado haciendo galletas, y Evie inhala el aroma que ha dejado el horno. Esto es lo que importa, se dice.

—Ah. Hay algo para ti sobre la mesa.

Evie mira y ve la bolsa. Se queda mirando a Pete.

—¿Qué es esto?

—Ábrelo.

Levanta un lado de la bolsa y mira dentro. Se queda helada.

—No te agobies. Es de parte de papá. Por todas las comidas.

—¿Cómo?

—Dice que no puede seguir aceptando comidas tuyas si no le dejas darte algo a cambio. Ya sabes cómo es. Le hablé del abrigo, y no te lo vas a creer: estaban de rebajas. Lo compramos a la hora de comer.

—¿Tu padre me ha comprado un abrigo?

—No llores. Yo lo elegí, y lo pagó él. Pensó que era el equivalente a treinta pasteles de carne y veinte de tus *crumbles*. De hecho, dice que es un chollo, considerando lo mucho que haces por él.

Él y las niñas se miran. Evie se ha echado a reír de pronto, mientras se enjuga las lágrimas de los ojos.

—Sí, vale, mamá —dice Letty—. No hace falta que te pongas ñoña. Solo es un abrigo.

Evie va caminando al trabajo. Llega temprano; la oficina está prácticamente vacía. Mientras Felicity va al aseo de señoras a maquillarse, Evie se acerca a su mesa tarareando para dejar los presupuestos de marketing. Al pasar, ve un extracto bancario saliendo de su bolso de diseño y da un paso atrás, para comprobar si es de una cuenta de la compañía. En la reunión de la semana pasada les insistieron en que no se podía dejar información financiera a la vista al terminar la jornada. Pero cuando se fija, ve que es un extracto de una tarjeta de crédito personal. Echa un vistazo al total y parpadea.

Sí, tiene cinco cifras.

—¿Te vienes? —dice Felicity a la hora de la comida—. Hemos pensado en ir a probar el nuevo tailandés. ¡Así puedes fardar de tu nuevo abrigo!

Evie se lo piensa un minuto y, a continuación, saca el almuerzo de su bolso.

—Hoy no —contesta—. Pero gracias de todos modos.

Mientras sus compañeras se van, Evie se vuelve para poner bien el abrigo sobre el respaldo de su silla, alisando el cuello. Y, aunque no le gustan demasiado los sándwiches de queso, se lo come entero. Le sabe delicioso.

TRECE DÍAS CON JOHN C

Casi pasó de largo sin verlo. Miranda llevaba andando los últimos cien metros con una especie de resolución distraída, preguntándose a medias qué cocinaría esa noche. Se había quedado sin patatas.

Tampoco es que la entretuviera demasiado ya ese camino. Cada noche, después de volver a casa del trabajo, mientras Frank se quedaba pegado a otro partido de fútbol «imprescindible» (esa noche Croacia contra un país africano), ella se ponía las deportivas y caminaba más de un kilómetro de ida y otro de vuelta por el sendero que iba junto al parque público. Así no fastidiaba a Frank, y a la vez le demostraba que tenía una vida sin él. Eso cuando él se dignaba a apartar la vista del televisor, claro.

Por ello casi ni oyó el timbre lejano, clasificándolo inconscientemente como bocina de coche, sirena u otro de los ruidos de fondo de la ciudad. Pero cuando sonó de forma estridente y cerca de ella, miró hacia atrás y, al ver que no había nadie, redujo la marcha y siguió el sonido hasta los arbustos. Y allí estaba, medio escondido entre la hierba alta, un teléfono móvil.

Miranda Lewis se incorporó, observó el sendero vacío que tenía delante y luego cogió el teléfono; era el mismo modelo que el suyo. En el segundo que tardó en darse cuenta, el timbre dejó de sonar. Entonces trató de decidir si debía dejarlo en un lugar más visible, pero en ese momento un pitido anunció la llegada de un mensaje de texto. Era de «John C».

Miró a su alrededor con una extraña sensación furtiva. Y empezó a razonar: tal vez fuera un mensaje del propietario pidiendo a quien lo encontrara que se lo devolviese, y tras dudar brevemente apretó el botón y lo abrió.

Dónde stás cariño? AC 2 días!!!

Lo leyó con atención y finalmente, frunciendo el ceño, se metió el teléfono en el bolsillo y empezó a caminar. No tenía sentido dejarlo en el césped. Ya decidiría qué hacer con él cuando llegara a casa.

Según su mejor amiga, Sherry, en su día Miranda había sido un pibón. Si cualquier otra persona hubiera puesto tanto énfasis sobre ese «en su día», Miranda se habría ofendido, pero, tal y como decía Sherry, veinte años atrás los chicos hacían literalmente reverencias a sus pies. La hija de Miranda, Andrea, se rio cuando Sherry lo comentó, como si la idea de que su madre fuera remotamente atractiva para alguien resultara hilarante. Pero Sherry siguió hablando de ello porque le escandalizaba lo poco que la valoraba Frank.

Cada vez que se unía a su paseo vespertino, Sherry enumeraba los defectos de Frank, comparándole con su Richard. Richard se entristecía cuando Sherry salía de la habitación. Cada viernes organizaba tiempo «para los dos». Le dejaba notas de amor sobre la almohada. «Eso es porque no habéis tenido hijos, tú ganas más que él, y a Richard no le ha salido bien el injerto de pelo», pensaba Miranda, aunque nunca lo decía.

Sin embargo, en estos últimos dieciocho meses, había empezado a escuchar las opiniones de Sherry de manera distinta. Porque, si era sincera consigo misma, Frank había empezado a irritarla. Su forma de roncar. El tener que recordarle siempre que vaciara la basura de la cocina, incluso cuando estaba a rebosar. El modo en que decía lastimosamente: «¡No queda leche!», como si el hada láctea no les hubiera visitado, aunque ella trabajase tantas horas como él. Su forma de meterle mano los sábados por la noche, tan rutinaria como si lavara el coche, aunque posiblemente con menos afecto.

Miranda sabía que era afortunada por tener un matrimonio que había durado veinte años. Pensaba que había pocas cosas en la vida que no pudieran solucionarse con un paseo vigoroso y una dosis de aire fresco. Ella llevaba los últimos nueve meses caminando dos kilómetros y medio al día.

Una vez de vuelta en la cocina, con una taza de té al lado y después de lidiar brevemente con su conciencia, volvió a abrir el mensaje.

Dónde stás cariño? AC 2 días!!!

La horrible puntuación y las abreviaciones contrastaban de algún modo con la desesperación que transmitía. Se preguntó si debería llamar a John C explicándole lo ocurrido, que se había encontrado el teléfono, pero algo en el tono íntimo del mensaje le hacía verlo como una intrusión.

«Los contactos del propietario», pensó. Los miraré hasta encontrarla. Pero no había nada en la lista. Ni una pista salvo John C. Todo resultaba bastante extraño. «No quiero llamarle», pensó de pronto. Se sentía desestabilizada por aquella emoción cruda, como si alguien se hubiera colado en su casita segura, en su refugio. Decidió entregar el teléfono en comisaría, y entonces vio otro icono: Agenda. Y ahí estaba: el día siguiente, marcado con «Llamar agencia de viajes». Debajo: «Pelo. Alistair Devonshire, 14h».

La peluquería fue fácil de encontrar; su nombre le sonaba, y al buscarla en la guía se dio cuenta de que había pasado mil veces por delante. Era un salón discretamente caro al lado de la calle principal. Pediría a la recepcionista que preguntara a su clienta de las dos si había perdido un teléfono.

Dos cosas hicieron titubear a Miranda en su resolución. La primera fue el hecho de que, mientras iba sentada en el autobús en medio de un atasco, no encontró más entretenimiento que mirar las fotos guardadas. Y ahí estaba, un hombre moreno y sonriente, bebiendo de una taza, con la mirada alzada en un momento íntimo: John C. Leyó otros mensajes. Solo para ver si había más pistas, claro. Casi todos eran de él.

Lo siento, no pude llamar anoche. W d mal humor, creo q busca pistas. Pensé en ti toda la noche.

T veo con el vestido, mi Mujer Escarlata. Cómo se mueve sobre tu piel.

Puedes escaparte el jueves? Le he dicho a W q tengo conferencia. Sueño con mis labios sobre tu piel.

Y luego un par más que hicieron que Miranda Lewis, una mujer convencida de que había pocas cosas en la vida que pudieran sorprenderla, soltara el móvil en su bolso rogando que nadie más reparara en el rubor de sus mejillas.

Estaba de pie en la zona de recepción, con los oídos inundados por el zumbido de una decena de secadores, arrepintiéndose ya de su decisión, cuando una mujer se le acercó.

—¿Tiene cita? —dijo. Llevaba el pelo de un ligero tono berenjena, peinado con insólitos penachos tiesos, y sus ojos transmitían una falta de interés absoluta en la respuesta de Miranda.

—No —contestó—. Eh..., ¿por casualidad tienen alguna clienta a las dos?

—Tiene suerte. Ha cancelado. Kevin le puede hacer un hueco. —Se dio la vuelta—. Voy a buscarle una bata.

Miranda se quedó sentada, contemplando su reflejo en el espejo; una mujer con aspecto algo pasmado, una papada incipiente y pelo castaño apagado que no había tenido tiempo de atusar desde que se bajó del autobús.

—¡Hola!

Miranda se asustó al ver aparecer a un joven detrás de ella.

—¿Qué puedo hacer por usted? ¿Solo cortar?

—Eh. Mmm. En realidad, ha habido un pequeño error. Solo quería...

En ese momento sonó su teléfono, y con una disculpa contenida rebuscó en su bolso para cogerlo. Apretó «Mensajes» y dio un pequeño salto. El teléfono que había sacado no era el suyo.

He estado pensando en la última vez. Haces q me vibre la sangre.

—Bueno, ¿todo bien? Cariño, voy a serle sincero. Este no es el mejor estilo para usted. —Cogió un mechón lacio de pelo.

—Vaya. —Miranda se quedó observando el mensaje escrito para la persona que debería estar sentada en aquella silla. «Haces que me vibre la sangre».

—¿Quiere que hagamos otra cosa? ¿Le refrescamos un poco el look? ¿Qué opina?

Miranda dudó.

—Sí —dijo, alzando la vista a la mujer del espejo.

Que ella supiera, nunca había hecho vibrar la sangre de Frank. De vez en cuando le decía que estaba guapa, pero casi siempre sonaba como algo que creía que debía decir en lugar de pensarlo de verdad. En realidad, la sangre de Frank vibraba con el medio centro del Arsenal; a menudo se arrodillaba delante de la televisión y aporreaba la moqueta de la emoción.

—Entonces, ¿nos volvemos locos? —dijo Kevin, con el peine alzado.

Miranda pensó en su hija, bostezando en alto cada vez que Sherry hablaba de sus citas dobles cuando eran adolescentes. Pensó en Frank, que ni siquiera alzaba la vista cuando llegaba a casa del trabajo. «Hola, nena», decía, levantando una mano a modo de saludo. Una mano. Como si fuera un perro.

—¿Sabes qué? —dijo Miranda—. Hazme lo que sea que fueras a hacer a tu clienta de las dos.

Kevin arqueó una ceja.

—Ooooh..., buena elección —contestó él, como si la apreciara de nuevo—. Esto va a ser divertido.

Aquella noche no anduvo por el sendero. Se quedó en la cocina leyendo los mensajes y cuando llegó el siguiente saltó de la sorpresa mirando hacia el salón con sentimiento de culpa. Su corazón dio un pequeño brinco al ver el nombre. Dudó, y lo abrió.

Preocupado x ti. AC demasiado tiempo. Si no quieres hacer esto lo soportaré (¡d mala manera!), pero necesito saber si stás bien. Bs

Se quedó mirando el mensaje, sintiendo su inquietud amorosa, su intento de sonar divertido. Entonces alzó la vista hacia el espejo, para ver su peinado nuevo, más corto, con el tinte rojizo que Kevin había calificado como su mejor obra en toda la semana.

Tal vez fuera el hecho de que no parecía ella. O tal vez fuera porque odiaba ver sufrir a nadie, y era evidente que John C estaba sufriendo. Tal vez fuera porque había bebido varias copas de vino. Pero con los dedos temblando ligeramente, escribió una respuesta.

Estoy bien, escribió. Difícil hablar ahora mismo. Entonces añadió: **Bso.** Apretó «Enviar», se sentó, con el corazón latiéndole a golpes y sin apenas respirar, hasta que llegó el mensaje de respuesta.

> **Gracias a Dios. Veámonos pronto, Mujer Escarlata. Stoy triste sin ti. Bso**

Un poco cursi, pero le hizo reír.

Después de aquella primera noche, se hizo más fácil contestar. John C le enviaba varios mensajes al día y ella contestaba. En el trabajo, a veces se sorprendía a sí misma pensando en lo que le iba a escribir y sus compañeras le decían que se había sonrojado de pronto, o que la veían distraída, y hacían comentarios cómplices. Ella sonreía y no desmentía nada. ¿Por qué iba a hacerlo, si en menos de media hora llegaría otro mensaje de John C, manifestando su pasión, su desesperación por verla?

Un día dejó deliberadamente un mensaje a la vista en su mesa, a sabiendas de que Clare Trevelyan no sería capaz de resistir la tentación de leerlo ni de contar su contenido en la sala de fumadores. «Bien», pensó. «Que le den vueltas». Le gustaba la idea de poder sorprender a la gente de vez en cuando. Dejarles pensar que era un objeto de pasión, la Mujer Escarlata de alguien. Empezó a brillarle la mirada y a caminar con una cierta alegría, y habría jurado que el chico del correo se quedaba rondando su mesa mucho más tiempo que antes.

Si en algún momento se le ocurría que lo que hacía estaba mal, enterraba el pensamiento. No era más que un poco de fantasía. John C era feliz. Frank era feliz. La otra mujer probablemente se pondría en contacto con él de otro modo, y todo se acabaría. Intentaba no pensar en lo mucho que lo echaría de menos, ni imaginarse haciendo las cosas que él recordaba que hacían juntos.

Llevaba así casi dos semanas cuando se dio cuenta de que ya no podía seguir dándole largas. Le dijo que tenía un problema con el teléfono y que estaba esperando uno nuevo, sugiriendo que hasta entonces solo se comunicaran por mensaje. Pero los mensajes de él se habían vuelto insistentes:

Por q no el martes? Puede q no tenga otra oportunidad hasta semana q viene.

The English Gentlemen. Una copa a la hora d comer. Por favor!

Q intentas hacer conmigo?

No era solo eso. John C había empezado a consumir su vida. Sherry la miraba con desconfianza, comentaba el buen aspecto que tenía, y que Frank por fin debía de estar haciendo algo bien, aunque lo dijo de un modo que hacía pensar que no lo creía probable. Pero los mensajes de John C creaban una intimidad que Miranda no había sentido con ningún otro hombre. Compartían el mismo sentido del humor, podían expresar las emociones más complejas y desnudas incluso de aquella forma abreviada. Incapaz de decirle la verdad, le contaba sus esperanzas y deseos secretos, sus sueños de viajar a Sudamérica.

T llevaré. Echo d menos tu voz, Mujer Escarlata, le dijo.

Yo oigo la tuya en mis sueños, contestó ella, sonrojándose de su propia audacia.

Finalmente, le envió el mensaje crucial.

The English Gentlemen. Jueves, 20h.

No estaba segura de por qué lo había hecho. Parte de ella, la antigua Miranda, sabía que aquello no podía continuar. Que era una locura temporal. Pero había una Miranda nueva que, aunque tal vez nunca fuera capaz de admitirlo ante sí misma, había empezado a pensar en John C como *su* John. Puede que no fuera la propietaria original del teléfono, pero John C tenía que admitir que había habido una conexión. Que la mujer con la que se había pasado los últimos trece días hablando le estimulaba, le hacía reír, removía sus pensamientos. Al menos tenía que reconocer eso. Porque a ella sus mensajes la habían cambiado, la habían hecho sentirse viva otra vez.

El jueves por la noche se agobió por el maquillaje como una adolescente en una primera cita.

—¿Dónde vas? —dijo Frank, levantando la vista del televisor. Parecía un poco desconcertado, aunque Miranda llevaba puesto un abrigo largo—. Estás guapa. —Se levantó del sofá—. Quería decírtelo. Me gusta cómo llevas el pelo.

—Ah, esto —contestó, sonrojándose un poco—. Voy a tomar algo con Sherry.

Ponte el vestido azul, le había dicho John C, y ella se había comprado uno expresamente, con el escote bajo y falda con vuelo.

—Pásalo bien —dijo Frank. Se volvió a la televisión y cogió el mando a distancia.

La confianza de Miranda se evaporó brevemente en el pub. De camino había estado a punto de volverse a casa dos veces y aún no sabía qué diría si se encontraba con algún conocido. Además, según había descubierto demasiado tarde, el pub no era un lugar para ir arreglada, así que ni siquiera se había quitado el abrigo. Sin embargo, después de media copa cambió de opinión y se lo quitó. La amante de John C no se acomplejaría bebiendo sola con un vestido azul.

En un momento dado un hombre se acercó para invitarla a una copa. Miranda se sobresaltó, y, cuando vio que no era él, dijo que no.

—Estoy esperando a alguien —contestó, y le gustó la mirada decepcionada del tipo al marcharse.

Cuando John C se retrasaba ya casi un cuarto de hora, Miranda cogió su teléfono. Iba a escribirle. Al empezar a hacerlo alzó la mirada y vio a una mujer de pie junto a su mesa.

—Hola, Escarlata —dijo.

Miranda la miró pestañeando. Era una mujer joven y rubia, con un abrigo de lana. Parecía cansada, pero su mirada era intensa, febril.

—¿Disculpe? —contestó.

—Eres tú, ¿no? La Mujer Escarlata. Caray, creí que serías más joven. —Había desdén en su voz. Miranda dejó el teléfono.

—Oh, perdón. Debería haberme presentado. Soy Wendy. Wendy Christian. La mujer de John. —El corazón de Miranda se detuvo.

—Sabías que tenía esposa, ¿no? —La mujer le mostró un teléfono igual al suyo—. Por lo que veo me menciona bastante. Oh, no. —Su voz se alzó de manera teatral—. Claro, no te has dado cuenta de que estos dos últimos días no ha sido con él con quien has estado hablando. Le cogí el teléfono. Soy yo. Era yo.

—Ay, Dios —dijo suavemente Miranda—. Mire, ha habido...

—¿Un error? Y tanto que lo ha habido. Esta mujer ha estado acostándose con mi marido —anunció al pub con una voz estridente y ligeramente temblorosa—. Y ahora dice que puede que haya sido un error. —Se inclinó hacia la mesa—. De hecho, Escarlata, o como quiera que te llames, el error ha sido mío, por casarme con un hombre que cree que tener una mujer y dos niños pequeños no significa que no pueda seguir follando por ahí.

Miranda notó el repentino silencio en el pub, y todas las miradas abrasándola.

—Pobre idiota. ¿Crees que has sido la primera? Pues eres la cuarta, Escarlata. Y eso contando solamente los casos de los que me he enterado.

La vista de Miranda se nubló de repente. Esperaba oír otra vez los ruidos habituales del pub a su alrededor, pero el silencio, ahora opresivo, continuaba. Finalmente cogió su abrigo y su bolso, y pasó corriendo por delante de la mujer hacia la puerta, con las mejillas ardiendo y la cabeza agachada ante las miradas acusadoras.

Lo último que oyó al cerrarse la puerta detrás de ella fue el sonido de un teléfono sonando.

—¿Eres tú, nena? —Frank levantó una mano al oírla pasar por la puerta del salón. De pronto Miranda agradeció el irresistible atractivo de la televisión. En sus oídos resonaban las acusaciones de aquella mujer amargada. Sus manos seguían temblando—. Vuelves pronto.

Respiró hondo, observando la nuca de su marido sobre el sofá.

—Pensé —contestó lentamente— que en realidad no me apetecía salir.

Frank miró hacia atrás.

—Richard se alegrará. No le gusta que Sherry salga, ¿verdad? Cree que alguien se la va a robar.

Miranda se quedó muy quieta.

—¿Y tú?

—¿Yo qué?

—¿Te preocupa que alguien me robe? —Se sentía electrificada, como si todo lo que dijera pudiese tener consecuencias más graves de lo que Frank pensaba.

Se volvió para mirarla y sonrió.

—Claro. Eras un pibón, ¿recuerdas?

—¿Era?

—Ven aquí —dijo—. Ven y dame un abrazo. Son los últimos cinco minutos de Uruguay-Camerún. —Le tendió una mano y, tras un instante, ella la cogió.

—Dos minutos —contestó—. Tengo que hacer una cosa antes.

En la cocina, sacó el teléfono móvil. Esta vez sus dedos no temblaban.

Querido John C, escribió. Un anillo en un dedo vale por dos al teléfono. Te vendría bien aprenderlo. Hizo una pausa, y añadió: Pibón.

Apretó «Enviar», apagó el teléfono y lo metió al fondo del cubo de la basura. Suspiró, se quitó los zapatos, preparó dos tazas de té y las llevó al salón, donde Uruguay estaba a punto de lanzar un penalti que hizo que Frank se tirara a la moqueta a dar golpes sobre la lana de la alegría. Miranda se quedó sentada contemplando la pantalla de la televisión, sonriendo distraídamente a su marido y tratando de ignorar el ruido lejano pero persistente, en algún lugar al fondo de su mente, de un teléfono sonando.

MARGOT

*N*o era el retraso de siete horas en el vuelo lo que acabaría con ella, pensó Em, mientras evitaba de nuevo que aquel barbudo apoyara parte del trasero en su asiento de plástico. Ni siquiera era la idea de la inminente Navidad familiar. Era el coro de villancicos. El radiante conjunto de camisas sudorosas que llevaba dos horas enteras cantando su popurrí desentonado.

—¿Cuánto llevas esperando?

La mano vieja y nudosa de la mujer norteamericana se posó de lleno sobre su pierna, haciéndola saltar. Em sonrió, con el tipo de sonrisa que se le dedica a una desconocida con chaqueta de color esmeralda y turbante a juego, y una edad que puede ir de los sesenta y cinco a los ciento cinco años.

—Desde las once. ¿Y usted?

—Tres horas. Me muero de aburrimiento. Y si esos imbéciles no se callan, voy a atizarles en la cabeza con la botella de ginebra del Duty Free. —Tosió enérgicamente sobre un pañuelo morado—. ¿Adónde vas, querida?

—A Inglaterra. A ver a mis padres.

—Navidad familiar. Qué bonito. —Hizo una mueca de dolor—. Es mi idea del infierno. Vamos a tomarnos una copa.

Sonó como una orden. Pero ¿qué otra cosa tenía que hacer? Em siguió la estela de la diminuta anciana de atuendo chillón, que fue apartando de su camino a varios pasajeros de manera imperiosa y pidió dos whiskys dobles.

—Con hielo. Y nada de esa basura irlandesa. Me llamo Margot —dijo con voz ronca, bebiéndose la copa y dando un golpe sobre la barra para pedir otra—. Y ahora me tienes que contar por qué una chica tan guapa como tú parece tan triste. Aparte del hecho de que la Navidad es insoportable, por supuesto.

Em tragó intentando no hacer una mueca de dolor. ¿Qué demonios? No volvería a ver a aquella mujer.

—Pues vuelvo a casa a contarle a mi familia que mi marido me ha dejado. O sea, a mi hermano y a su esposa perfecta, a sus tres hijos perfectos, a mi hermana y su prometido, y a mis padres. Que llevan treinta y cuatro años casados.

—¿Quién fue?

—¿Quién fue qué?

—No me lo digas. Con su secretaria. Deprimentemente predecible.

Em se erizó. ¿Tan evidente era? Últimamente no tenía fuerzas para maquillarse. Hasta lo más básico se le hacía demasiado cuesta arriba.

—Anímate, querida. No es el fin del mundo. En serio. Cuando llegas al cuarto casi ni te das cuenta. Además, ¿quién quiere ser perfecto? ¡Puaj! —Soltó una risilla, dando un golpecito en la copa de Em—. Bebe. Es medicinal.

Em dudó.

—Oh, por el amor de Dios, tampoco vas a acabar en los bajos fondos por darte un poco de cuerda por un día. ¡Es

Navidad! ¡Estamos en el purgatorio! ¡Chinchín! Y luego nos vamos.

—¿Adónde?

El aeropuerto era una masa caliente y atestada de pasajeros coléricos sobrecargados de regalos maltrechos y dependientes estresados, con las omnipresentes voces del coro de villancicos. Margot tiró con su mano de pajarillo de la manga de Em hasta el Duty Free, donde la hizo detenerse ante el mostrador de Chanel.

—Quédate quieta. —Ante la mirada atónita de la dependienta, la anciana sacó un lápiz de labios rojo oscuro de Chanel de su caja y con sumo cuidado le pintó los labios a Em—. En tiempos difíciles, píntate una sonrisa —comentó—. Eso es lo que decía mi madre. Se lo lleva —anunció—. ¿Dónde está el rímel? —La dependienta, aparentemente paralizada, metió la mano en un cajón y sacó uno.

—¡Ahí está! —dijo Margot al terminar—. Ahora perfume. —Roció a Em con algo caro y devolvió la caja a la dependienta boquiabierta—. Querida, deberíais tener más probadores; si no, ¿qué van a hacer los clientes? Vámonos, Emmy, querida.

Em se vio arrastrada hasta la sección de artículos de lujo. Margot exclamaba viendo los zapatos, los bolsos, los collares de diamantes («¡Esto es más útil que la pensión alimenticia!»). Em estaba atontada por el whisky, y no paraba de reírse con las categóricas palabrotas de Margot.

—Pero ¿qué le pasa a esta maldita gente? ¡Son como muertos vivientes! ¡Ay, mira, Hermès! ¿No te encanta Hermès?

—No..., no sé.

Bajo las cálidas luces, Margot empezó a sacar un pañuelo tras otro del expositor, y se los iba poniendo al cuello a Em.

—¡Mira! ¡Estás preciosa! Mejor que una secretaria guarrona de Nueva Jersey, ¿verdad? —El pañuelo azul tenía un tacto divino. Hasta la dependienta sonrió brevemente en señal de aprobación. Entonces Em vio la etiqueta con el precio.

—Ay, Dios... Eh, estoy algo acalorada. Creo que tengo que...

Margot miró a la dependienta y torció el gesto.

—Y luego dicen que las inglesas saben beber. Ve a echarte agua en la cara, querida. Cuidado con el maquillaje.

Una vez en los aseos de señoras, Em se quedó mirando su reflejo. Estaba un poquito sonrojada por el alcohol, sí, pero el rímel y los labios rojos la habían convertido en alguien irreconocible. Se enderezó, alisándose el pelo. Y sonrió.

Mejor que una secretaria guarrona de Nueva Jersey.

Al salir, Margot estaba mirando la pantalla de salidas, con los ojos entornados.

—¿Heathrow, no? Te toca, niña. ¡Tienes mejor aspecto! ¿Estás bien? ¿Lo hemos pasado bien?

—Sí..., pero... ni siquiera...

—Extrañas en un tren. Es lo más divertido. Ahora ve, olvida a ese miserable marido infiel, y dile a tu familia que vas a estar bien. Porque lo vas a estar. ¡Chinchín! —Margot le apretó el brazo, tosió y, haciendo un gesto alegre con la mano, desapareció entre la muchedumbre.

Em se permitió coger un taxi desde Heathrow. Pensó que Margot lo habría sugerido. Mientras veía pasar la mancha de calles grises del oeste de Londres, se preguntó si verdaderamente quería irse de Nueva York después de todo. Era el lugar para empezar de nuevo, ¿no?

Pero lo primero era lo primero. Buscó su nuevo pintalabios en el bolso, y entonces la vio: una pequeña bolsa con la marca de Hermès. Abrió el envoltorio de papel y sacó el pañuelo de seda azul. Al lado había una nota, escrita a toda prisa en el reverso de una carta impresa: «Feliz Navidad. A por ellos, niña. ¡Chinchín! Margot».

La carta tenía el membrete de una clínica oncológica de Florida.

Em se ató cuidadosamente el pañuelo alrededor del cuello. Cerró los ojos y alzó una copa silenciosa por la diminuta mujer del turbante verde.

—Chinchín, Margot —susurró—. Feliz Navidad para ti también.

LA LISTA DE NAVIDAD

*F*ritillaria rosa. Solo la madre de David sería capaz de insistir en un perfume del que nadie ha oído hablar. Chrissie se ha recorrido el West End entero, y en todos los grandes almacenes le dicen lo mismo:

—Oh, no. Ese no lo tenemos. Pruebe en...

Mientras se abre paso a empujones entre la gente, empieza a preguntarse si Diana lo habrá hecho a propósito. Solo para poder decir suspirando el día de Navidad: «¡Oh! David dijo que me ibas a comprar perfume. Pero bueno..., esto... está bien». Chrissie no le dará esa satisfacción. Recorre Oxford Street, esquivando a duras penas a compradores estresados y cargados de bolsas relucientes, metiéndose en una tienda tras otra hasta que los zapatos le rozan y tiene los oídos a punto de estallar por el ruido metálico de «Jingle Bells» en un bucle electrónico. Algún día, piensa, recordará que el 23 no es buen momento para hacer compras de última hora.

En Selfridges otro dependiente se encoge de hombros y la mira inexpresivo. Chrissie cree que va a echarse a llorar. Afuera ha empezado a llover. Siente el peso de las bolsas sobre los hombros y entonces hace algo que nunca había hecho. Entra en uno de los relucientes bares y se pide una copa grande de vino. Se la bebe rápidamente, sintiéndose rebelde, y al marcharse deja demasiada propina, como si fuera una de esas mujeres que lo hacen constantemente.

—Bueno —dice al dirigirse hacia la puerta—. Un último esfuerzo. —Y entonces lo ve, una imagen rara en un día lluvioso de Londres: un taxi con la luz encendida. Se baja de la acera y el taxi cambia de dirección para recogerla.

—Eh..., a Liberty, creo. —Mete de un tirón las bolsas en el asiento de atrás y se hunde en él agradecida. Nunca ha estado en la parte trasera de un taxi londinense sin tener la sensación de haber sido rescatada de algo.

—¿«Cree»?

—Necesito un perfume concreto. Para mi suegra. Liberty es mi última esperanza.

Solo puede ver la mirada divertida del taxista en el retrovisor, y el corte de pelo apurado en la parte trasera de su cabeza.

—¿No le puede ayudar su marido?

—No le van las compras.

El conductor arquea una ceja. Hay un mundo entero en esa ceja levantada. Y entonces suena un mensaje en su teléfono.

Has sacado dólares para mi viaje a NY?

Chrissie había tenido que volver a casa para coger su pasaporte, porque el banco no le dejaba sacarlos sin él. Por eso va ahora con tanto retraso. Sí, contesta. Se queda esperando, pero él no responde.

—¿Usted compra regalos? —le pregunta al taxista.

—Sí. Me encanta todo eso. Aunque este año mi hija se ha venido a vivir con nosotros porque ha tenido un hijo, así que... estamos teniendo cuidado con lo que gastamos.

—¿Está soltera? —El vino le ha vuelto un poco parlanchina. Es uno de los motivos por los que a David no le gusta que beba.

—Sí. Tenía un novio, un poco mayor que ella, pero decía que no quería hijos. Se quedó embarazada, y resultó que iba en serio. Estamos un poco apretados, y no hay mucho dinero, pero... —Puede oír la sonrisa en su voz—. Es precioso.

«No quiero hijos», le dijo David al principio. «Nunca los he querido». Chrissie oyó las palabras como amortiguadas por una mordaza. Parte de ella había asumido desde siempre que simplemente cambiaría de idea.

—Qué suerte tiene. De tenerles a ustedes.

—¿Usted tiene hijos?

—No —dice—. Ninguno.

El taxi espera en fila pacientemente en la calle mojada y abarrotada. A su lado hay un escaparate con «Jingle Bells» sonando a un volumen ensordecedor. El conductor alza la vista.

—¿Está deseando que llegue la Navidad?

—La verdad es que no. No le caigo muy bien a mi suegra. Y se va a quedar diez días con nosotros. Junto con su otro hijo, que habla a base de gruñidos y lleva el mando a distancia en el bolsillo de su pantalón. Probablemente me esconda en la cocina gran parte del tiempo.

—No suena muy divertido.

—Lo siento. Soy un poco aguafiestas. De hecho, me acabo de tomar una copa grande de vino blanco. Y eso significa que digo lo que pienso.

—Entonces, ¿no lo hace a menudo? ¿Decir lo que piensa?

—Nunca. Así es más seguro. —Intenta enmascarar las palabras con una sonrisa alegre, pero se hace un silencio corto y doloroso. ¡Cálmate!, piensa reprendiéndose.

—Mire —dice el taxista—. Mi mujer tiene una amiga que trabaja para Liberty. Voy a llamar a casa. ¿Cómo se llama el perfume?

Chrissie no puede evitar escuchar la conversación. La voz del conductor al teléfono suena suave e íntima. Antes de colgar, se ríe con una broma privada. David y ella no tienen bromas privadas. Y darse cuenta de eso le apena más que nada.

—Olvídese de Liberty. Dice que en esa perfumería pequeña detrás de Covent Garden. ¿Quiere que pruebe?

Se inclina hacia delante.

—¡Ay, sí, por favor!

—Sí que conocía el perfume. Dice que huele de maravilla. Y que es caro. —Sonríe con complicidad.

—Sí. Todo eso le pega a Diana.

—Bueno, ahora quedará bien con ella, ¿no? Espere, que voy a hacer una pirula.

De un bandazo cruza la calle, y ella se ríe al verse lanzada al otro extremo del asiento. El taxista sonríe.

—Me encanta hacer esto. Un día me van a pillar.

—¿Le gusta su trabajo? —pregunta ella enderezándose.

—Mucho. Los clientes suelen estar bien... Verá, no cojo a cualquiera. Solo gente que parece maja.

—Entonces yo le he parecido «maja». —Aún se está riendo.

—Parecía angustiada. No me gusta ver a una mujer con expresión angustiada.

Chrissie sabe exactamente a qué se refiere. Es la expresión que parece haberse arraigado en su cara estos últimos años: el ceño fruncido, los labios apretados. ¿Cuándo me he convertido en esta mujer?, piensa. Cuando mi jefe se fue y Ming el Despiadado le sustituyó. Cuando mi marido empezó a pasarse todas las noches detrás de un portátil, chateando con gente a la que no conozco. Cuando dejé de mirarme en los escaparates.

—La he ofendido.

—No... Es solo que desearía no parecerlo. Angustiada. Antes no lo estaba.

—A lo mejor necesita unas vacaciones.

—Uy, no. Ahora tenemos que llevarnos a su madre. Así que no son vacaciones de verdad. Aunque él sí que tiene muchos viajes de negocios a lugares preciosos.

El conductor levanta la mano para saludar a otro taxista.

—Entonces, ¿adónde iría? Si pudiera ir a cualquier sitio. Piensa.

—Mi mejor amiga, Myra, vive en Barcelona. Tiene su propio restaurante, en pleno centro. Es una chef increíble. Creo que iría allí. Hace años que no la veo. Nos mandamos correos electrónicos, pero no es lo mismo. Ay. Perdone. Teléfono. —Rebusca en su bolso y se queda mirando la pantalla iluminada.

No olvides el Stilton que le gusta a mi madre de esa tienda especial de quesos.

Siente un nudo en el estómago. Se le había olvidado por completo.

—¿Va todo bien? —dice el conductor tras una pausa.

—Me he olvidado del queso. Debía ir a una tienda en Marylebone. —No puede ocultar la desesperación en su voz.

—¿Se va hasta allí por un queso?

—Solo le gusta una clase concreta de stilton.

—Caramba. Una tía difícil —dice el taxista—. ¿Quiere que dé la vuelta? El tráfico no está muy bien.

Suspira y reúne las bolsas a su alrededor.

—No. Será mejor que coja el metro. Probablemente ya me haya gastado todo el presupuesto para taxis. ¿Puede parar aquí?

Sus miradas se encuentran.

—No. Mire, voy a apagar el contador. —Y lo hace.

—¡No puede hacer eso!

—Acabo de hacerlo. Lo hago una vez al año. Cada año. Es usted la afortunada de este año. Le diré lo que vamos a hacer: vamos a por el perfume, luego volvemos pasando por la tienda de quesos, y después la dejo en su estación. Un regalito de Navidad... ¡Ay, no!... Estaba intentando que volviera a sonreír.

Algo extraño ha ocurrido. Sus ojos se han llenado de lágrimas.

—Lo siento —dice, enjugándoselas—. No sé lo que me ha pasado.

Él sonríe para tranquilizarla. Pero eso le hace querer llorar más.

—Vamos a por el perfume. Eso le hará sentirse mejor.

Tenía razón sobre el tráfico. Se quedan atrapados en un atasco tras otro, avanzando esporádicamente por calles secundarias. Todo Londres parece gris, húmedo y malhumorado. Se siente afortunada de viajar en ese taxi acogedor, a un paso de distancia del espanto de ahí fuera. Él habla de su mujer, sobre lo mucho que le gusta levantarse con el bebé al amanecer para que su hija pueda dormir, y quedarse solo con el enano en brazos, mirándole. Cuando deja de hablar, ella casi ha olvidado por qué han parado.

—La espero aquí. Deje sus bolsas —dice el taxista.

La perfumería es un refugio de olores maravillosos.

—Fritillaria rosa —pide Chrissie, leyendo la letra de su marido y pensando que es una fragancia muy delicada para una mujer tan huraña y necia.

—Me temo que no nos queda el de cincuenta mililitros —contesta la mujer, buscando detrás de ella—. Solo tenemos el de cien. Y es el *parfum*, no el *eau de toilette.* ¿Le va bien?

Cuesta el doble de lo que pensaba gastarse. Pero solo imaginar la cara de Diana... «¡Oh!», exclamaría, doblando las comisuras de los labios hacia abajo. «¡Has comprado la versión barata! No te preocupes. Estoy segura de que va igual de bien para diario...».

—Sí, está bien —dice Chrissie.

Ya se preocupará por el gasto en enero. La dependienta lo envuelve con seis capas de papel de seda rosa.

—¡Lo tengo! —exclama Chrissie al meterse de nuevo en el taxi—. Ya tengo el maldito perfume.

—¡Toma ya! —El taxista hace que parezca como si hubiese conseguido algo maravilloso—. Bueno. A Marylebone.

Ella se inclina hacia delante y siguen charlando a través de la ventanita. Le habla del pasaporte y los dólares, y él niega con la cabeza. Le cuenta que su trabajo le encantaba hasta que llegó un nuevo supervisor, para quien aparentemente no hace nada bien. De David habla poco, porque se siente desleal. Pero le gustaría. Quiere contarle a alguien lo sola que se siente. Que siente como si algo se le estuviera escapando: las noches de volver a casa tarde, los viajes de negocios. Lo estúpida, cansada y vieja que se siente.

Y entonces llegan a la tienda de quesos. Hay una larga cola visible a través de un escaparate grande, pero al taxista no parece importarle. Cuando por fin sale con una rueda pesada y hedionda, él aplaude.

—¡Ya está! —dice, como si hubiera obrado un milagro, y Chrissie no puede evitar unirse a la ovación.

En ese momento suena un mensaje en su móvil:

Te pedí expresamente que compraras el pudín de Navidad de Waitrose. Has comprado el de Marks & Spencer. Como tardas tanto he tenido que ir a Waitrose, y no les queda. No sé lo que vamos a hacer.

Es como si la hubieran dejado sin aliento de un puñetazo. De repente se imagina a los cuatro sentados a la mesa, la mordaz disculpa de David a su familia por su equivocación con el pudín. Y algo en ella estalla.

—No puedo hacerlo —dice.

—¿Qué?

—Navidad. No puedo sentarme con el queso y el pudín equivocado y... ellos. Simplemente no puedo.

Para el taxi. Ella se queda mirando las bolsas.

—¿Qué estoy haciendo? Dice usted que no tiene nada, pero tiene una familia a la que adora. Yo tengo un Stilton pijo y tres personas a las que ni siquiera les caigo bien.

El conductor se vuelve en el asiento. Es más joven de lo que pensaba.

—¿Y por qué no se va?

—¡Estoy casada!

—La última vez que lo busqué, el matrimonio era un acuerdo, no una condena de cárcel. ¿Por qué no va a ver a su amiga? ¿No le daría una alegría?

—Le encantaría. E incluso a su marido también. Siempre me están diciendo que vaya. Son..., son... alegres.

El taxista levanta las cejas. Arrugas de expresión se abren en abanico alrededor de sus ojos.

—No puedo irme... así, sin más.

—Tiene el pasaporte en el bolso. Me lo ha dicho.

Algo se ha encendido en su estómago, un destello de brandy ardiendo sobre un pudín cocido.

—Puedo dejarla en King's Cross. Coge la línea de Piccadilly a Heathrow, y se sube a un avión. En serio. La vida es corta. Demasiado para estar tan angustiada.

Piensa en una Navidad sin la reprobación de Diana. Sin su marido dándole la espalda, sin su ronquido empapado en vino de Burdeos.

—Nunca me lo perdonaría. Sería el fin de nuestro matrimonio.

El taxista esboza una sonrisa burlona.

—Bueno, y eso sería una tragedia tremenda...

Se quedan mirando.

—Adelante —dice ella de repente.

—Agárrese. —Y haciendo rechinar las ruedas, hace su segundo cambio de sentido del día.

Mientras navegan por calles secundarias, su corazón late a golpes y la risa no para de brotarle como burbujas del pecho. La respuesta de Myra es rápida y categórica: SÍ!! VEN!! Chrissie piensa en su supervisor, mirando furioso su reloj cuando ella no aparezca después de las vacaciones de Navidad. Piensa en la incredulidad horrorizada de Diana. Piensa en Barcelona y en los rotundos abrazos de oso del marido de Myra y sus carcajadas de sorpresa. Entonces llegan a la estación de King's Cross. Y el conductor detiene el taxi haciendo sonar los frenos.

—¿En serio lo va a hacer?

—En serio. Gracias...

—Jim —dice. Le tiende la mano a través de la ventanita y ella la estrecha.

—Chrissie —responde ella. Coge las bolsas de las compras del asiento—. Ah. Todo esto... —Y entonces alza la vista—. Tenga, el perfume déselo a su mujer. Y los vales. Para su hija.

—No tiene por qué...

—Por favor. Me haría feliz.

Duda por un momento, y acepta las bolsas asintiendo con la cabeza.

—Gracias. Le va a encantar.

—No le apetecerá el Stilton, ¿verdad?

Hace una mueca de dolor.

—No lo soporto.

—Yo tampoco.

Ambos se echan a reír.

—Me siento... un poco enajenada, Jim.

—Creo que se llama el espíritu de la Navidad —contesta—. Yo me dejaría llevar.

Chrissie empieza a correr hacia el vestíbulo; sus piernas se mueven como las de una niña. Entonces se detiene, suelta el queso con un gesto ceremonioso en una papelera, y alza la vista justo a tiempo para verle saludándola con una mano levantada. Mientras ella corre a través de la multitud hacia la ventanilla de billetes y él vuelve a sumergirse en el tráfico lento de Navidad, no dejan de reír.

AGRADECIMIENTOS

Gracias a todos los que usaron estos cuentos por primera vez: Radio 4, *Woman & Home, Stylist,* The Orion Publishing Group, Bragelonne y Penguin Books.

Jojo Moyes es autora de novelas que han recibido maravillosas críticas e incluyen best sellers como *Uno más uno* (Suma de Letras, 2015), *La chica que dejaste atrás* (Suma de Letras, 2017) y el fenómeno internacional *Yo antes de ti* (Suma de Letras, 2014), que ha vendido más de siete millones y medio de ejemplares, ocupó el número 1 de las listas en nueve países y ha sido convertido en una película de éxito. Su continuación, *Después de ti*, fue publicada en 2016.